Fatale Ungewissheit

Ein Detective Liv DeMarco Thriller

G.K. Parks

Übersetzt von www.translatebooks.com Mariella König

Dieses Buch ist ein Werk der Fiktion. Namen, Charaktere, Orte, Ereignisse und andere Konzepte sind das Produkt der Fantasie der Autorin oder werden fiktiv verwendet. Jede Ähnlichkeit mit lebenden oder verstorbenen Personen, Orten, Institutionen, Ereignissen oder Gebieten ist reiner Zufall.

A Modus Operandi imprint

ISBN:
ISBN-13: 978-1-942710-44-8

Deutsche Ausgaben von G.K. Parks

Die Liv-DeMarco-Serie
Spiel auf Zeit
Gefährliches Versteckspiel
Fatale Ungewissheit
Tödliche Machenschaften

Eins

„Idiot." Er blies Luft in seine geballte Faust. „Was habe ich dir gesagt?"

„Es wird schon gutgehen." Keith kniff die Augen zusammen. „Weit ist sie nicht gekommen. Ich habe sie gefunden."

Seine Gedanken überschlugen sich. Beinahe wären sie wegen Keith, diesem inkompetenten Hornochsen, aufgeflogen.

„Ich kann das regeln, Sir", versicherte Keith ihm.

Der Mann warf einen Blick hinter sich. Seine Frau war gerade mit dem Abwasch fertig. Er durfte nicht riskieren, dass sie etwas hörte, jetzt, wo das Wasser nicht mehr ins Becken plätscherte. Sie wusste nichts von seinem Nebengeschäft und er musste dafür sorgen, dass das auch so blieb. Leise verließ er sein Büro, ging zur Haustür hinaus und zog sie hinter sich zu. „So ist es. Du wirst das regeln. Und du wirst es auf der Stelle regeln."

Keith gefiel der Tonfall seines Bosses nicht. „Klar. Ich bringe sie einfach zurück zu den anderen."

„Nein. Sie ist schon einmal geflohen. Wieso denkst

du, dass sie es kein zweites Mal schaffen würde?“

„Äh ...“ Keith wurde flau. Er wusste, dass er in der Scheiße steckte. Er wusste nur nicht wie tief. „Sie wird sich benehmen. Ich bringe sie ins Haus und fessle sie. Sperre sie in ihrem Zimmer ein. Was immer nötig ist. Sie wird keinen Ärger mehr machen. Ich verspreche es.“

„Ganz genau. Wird sie nicht.“ Der Mann winkte seinem Nachbarn zu und ging zu seinem Auto. „Es gibt nur eine Möglichkeit, die Sache zu regeln. Kapierst du?“

„Aber sie ist nicht weit gekommen. Geredet hat sie auch mit niemandem. Keiner weiß etwas. Es ist nichts passiert, alles gut. Es wäre Verschwendung, sie kaltzumachen, Sir.“

„Schwachsinn. Hast du in den letzten Tagen Nachrichten geschaut? Die Bullen sind dir auf der Spur. Dir und dem, was du treibst. Was meinst du, wie lange sie brauchen werden, bis sie dich mit mir in Verbindung bringen? Das kann ich nicht gebrauchen.“

„Was ich treibe?“

„Ja, was du treibst. Du hast mir versprochen, dass sie niemand vermissen würde. Dass du vorsichtig bist und methodisch vorgehst. Aber du hast dich getäuscht, so wie du dich jetzt auch täuschst. Die Cops ermitteln. Und sie wissen, dass Frauen verschwinden. Sie wissen vielleicht nicht, warum, aber sie stellen schon Fragen. Was, wenn jemand sie gesehen hat? Kannst du garantieren, dass sie mit niemandem geredet hat?“

Keith warf einen flüchtigen Blick zu dem verängstigten Mädchen. Sie war kaum alt genug, um als Frau durchzugehen, und er bereute jede einzelne seiner Entscheidungen, die ihn an diesen Punkt geführt hatten. „Spricht sie überhaupt Englisch?“

Er stieß ein frustriertes Schnauben aus. „So kann es

nicht weitergehen. Ich hätte dir niemals mit dieser Sache vertrauen sollen. Bis du gekommen bist, hatte ich all diese Probleme nicht."

„Aber Sir. Sie verstehen nicht. Das ist alles nicht meine Schuld."

„Nein. Du bist derjenige, der es nicht versteht." Der Mann umklammerte das Lenkrad fester. Er spielte dieses Spiel nun seit Jahren und noch nie hatte es Probleme gegeben, aber seit dem Tag, an dem er diesen neuen Kerl ins Boot geholt hatte, ging alles schief. Wenn er ihn nicht absägte, würde er gefasst werden. Und das konnte er sich nicht leisten. Er hatte sich ein grandioses Leben aufgebaut und durfte nicht zulassen, dass irgendein Trottel alles gefährdete. „Töte sie und mach keine Sauerei."

Keith fluchte. „Okay, alles klar."

„Und stell sicher, dass der Mord nicht zu mir zurückverfolgbar ist."

„Keine Sorge, Boss. Ich habe alles im Griff."

„Das bezweifle ich." Der Mann starrte durch die Windschutzscheibe hinaus auf den manikürten Rasen, die Blumenbeete und sein teures Haus. Von seinem Gehalt allein hätte er sich das niemals leisten können, und Keiths Fehler könnte ihn nun alles kosten. Seine Ehefrau. Seinen Wohlstand. Sein perfektes Leben. „Weißt du noch, dass ich mich um dich gekümmert, deine Schulden abbezahlt, dir diese Dealer vom Hals geschafft und dafür gesorgt habe, dass die Behandlungen deines Sohnes finanziert sind?"

„Ja und dafür bin ich wirklich dankbar."

„Nun, die Umstände haben sich geändert."

„Kommen Sie schon, Boss. Ich sagte doch, ich regle es."

„Du hast es verbockt. Jetzt kümmere dich darum."

*   *   *

„Kleine Vorwarnung, Liv. Es tut sich was“, sagte mein Partner, Brad Fennel.

„Bestätigt.“ Ich lehnte mich an die Ziegelmauer. Nach ein paar vergeblichen Versuchen, meinem leeren Zippo eine Flamme zu entlocken, warf ich das Feuerzeug in meine Tasche und kramte darin nach einem anderen. Die Zigarette hing mir von den Lippen.

Der Mann ging direkt an mir vorbei. Ich hob den Kopf nicht, aber ich konnte spüren, wie sein Blick über meinen Körper wanderte. Er wurde nicht langsamer oder blieb stehen. Als es sicher war, drehte ich mich um und sah zu, wie er die Treppen eines Wohngebäudes etwas weiter hinten hochjoggte.

„Falscher Alarm“, sagte Brad in meinem Ohr.

„Was du nicht sagst.“ Ich gab die Suche nach dem nicht existenten Feuerzeug auf, steckte mir die Zigarette hinter jenes meiner Ohren, in dem kein In-ear war, und sah mich um. „Wie lange stehen wir jetzt schon hier?“

„Etwas mehr als fünf Stunden. Alles klar bei dir? Brauchst du eine Pause?“

„Alles okay. Ich bin nur müde und gelangweilt und mir ist kalt.“

„Du hättest eine normale Strumpfhose anziehen sollen. Diese Netzdinger wärmen überhaupt nicht.“

„Sprichst du aus Erfahrung?“

Er gluckste. „Es ist nur eine Beobachtung. Die eine hat große Löcher. Die andere nicht. Reine Physik. Mit Zippos ist es ähnlich. Man braucht Gas, damit sie funktionieren.“

„Du weißt, dass ich nicht rauche, und egal, wie langweilig mir ist, daran wird sich nichts ändern.“ Ich senkte den Kopf, um ein Grinsen zu verbergen. „Außerdem würde Emma dich umbringen, wenn ich anfangen würde zu rauchen.“

„Wieso wäre das denn meine Schuld?“

„Ich weiß nicht. Weil du mein Partner bist. Du solltest mich in jeder Lebenslage beschützen. Sie würde es als Versagen deinerseits betrachten.“ Ein böser Gedanke kam mir. „Sie würde sich deine Eier an den Rückspiegel hängen. Würde dir recht geschehen.“

„Und wieso bitte?“, fragte Brad, hörbar verwirrt.

„Dir ist hoffentlich klar, dass ich hören kann, wie du an deinem heißen Kaffee nippst und etwas knabberst. Es sind besser nicht Moms selbst gemachte Schokoladenkekse.“

„Du hast Hunger. Wieso holst du dir nicht etwas aus dem Mini-Mart?“

„Gesättigte Fettsäuren und raffinierter Zucker, bist du denn völlig verrückt?“

„Schon gut, ich lasse dir ein paar Kekse übrig, aber deine Mom hat sie für mich gemacht. Und ich muss sagen, ich hätte nie gedacht, dass sie getreidefrei sind. Wirklich köstlich.“

„Blödmann.“

Brad lachte und der tiefe, samtige Klang hob meine Laune augenblicklich.

Wir wechselten wieder auf Funkstille. In den letzten paar Wochen waren vier Frauen als vermisst gemeldet worden. Die ersten zwei waren Stricherinnen. Es war nicht unüblich, dass Menschen, die durchs Land zogen oder am Rande der Gesellschaft lebten, verschwanden oder weiterzogen. Die ersten beiden Fälle hatten die Vermisstenstelle und die Kriminalabteilung noch leicht wegerklären können, aber mit den zwei darauffolgenden war es nicht ganz so einfach.

Die dritte als vermisst gemeldete Frau, Lyla James, war eine zwanzigjährige Studentin, die ihm Hauptfach Schauspiel studierte. Sie lebte im Wohnheim, arbeitete als Kellnerin und trat bei Aufführungen von Laiengruppen auf, wann immer sich die Gelegenheit bot. Nachdem Lyla einmal zu oft im Unterricht gefehlt hatte, war der Sicherheitsdienst der Universität aktiv geworden und hatte an ihre Zimmertür geklopft. Ihre Sachen waren alle noch da gewesen und ihr Auto hatte auf dem Parkplatz gestanden. Das Einzige, was fehlte, war sie.

Also hatte die Vermisstenstelle eine Fahndung eingeleitet. Da Ms. James jedoch weder eine Mitbewohnerin noch Familie hatte, war sie schon über eine Woche abgängig gewesen, bis die Polizei informiert worden war. Die Kollegen hatten mit ihren Kommilitoninnen, Arbeitskollegen und Freunden gesprochen, aber niemand hatte genau sagen können, wann er Lyla zuletzt gesehen hatte. Es war zu lange her.

Sie war in einer Pflegefamilie aufgewachsen. Ihre Pflegeeltern hatten seit Monaten nicht mehr mit ihr geredet und ihre Kommilitoninnen hatten gedacht, dass sie verschwunden war, lag einfach daran, dass Lyla nun mal so war, wie sie war. Ich wusste nicht genau, was das bedeuten sollte, aber offenbar verschwand die junge Frau regelmäßig für ein paar Wochen von der Bildfläche. Im Moment hoffte der Detective, dem der Fall zugewiesen worden war, dass Lyla auch einfach wieder auftauchen würde.

Als dann eine vierte Frau als vermisst gemeldet worden war, hatte Captain Grayson darauf bestanden, dass unsere Abteilung, jene für verdeckte Ermittlungen, den Fall übernahm. Das vierte Opfer, Abigail Booker, war zuletzt dabei gesehen worden, wie sie nicht weit von der Stelle, an der ich jetzt stand, mit einem Mann in eine blaue Limousine gestiegen war. Wie die anderen vermissten Frauen, war auch Booker in ihren Zwanzigern. Sie hatte das Studium abgebrochen und machte Gelegenheitsjobs, um sich über Wasser zu halten. Auch sie hatte kein enges soziales Netzwerk, aber bei ihr hatten wir Glück gehabt. Sie traf sich immer mit ihrer Freundin Nicky auf einen Morgenkaffee, und als sie nicht aufgetaucht war, hatten wir einen Anruf erhalten.

Die vermissten Frauen passten nicht wirklich in ein Profil. Sie waren alle schlank und hübsch, aber da endeten die Gemeinsamkeiten auch schon. Ihre Augen- und Haarfarben waren unterschiedlich. Sie teilten nicht einmal dieselbe ethnische Herkunft.

Normalerweise suchten sich Täter gern Opfer, die einander irgendwie ähnelten, deshalb hielt ich es für unwahrscheinlich, dass wir es mit einem Serienmörder oder Vergewaltiger zu tun hatten. Ehrlich gesagt, wussten wir nicht einmal mit Sicherheit, ob die Fälle in Verbindung standen. In der Vermisstenstelle wurden täglich neue Fälle gemeldet, aber den Berichten zufolge hatten die beiden Prostituierten hier gearbeitet und Lyla James war nur einen Block von hier aufgetreten und arbeitete in einem Restaurant ganz in der Nähe. Wenn diese Frauen entführt worden waren, musste es hier geschehen sein. Diese Nachbarschaft war die einzige Verbindung, die wir gefunden hatten, und deshalb hatten Fennel und ich unsere Zelte auf dieser Straße aufgeschlagen.

„Da kommt jemand“, sagte ich und lächelte dem groß gewachsenen, blonden Mann aufreizend zu. Er wandte hastig den Blick ab und eilte an mir vorüber. „Egal.“

„Er hat nicht ins Profil gepasst“, erinnerte Fennel mich.

„Ich bezweifle, dass wir ein genaues Profil haben.“

„Nun, laut Nicky hatte Abigail Booker kurz vor ihrem Verschwinden angefangen, einen Mann zu daten. Gepflegt, dunkle Haare und Brille. Ein paar von Lylas Kollegen konnten sich daran erinnern, einen Mann, auf den diese Beschreibung passt, ein paar Mal im Restaurant gesehen zu haben. Das könnte eine Spur sein."

„Oder auch nicht." Ich sah an meinem Körper nach unten, um sicherzugehen, dass meine Marke gut in meiner offenstehenden Bluse versteckt war. Es würde nicht helfen, wenn die Leute mitbekamen, dass ich Polizistin war. Vielleicht sah ich zu sehr aus wie eine Nutte oder nicht nuttig genug oder vielleicht waren wir auch einfach auf dem Holzweg.

Sofern sie entführt worden waren, hatte ihr Entführer keinen speziellen Typ Frau. Trotzdem war ich mehr als ein halbes Jahrzehnt älter als sein bisheriges Schema. Das Make-up und das schwache Licht halfen ein wenig, aber da wir so gut wie keine konkreten Hinweise hatten, fühlte es sich wie Zeitverschwendung an, hier zu stehen.

Eine weitere Stunde verging. Ich spazierte den Block rauf und wieder runter und beobachtete die Passanten. Es war fast vier Uhr morgens, aber in dieser Gegend gab es unzählige Clubs, Kinos, Bars und Restaurants, weshalb viele Leute auf den Straßen unterwegs waren. Ich betrat einen Mini-Mart, der rund um die Uhr geöffnet hatte, und kaufte eine große Glasflasche Mineralwasser. Nachdem ich sie in eine braune Papiertüte gesteckt hatte, ging ich zurück hinaus, schraubte sie auf und nahm einen Schluck.

„Letzte Runde", sagte Fennel. „Halt die Augen offen."

Da die Bars vor ein paar Minuten geschlossen hatten, befanden wir uns in dem fünfzehnminütigen Zeitfenster, in dem es auf den Straßen wimmelte. Taxis, Mitfahrgelegenheiten und gelegentlich auch Betrunkene hinterm Steuer, die nicht in Fußdistanz wohnten. Die Bürgersteige waren ein anderes Thema. Dort tummelten sich torkelnde Feiernde, die in dunkle Gassen pissten und in Büsche kotzten. Manchmal war es schwierig, die menschliche Rasse nicht widerwärtig zu finden. Ich setzte mich auf eine Treppe vor einem der umliegenden Wohngebäude und klemmte mir die Flasche zwischen die Knie. Als ich sie hochhob und zum Trinken ansetzt, drehte ich meinen Kopf dabei von einer Seite zur anderen. Zwei Männer lieferten sich in einer Ecke fast einen Pinkelwettstreit und eine Frau und ihr Date fingen drei Meter neben mir einen Streit an. Sie ohrfeigte ihn und er packte sie am Handgelenk und zerrte sie daran an seine Brust.

„Liv, nicht“, warnte Fennel mich. „Lass die beiden machen.“ Mein Partner wusste, wie liebend gern ich eingreifen wollte, denn Fälle häuslicher Gewalt waren immer hässlich und es kam selten etwas Positives dabei heraus.

Nach ein paar wütend gezischten Sätzen ließ er sie los und die beiden gingen die Treppe zum Eingang hinauf. „Verdammte Nutte. Wir sollten die Cops rufen“, murmelte der Mann, als er sich an mir vorbeischob.

„Arschloch“, erwiderte ich, aber die Tür hatte sich bereits geschlossen.

Ich nahm meine Flasche, verließ die Treppe und suchte mir eine Stelle an der Seitenwand des Gebäudes, an der mich Fennel in seiner Zivilstreife gerade noch sehen konnte. Ich schraubte die Flasche zu und sah mich um. Wie erwartet, waren die Straßen nun nahezu leer. Stille legte sich über die Nachbarschaft, nur war diese Stille noch viel lauter, fast schon unheilvoll.

„Wir warten noch eine halbe Stunden und dann fahren wir“, sagte ich.

„Roger."

Zehn Minuten später hielt ein Auto am unteren Ende der Straße. Die Scheinwerfer blendeten mich, so dass ich Marke und Modell nicht erkennen konnte. Nach dreißig Sekunden stieg ein Mann aus und das Auto fuhr los. Als es an mir vorbeifuhr, erkannte ich es als eine neuere rote Limousine. Nichts Besonderes. Vermutlich nur ein Kerl, der für ein paar Scheine die Leute von A nach B kutschierte.

Ich lehnte mich an die Ecke des Gebäudes. Aus der Ferne konnte ich nicht viel von ihm erkennen, aber da sonst niemand mehr unterwegs war, hatte er meine ungeteilte Aufmerksamkeit. Er trug einen dunklen Kapuzenpulli. Eine seiner Hände steckte in der Beuteltasche vorn, in der anderen hielt er eine braune Papiertüte in Form einer Flasche, genau wie meine. Nur trank er vermutlich kein Wasser.

Ein vertrautes, knackendes Krächzen drang in mein Ohr, aber die Stimme war verzerrt und abgehackt, da ich sie indirekt durch unsere Funkverbindung hörte. Fennels Stimme kam hingegen laut und deutlich durch. „Die Zentrale hat gerade eine Meldung durchgegeben. Klang nach häuslicher Gewalt."

„Wo?", fragte ich und vermutete, dass ich die Antwort bereits kannte.

„In dem Wohngebäude direkt hinter dir. Wohnung 34C. Eine Streife ist auf dem Weg. Was willst du tun?"

Ich drehte mich um und lief die Treppe hinauf. Hinter mir knallte eine Autotür zu und Brad joggte über die Straße. Während ich auf den Aufzug wartete, betrat Fennel das Gebäude. Es war nicht gerade das Ritz und es gab weder einen Portier noch eine Rezeption. Die Eingangstür hatte nicht einmal ein Schloss.

Die Aufzugtüren öffneten sich bimmelnd und das

Arschloch von vorhin trat heraus. Er hielt das Gesicht gesenkt, als er sich an uns vorbeischob, ohne uns auch nur wahrzunehmen. Brad warf mir einen Blick zu.

„Geh und sieh nach der Frau“, sagte ich und sah zu, wie die Eingangstür hinter dem Mann durchschwang.

„Nein. Ich kümmere ich mich um ihn. Sieh du nach ihr.“

„In diesen Sachen kann ich das nicht.“ Ich deutete auf mein Outfit. „Bestimmt ist es ohnehin nur ein falscher Alarm. Fahr hoch. Wir treffen uns beim Auto. Funk mich an, wenn du Verstärkung brauchst.“

„Ich habe das Funkgerät im Auto gelassen.“

„Dann ruf mich an.“ Ich ließ Brad keine Zeit, zu protestieren, bevor ich zur Tür lief.

Das Arschloch stürmte die Straße hinunter und ich wurde langsamer und tat mein Bestes, ihn im Blick zu behalten, ohne ihn merken zu lassen, dass er verfolgt wurde. Sobald Brad Entwarnung gab, würde ich abbrechen, aber falls der Wichser seine Freundin geschlagen hatte, wäre es einfacher, ihn zu verhaften, wenn wir nicht erst die ganze Stadt nach ihm absuchen müssten.

An der Ecke blieb er stehen, trat eine leere Dose über die Straße und schlug mit der Faust gegen die Plexiglaswand eines Wartehäuschens. Nachdem er sich ein paar Minuten lang abreagiert hatte, setzte er sich, beugte sich vor und scrollte durch die Kontakte in seinem Handy. Dann textete er jemandem und kurz darauf wählte er eine Nummer.

„Hey, Mann, ich weiß, es ist spät, aber kannst du mir einen Gefallen tun? Ich brauche heute Nacht eine Couch, auf der ich pennen kann.“ Er wartete. „Ja, hat sie. Wie du es gesagt hast.“ Wieder eine Pause. „Toll. Eine Sache noch. Denkst du, du kannst mich abholen?“

Mein Handy vibrierte und ich fischte es aus meiner

Tasche. „Ja?“

„Sie ist aufgelöst, aber ansonsten unversehrt. Die Streife ist gerade eingetroffen.“ Als ich mich umdrehte, sah ich das blau-weiße Fahrzeug vor dem Gebäude. „Ich bringe die Kollegen auf Stand und kläre die Details. Sie will keine Anzeige erstatten, also sollte ich in einer Minute unten sein.“

„Okay.“ Ich legte auf.

Der Mann im Wartehäuschen bemerkte mich nicht. Er war zu sehr in sein eigenes Drama versunken, um irgendetwas um sich herum wahrzunehmen. Ich hielt Abstand und ging unauffällig davon, froh, dass ich Filzscheiben auf meine Absätze geklebt hatte, damit sie keine lauten Klackergeräusche auf den stillen Straßen machten. Trotz allem war meine Tarnung noch aufrecht. Ich hätte froh sein sollen. Stattdessen war ich genervt.

Ich war erst ein paar Schritte gekommen, als ich aus dem Augenwinkel eine Bewegung wahrnahm. Der Mann im dunklen Kapuzenpulli tigerte in einer dunklen Nebenstraße auf und ab. Er knallte die Glasflasche gegen die Backsteinmauer und lief weiter im Kreis, legte beide Hände an seinen Kopf und riss an seinen Haaren. Dann wischte er sich die feuchten Hände an der Hose ab und rieb sich damit übers Gesicht. Als er mich sah, verharrte er in der Bewegung und starrte mich an, als wäre ich ein Geist.

Lässig lehnte ich mich an die Hausmauer, zog die Zigarette hinter meinem Ohr hervor und machte mich wieder auf die Suche nach dem Zippo. Ich wiederholte dasselbe Spiel wie vorhin, nur jagte meine Gegenwart diesem Mann Angst ein. Er trat aus der Gasse und ging ins nächste Gebäude. Ich fand sein Verhalten befremdlich. Er schien mitten in einer Krise zu stecken. Und bevor ich darüber nachdachte, folgte ich ihm hinein.

Zwei

Er hatte einen leichten Vorsprung, aber da der Aufzug in der Lobby wartete, wusste ich, dass er die Treppe genommen hatte. Er war mehrere Stockwerke über mir. Sein wütendes, unverständliches Gemurmel hallte von den Wänden wider. Im zwanzigsten Stock blieb er stehen und riss die Tür auf, ging aber nicht durch.

„Verdammt." Er ließ die Tür los. „Ich kann nicht. Ich muss ... verflucht. Ich muss." Seine Stimme brach und er schlug mit dem Handballen gegen die Tür. „Ich muss." Jetzt schniefte er. „Ich muss."

Die Emotionen und die Entschlossenheit in seiner Stimme ließen mich schaudern. „Entschuldigen Sie, Sir", rief ich.

Er sah ins Stiegenhaus hinunter. „Ich habe zu tun, Lady. Gehen Sie nach Hause." Wieder zog er die Tür auf und diesmal trat er hindurch.

Ich lief die Treppe hoch, so schnell meine Beine mich trugen. Vielleicht war es meine weibliche Intuition, vielleicht mein Instinkt als Cop, aber ich wusste, dass er gleich etwas Grauenvolles tun würde.

Ich wusste nur nicht, was es war.

Ich stürmte in die zwanzigste Etage. Er stand am hinteren Ende des Flurs und wartete auf den Aufzug. Sofort lief ich los, aber als ich den Aufzug erreichte, schlossen sich die Türen bereits. Er verschwand dahinter. Hastig drückte ich mehrmals den Rufknopf, aber der Aufzug fuhr bereits nach oben. Ich starrte auf die flackernde Anzeige an der Seite. Der Aufzug fuhr höher und ich rannte zurück zum Treppenhaus und hetzte die Stockwerke hoch.

Bis ich ganz oben angekommen war, konnte ich kaum noch atmen. Während ich schnaufend Luft in meine Lungen zwang, wählte ich Brads Nummer und steckte das Handy in die Vordertasche meiner Handtasche. Dann trat ich aufs Dach hinaus.

Der Mann drehte sich nicht um. Nicht, als er hörte, wie sich die Tür öffnete, und auch nicht, als meine schnaufenden Atemzüge durch die Nachtluft hallten. Sein Pullover klebte an seinem Rücken. Er starrte ins Leere, als er auf die kleine Mauer trat. Plötzlich machte ich mir Sorgen, dass er in die Tiefe stürzen könnte, wenn ich ihn erschreckte.

Auf der Akademie lernten wir, was wir in Situationen wie dieser tun mussten. Regel Nummer eins lautete, die Person zu beruhigen und auf Hilfe zu warten. Auf dem Revier hatten wir professionelle Vermittler und Krisenmanagementteams, die auf Selbstmörder trainiert waren, aber wenn ich nicht bald etwas unternahm, würde dieser Mann sterben.

Er machte einen Schritt vorwärts. Sein Schuh verfing sich an der Kante, aber irgendwie schaffte er es, sein Gleichgewicht wiederzufinden, bevor er achtunddreißig Stockwerke in die Tiefe stürzte. Er stieß ein gequältes Lachen aus und der Schweißfleck auf seinem Rücken wurde größer.

Das Geräusch meiner Schritte lenkte ihn ab und er

sah hinter sich. „Kümmern Sie sich um Ihre eigenen Angelegenheiten, Lady. Ich habe Ihnen doch gesagt, Sie sollen nach Hause gehen. Wieso folgen Sie mir? Haben Sie sich verlaufen, oder was?"

„Ich wohne nicht hier in der Gegend."

Er gluckste. „Das ist gut. Noch können Sie abhauen, bevor es zu spät ist. Na los."

Mein Absatz blieb an etwas hängen und ich stolperte und stürzte. Dabei schlug ich mir das Knie auf und zerriss mir die Strumpfhose. Zum Glück brach die Wasserflasche in meiner Tasche nicht und auch sonst ging nichts kaputt.

Er sah wieder zu mir. „Grundgütiger. Sie sind eine Professionelle."

„Besser, als eine Amateurin zu sein, Süßer." Ich klopfte mir den Dreck von den Händen und stand auf. „Ich könnte dir bestimmt den einen oder anderen Trick zeigen. Was sagst du? Es ist eine schöne Nacht und hier oben stört uns keiner. Ich gebe dir sogar einen Nachlass."

„Ich bin nicht wirklich in der Stimmung. Falls du es nicht bemerkt hast, ich habe andere Sorgen."

„Du willst das nicht tun."

„Vielleicht nicht, aber ich habe leider keine andere Wahl. Ich muss." Er meinte es ernst. Ich wusste nur nicht, was seine verrückte Entscheidung herbeigeführt hatte.

„Warum?" Innerlich zuckte ich zusammen. Nach den Gründen zu fragen, wurde nicht empfohlen. Der Mann war offensichtlich verstört und ihn nach dem Auslöser zu fragen, könnte ihn zu einer impulsiven Handlung bewegen.

„Hau verdammt nochmal ab." Er drehte sich zu mir um, griff in seine Hosentasche und warf mir eine Handvoll Scheine zu. „Das ist es doch, was du willst, oder? Nimm es einfach und geh. Verschwinde aus dieser Gegend. Und komm nicht zurück."

Seine Augen waren rot unterlaufen. Sein Gesicht fleckig. Es war offensichtlich, dass er getrunken hatte, aber was meinen Blick auf sich zog, war die Waffe, die zwischen seinem Pullover und den roten Flecken steckte, die seinen Bauch bedeckten.

In einem Sekundenbruchteil beschloss ich, bei meiner Cover-Persona als Stricherin zu bleiben, anstatt ihm zu sagen, dass ich Polizistin war. Ich konnte es nicht gebrauchen, dass er seine Waffe zog. Polizeilich ausgelöster Suizid stand nicht auf dem Programm, aber ich wäre gezwungen, auf ihn zu zielen, wenn er sich als Bedrohung entpuppte.

Ich stieß einen Pfiff aus. „Bist du sicher, dass du bei dem vielen Geld nicht lieber mit einem Knall gehen willst?"

Er lachte ein krankes, manisches Lachen, bei dem sich mein Magen zusammenzog. „Das habe ich schon." Er wandte sich von mir ab und balancierte auf dem äußersten Rand der Mauer. Mit ausgestreckten Armen ging er vor und zurück, als würde er auf einem Seil tanzen. „Weißt du, als ich heute Morgen aufgewacht bin, hatte ich keine Ahnung, dass es mein letzter Tag sein würde. Aber so läuft es wohl, schätze ich. Man weiß es nie, bis es zu spät ist. Man lebt vor sich hin und irgendwann erhält man einen Anruf. Es ist immer ein beschissener Anruf, oder?"

„Wer hat denn angerufen?"

„Er."

„Er?"

Er sah mich an, verwirrt darüber, warum wir dieses Gespräch eigentlich führten. „Wieso stellst du mir Fragen? Hat er dich geschickt?" Aufgewühlt zerrte er die Waffe aus seinem Hosenbund. „Er hat dich verdammt nochmal geschickt, oder?" Er fuchtelte mit der Waffe durch die Luft, zielte aber nicht auf mich.

„Antworte mir."

Die rot-braunen Flecken, die seine Kleidung überzogen, konnten nur eine Sache bedeuten, besonders in Verbindung mit der .45er in seiner Hand. Er hatte jemanden aus nächster Nähe erschossen und jetzt überlegte er, sich selbst umzubringen und mich gleich dazu.

Meine Hand glitt in meine Tasche und schloss sich um meine eigene Waffe. „Keiner hat mich geschickt. Willst du mir erzählen, was passiert ist? Angeblich bin ich eine gute Zuhörerin."

Etwas lenkte ihn ab und er verengte den Blick. Er deutete mit der Brust auf meine Waffe, balancierte wieder auf dem Mauerrand und verlor fast das Gleichgewicht. „Was ist das?" Er nickte in Richtung meines BHs.

„Man nennt sie Titten. Hupen. Glocken. Was dir lieber ist."

„Nein." Er deutete mit der Waffe genauer hin. „Das."

Ich musste nicht nach unten sehen, um zu wissen, was er meinte, also sah ich weiter ihn an. Als ich die vielen Stockwerke hochgelaufen war, war meine Marke aus meinem Ausschnitt gerutscht. Jetzt könnte sich dieser Selbstmordversuch jeden Moment in einen Mord verwandeln. Nun, in einen weiteren Mord, wie es aussah. Er entsicherte seine Waffe und biss die Zähne zusammen.

„Ernsthaft, Mann", sagte ich und hob eine Hand. „Du willst das nicht tun." Ich musste mir schnell etwas einfallen lassen, so wie er die Waffe durch die Luft schwenkte wie eine Sprühkerze am vierten Juli. „Mich zu erschießen, wäre ein riesengroßer Fehler."

Er wischte sich mit dem Handrücken jener Hand, in der er die Waffe hielt, übers Gesicht. „Ja, ich weiß. Aber ich hatte keine Wahl. Und jetzt habe ich auch keine.“

„Klar hast du die.“ Es war Zeit, die Karten auf den Tisch zu legen.

„Nein, du Nutte, habe ich nicht. Ich habe dir eine Chance gegeben, aber du musstest ja wie eine verdammte Heldin hier hochlaufen. Wer zum Teufel bist du? Hat er dich geschickt, um die Sache zu Ende zu bringen? Der Pisser wollte nicht glauben, dass ich die Eier hätte, um es durchzuziehen. Verficktes Dreckschwein.“

„Niemand hat mich geschickt. Und Nutte bin ich auch keine.“ Ich zog an der Kette um meinen Hals. „Aber wenn du mir sagst, was los ist, verspreche ich, dir zu helfen. Ich bin Detective DeMarco von der Polizei. Und glaub mir, wenn ich dir sage, dass du nichts weniger willst, als einen Cop zu erschießen.“

Er schien mir glauben zu wollen, aber er schaffte es nicht, die Fakten mit meinem Aufzug in Einklang zu bringen. Dem Glanz in seinen Augen nach zu urteilen, war er high. Vielleicht dachte er, es wäre nur ein mieser Trip, denn plötzlich brach er in schallendes Gelächter aus, beugte sich vornüber und hielt sich den Bauch. „Einfach unglaublich.“ Er konnte kaum sprechen, so heftig wurde er von seinem Lachanfall gebeutelt.

Ich näherte mich behutsam, in der Hoffnung, nach seiner Waffe greifen zu können. Er wischte sich mit dem Handrücken die Augen trocken und schwenkte das Kleinkaliber immer noch durch die Luft, als wäre es ein Spielzeug. Ich griff nach dem Lauf, aber er riss seine Hand zurück und zielte auf mich. „Vergiss den Scheiß. Was hast du in deiner Tasche? Eine Waffe? Lass mich sehen.“

„Ja, okay.“ Ich zuckte mit den Schultern und trat wieder einen Schritt näher. „Was zu rauchen und eine Flasche Schnaps habe ich auch dabei, wenn du willst.“

„Was für eine Art Cop bist du denn?“

„Die, die gelegentlich ein wenig Motivation braucht.“

„Okay, alles klar.“ Er beäugte die braune Tüte. „Schnaps klingt gut.“

Ich reichte ihm die Flasche und kramte in meiner Tasche, als wäre die Situation überhaupt nicht gefährlich. Er steckte seine Waffe zurück in seinen Hosenbund und schraubte den Deckel ab. Als er einen Schluck nahm, zog ich die Handschellen aus meiner Tasche.

„Was soll ich mit dem Mist?“ Er zog die Wasserflasche aus der Tüte und schleuderte sie auf die Straße hinunter.

Ich nutzte die Gelegenheit, packte seinen Unterarm, zerrte daran und zog ihn von dem kleinen Mauervorsprung. Er taumelte zu Boden und ich schaffte es, ihm eine Handschelle anzulegen. Als ihm klar wurde, was passierte, riss er seine andere Hand aus meinem Griff und angelte nach seiner Waffe. Ich rammte ihm ein Knie in die Niere und hinterließ einen blutigen Abdruck von der aufgeschürften Haut auf seinem Pullover. Die Jungs von der Spurensicherung würden nicht erfreut sein.

Er bäumte sich auf und warf mich ab wie ein wild gewordener Hengst beim Rodeo. Dann feuerte er blind in meine Richtung. Die Kugeln flogen in alle Richtungen durch die Luft, schlugen aber nirgendwo in meiner Nähe ein. Ein leises Klicken verriet mir, dass das Magazin leer war. Offenbar hatte er nicht nachgeladen, bevor er aufs Dach gelaufen war.

In der Zwischenzeit hatte Fennel uns gefunden. Er platzte aufs Dach, die Waffe gezückt, und schlug seinen Polizeiton an. „Polizei. Nicht bewegen. Hände über den Kopf.“

Der Mann ließ die .45er los und sie fiel scheppernd

zu Boden. Er sah mich an, ein verzweifeltes Flehen in den Augen. „Du kannst mir nicht helfen. Niemand kann das."

„Auf den Boden." Brad rückte vor. Er zielte weiter auf den Mann, der auf seinen Fußsohlen vor und zurückwippte. Sirenen heulten durch die Stille. „Ich habe es gemeldet. Verstärkung ist auf dem Weg." Fennel kam neben mir zum Stehen und ich ließ die zweite Handschelle um das andere Gelenk des Mannes einrasten. „Bei dir alles okay, Liv?"

„Ja."

Fennel drehte ihn um und stieß ihn gegen den Vorsprung. „Tragen Sie scharfe Gegenstände am Körper? Messer, Nadeln, etwas, das mich verletzen könnte?"

„Nein." Der Mann atmete zittrig ein. „Sie dürfen das nicht tun. Nein. Ich muss es tun. Ich habe keine Wahl. Sie verstehen nicht. Lassen Sie mich einfach los."

„Wir passen auf dich auf", versprach ich ihm und sah zu, wie sein Körper zuckte und bebte.

Brad klopfte ihn ab und legte eine Hand um seinen Ellbogen. „Kommen Sie, Freundchen. Wir klären das. Alles wird gut."

Die Kollegen, die auf den Funkspruch wegen häuslicher Gewalt reagiert hatten, waren die ersten, die auf dem Dach ankamen. Der Mann sah an mir vorbei und die Furcht verließ seinen Blick. In diesem Moment wusste ich es. Fühlte ich es.

Er machte die kleinsten, kaum merklichen Schritte rückwärts. „Er wird mich finden. Ich habe keine andere Wahl." Er starrte mir in die Augen und wand sich blitzschnell aus Brads Griff. Sobald er frei war, ließ er sich rückwärts über den Vorsprung fallen.

„Nein." Ich hechtete vorwärts und griff nach ihm.

Fennel erwischte ihn beinahe am Knöchel, aber

durch den Schwung schaffte der Mann es, ihm zu entgleiten. Kurz darauf schlug er auf dem Bürgersteig auf, die Beine in unnatürlichen Winkeln verdreht. Ich starrte in die Tiefe, reglos und fassungslos, mein Gehirn für einen Augenblick unfähig zu verarbeiten, was gerade geschehen war. Doch schon im nächsten Moment griff es auf mein Training zurück und ich zwang Luft in meine Lungen.

„Verflucht." Brad wandte sich ab und wies die Kollegen an, den Vorfall zu melden und den Bereich abzusichern.

„Er hat jemanden erschossen." Ich befeuchtete meine Lippen. „Er war voll mit Blut und es war nicht sein eigenes. Wir müssen sein Opfer finden. Es ist vielleicht noch am Leben."

Drei

„Moment mal. Wo wollen wir denn hin, DeMarco?“, fragte Officer Roberts mich mit einem Ton, der vor Herablassung nur so triefte, was mich wütend werden ließ. „Ich wusste gar nicht, dass sie dich wieder auf Suizidwache geschickt haben. Willst du ihn aufs Revier bringen? Dann kannst du die ganzen Lorbeeren für deine tolle Arbeit einheimsen.“ Er gluckste amüsiert. „Die Gerichtsmediziner sollten in ein paar Minuten hier sein und ihn vom Bürgersteig kratzen. Wie ich höre, hast du ihm schon Handschellen angelegt. Hervorragende Polizeiarbeit. Wirklich erste Sahne.“

„Fick dich.“ Ich wich einen Schritt zurück und ließ den anderen Officer den Bereich mit Polizeiband absperren. Dann deutete ich auf die Waffe, die noch auf dem Boden lag. „Er war nicht einfach ein Selbstmörder. Bevor er aufs Dach gekommen ist, hat er jemanden erschossen. Vielleicht solltest du die Mordkommission informieren.“

„Ach, jetzt ist er also auch noch ein Mörder?“, fragte Roberts skeptisch.

„Das weiß ich nicht, aber was auch immer geschehen ist, hat ihn dazu gebracht, springen zu wollen."

Roberts warf mir einen fragenden Blick zu. „Bist du ihm von einem anderen Tatort hierher gefolgt? Ich habe deinen Wagen unten gar nicht gesehen."

„Blitzkneisser. Vielleicht liegt das daran, dass ich undercover auf einem Überwachungsjob unterwegs war und zufällig in die Sache reingezogen wurde."

„In dem Fall ist das wohl mehr Action als du seit Langem gesehen hast." Roberts hielt sein Funkgerät hoch. „Ich werde dich selbst mit der Mordkommission sprechen lassen. Die Sauerei da unten geht auf deine Kappe, also wirst du sie auch selbst wieder sauber machen."

„Hier spricht Liv", presste ich hervor. „Riegelt alles ab. Keiner betritt oder verlässt das Gebäude."

Bis ich wieder unten auf der Straße stand, hatte jemand seinen Körper mit einem Leintuch abgedeckt. Mir war schwindlig und übel und als weitere Streifenwagen eintrudelten, ging es mir noch schlechter. Fennel wies mehrere Einheiten an, die Gegend zu durchkämmen. Den Ausweis und die Geldbörse des Toten hielt er in einem Plastikbeutel in der Hand. Keith Richardson, dreißig Jahre alt, einen Meter achtundsiebzig groß, fünfundsiebzig Kilo, braune Haare, braune Augen. Eine Einheit war auf dem Weg zu seiner Wohnung.

Fennel und ich tauschten Blicke aus. Wir hatten seit dem Vorfall auf dem Dach nicht miteinander geredet. Wir waren getrennt worden. Das war Vorschrift, wenn ein Officer an einem Tod beteiligt war.

Brad runzelte die Stirn. *Kommst du klar?* formte er die Frage mit den Lippen.

Bevor ich antworten konnte, hielten zwei zivile

Geländewagen vor der Absperrung. Captain Grayson stieg aus einem, zwei Männer mit Detective-Dienstmarken aus dem anderen. Ihrem Aufzug nach zu schließen, waren sie von der Internen Revision. Normale Cops sahen nicht aus wie aus dem Ei gepellt. Wir machten uns immer die Hände ein wenig schmutzig.

„DeMarco“, rief Grayson und winkte mich zu sich, „alles in Ordnung?“

Ich beobachtete, wie die zwei Detectives auf Fennel zugingen und ihm die Hand schüttelten. „Es geht mir gut, Sir.“

„Sie wissen ja, wie das hier läuft. Schweigen Sie, DeMarco. Sie haben das Recht, Ihren Gewerkschaftsvertreter hinzuzuziehen. Wir regeln die Angelegenheit. Bis dahin können Sie sich nicht an den Ermittlungen beteiligen.“

„Wir haben nichts falsch gemacht, Sir.“

„Das glaube ich Ihnen auch. Aber Vorschrift ist Vorschrift.“ Er sah zu dem Toten unter dem Leintuch. „Leider trägt er Handschellen, wie man mir sagte. Die Interne Revision wird wissen wollen, was passiert ist.“

„Das sind meine Handschellen.“ Ich ignorierte seinen mahnenden Blick und sprach weiter. „Wir haben keine Zeit für diesen Mist. Der Mann hat jemanden erschossen, bevor er aufs Dach gelaufen ist. Er war völlig panisch und überzeugt, dass jemand hinter ihm her ist. Wir konnten ihn von der Mauer holen und ihm Handschellen anlegen, aber er ist ausgerastet, hat sich losgerissen und ist gesprungen. Es gibt nichts, was wir hätten tun können.“ Unbehaglich atmete ich ein. Der letzte Blick in den Augen des Mannes hatte sich für alle Ewigkeit in mein Gehirn eingebrannt. „Wir müssen sein Opfer finden. Ich habe gesehen, wie er vor etwa einer halben Stunde hier abgesetzt wurde.“ Ich beschrieb den roten

Wagen, Richardsons Auftreten und alles, was er gesagt hatte.

„Okay.“ Grayson griff nach seinem Funkgerät. „Die Sache bleibt in unserer Zuständigkeit. Wir regeln alles selbst. Ich werde die Krankenhäuser informieren lassen, damit sie die Augen offen halten, und wir holen uns die Aufzeichnungen der umliegenden Überwachungskameras und sehen uns dieses Auto genauer an. Die diensthabenden Streifen alarmieren wir auch. Haben wir seine Adresse?“

„Fennel konnte sie mit dem Ausweis herausfinden und hat schon eine Einheit hingeschickt.“

„Haben Sie und Ihr Partner ihre Geschichten abgeglichen?“, fragte er praktisch im Flüsterton.

„Da gibt es nichts abzugleichen.“

„Gut.“

„Sir, das ist mein Fall.“ Es würde mir keine Ruhe lassen. Ich musste herausfinden, was Keith Richardson dazu getrieben hatte, sich in den Tod zu stürzen.

„Das werden wir noch sehen. Zuerst müssen Sie die Freigabe durch die Interne Revision abwarten. Das wird wohl vierundzwanzig bis achtundvierzig Stunden dauern. Aber ich werde sehen, ob ich den Prozess beschleunigen kann.“

„Detective DeMarco?“

Ich wirbelte herum.

„Alan Pierce, Abteilung für Interne Revision.“ Er kniff nachdenklich die Augenbrauen zusammen. „Wilde Nacht?“

„Ich hatte schon bessere.“

„Ja, ich auch.“ Er musterte meinen Aufzug. „Fahren wir ein Stück. Sie wollen sich bestimmt frisch machen und umziehen.“ Ein Blick auf meine Handtasche. „Haben Sie Ihre Waffe abgefeuert?“

„Nein, Sir.“

Pierce nickte. „Macht es Ihnen was aus, wenn wir trotzdem Ihre EDA testen?“

Ich widerstand dem Drang, etwas Sarkastisches zu erwidern. Wenn mein Vater mir etwas beigebracht hatte, dann, vor der Internen Revision die Klappe zu halten. Ich tat, was der Detective verlangte, und machte mir bewusst, dass es noch schlimmer werden würde, wenn wir erst auf dem Revier waren.

Detective Pierce ging voran zu seinem Wagen und als ich ihm folgte, konnte ich flüchtig erkennen, wie der andere Detective sich hinter das Lenkrad von Fennels Wagen setzte. Brad war schlau. Er würde klarkommen. Er hatte nichts falsch gemacht. Aber ich vielleicht.

Auf dem Weg zurück zum Revier konnte ich nicht anders, als über jede winzige Entscheidung nachzudenken, die ich getroffen und die mich an diesen Punkt geführt hatte. Ich hatte nicht auf Verstärkung gewartet. Ich hatte meine Dienstwaffe nicht gezogen und ihn aufgefordert, seine eigene fallenzulassen, und ich hatte es auch nicht geschafft, Richardson festzuhalten, nachdem ich ihm Handschellen angelegt hatte. Aber wie ich die Sache auch drehte und wendete, eines war klar: Egal, was Fennel oder ich getan hätten, Keith Richardson wäre am Ende gestorben. Nichts hätte daran etwas geändert. Der Mann war entschlossen gewesen, sich das Leben zu nehmen. Selbst wenn wir es geschafft hätten, ihn aufs Revier zu bringen, dann hätte er sich eben in seiner Zelle erhängt oder Schlimmeres.

„DeMarco“, sagte Pierce und klopfte aufs Lenkrad, „sind Sie mit Captain Vince DeMarco verwandt?“

„Er ist mein Dad.“

„Wie gefällt ihm der Ruhestand? Was treibt er so?“

Ich hatte genügend Verhöre durchgeführt, um seine Taktik zu durchschauen. Pierce wollte eine

Verbindung zu mir aufbauen. Er wollte mich glauben lassen, dass er ein netter Kerl war, dem ich vertrauen konnte. „Er hat immer zu tun. Im Moment zieht er einen neuen Welpen groß."

„Welche Rasse? Sagen Sie nicht, dass es wieder ein Deutscher Schäferhund ist."

„Berner Sennenhund."

„Der wird riesig werden."

„Vermutlich." Ich bedachte Pierce mit einem Blick von der Seite, um ihn wissen zu lassen, dass ich ihn durchschaut hatte.

Er tat, als hätte er nichts bemerkt, und klopfte weiter aufs Lenkrad. Als wir das Revier erreichten, parkte er vor der Hintertür. „Ziehen Sie sich um und verarzten Sie das Knie. Wir treffen uns oben."

„Ja, Sir."

Die nächsten Stunden vergingen schleppend. Ich beantwortete Fragen, erklärte die Situation, wieso ich allein gewesen war, wie es sich überhaupt ergeben hatte, dass ich auf diesem Dach war, und reichte meine Dienstwaffe zur Überprüfung ein. Die zwei Streifenpolizisten, die versucht hatten, bei Keith Richardsons Festnahme zu helfen, hatten Bodycams getragen wie die meisten uniformierten Officers. Höchstwahrscheinlich hatten sie Richardsons letzte Momente gefilmt. Es wäre also sehr einfach für die Interne Revision, sich ein Urteil zu bilden, aber wie üblich gab es Vorschriften, Bürokratie und weitere Faktoren zu berücksichtigen.

Als Pierce alles hatte, was er brauchte, ging ich zu meinem Schreibtisch und fing an, meinen Bericht zu schreiben. Brad saß an seinem eigenen Tisch, aber wir redeten nicht. Wir wussten es besser. Schließlich hatten wir nichts zu verbergen. Wir hatten nichts falsch gemacht, aber die Interne Revision gab sogar den saubersten Cops das Gefühl, Dreck am Stecken zu haben. Fennel war mit seinem Bericht fertig und ging hinaus, um mit dem Captain zu reden. Als ich das nächste Mal hochsah, war er weg. Bis uns die Entscheidung mitgeteilt wurde, waren wir dienstfrei gestellt.

Nachdem auch ich meinen Bericht eingereicht hatte, schnappte ich mir meine Tasche und fuhr nach Hause. Derzeit wohnte ich im Gästezimmer meiner besten Freundin. Emma machte es nichts aus, zumindest sagte sie das. Aufgrund der vielen Undercover-Einsätze, die ich hinter mir hatte, und die sich über Monate hingezogen hatten, hatte ich meine eigene Wohnung gekündigt, und da bei der Arbeit immer viel los war, fehlte mir die Zeit, um mir etwas Neues zu suchen. Vielleicht konnte ich mich heute darum kümmern. An Schlaf war nicht zu denken, denn jedes Mal, wenn ich die Augen schloss, sah ich Richardsons Körper auf dem Asphalt liegen.

Auf dem Weg den Flur hinunter zu Emmas Wohnung fiel mir der Mann ins Auge, der an ihrer Tür lehnte. „Hey“, sagte ich und suchte nach meinem Schlüssel, „wieso hast du nicht angeklopft? Emma hätte dich reingelassen.“

„Ich wollte sie nicht stören“, antwortete Fennel. „Ich wusste nicht mehr genau, ob sie aktuell Tag- oder Nachtschichten macht, und war nicht sicher, ob sie schläft.“ Er betrachtete mich mit seinen tiefgründigen, braunen Augen. „Aber wir müssen reden.“

„Du weißt, dass wir das nicht dürfen. Wenn die Interne weitere Fragen hat, müssen sie uns beide nochmal reinholen und auch alle anderen Kollegen, mit denen wir geredet haben.“

„Als ob mich das interessieren würde.“

Ich grunzte. „Hast du Angst, dass ich dich verpfiffen habe?“

„Nein.“

Ich setzte ein gespielt schockiertes Gesicht auf. „Hast du mich etwa verpfiffen?“

„Liv, die Sache ist ernst.“

„Ich weiß.“ Ich stieß die Tür auf. In Anbetracht von Brads Vergangenheit sagte ich: „Es ist nicht deine Schuld. Ich habe darüber nachgedacht und es gibt nichts, was du anders hättest machen können. Richardson war fest entschlossen, sich das Leben zu nehmen. Erst hat er noch gezögert und ich dachte, ich könnte ihn zur Vernunft bringen. Ich habe es versucht. Gott, ich habe es wirklich versucht.“ Entmutigt ließ ich mich auf einen der Barhocker vor der Kücheninsel sinken.

„Ich habe es gehört.“ Brad öffnete den Kühlschrank und holte den halben Inhalt des Gemüsefachs heraus. Dann griff er nach einer Bratpfanne, goss etwas Öl hinein und stellte sie auf den Herd. „Er hätte dich töten können. Was hast du dir nur dabei gedacht? Du rufst mich an und lässt die Leitung offen, aber wo genau du dich befindest, sagst du mir nicht. Bis er die Flasche vom Dach geworfen hat, hatte ich keine Ahnung, wo du bist.“ Wütend schnippelte er das Gemüse klein. „Du hättest heute Nacht nicht dort oben sein sollen. Ich habe dich gebeten, nach der Frau in der Wohnung zu sehen. Stattdessen rennst du irgendeinem Arschloch nach. Du wusstest nicht, ob er bewaffnet ist. Was zum Teufel hättest du als Nächstes getan?“

„Dasselbe wie du. Und der Typ war nicht das Problem. Richardson war es.“ Ich funkelte ihn an. „Und seit wann bist du eigentlich so sexistisch?“

„Bin ich nicht.“

Emma kam aus ihrem Zimmer. Sie trug Leggings und ein Trägertop. Die zusammengerollte Yogamatte hing ihr von der Schulter, aber dem Blick in ihren Augen nach hätte es mich nicht überrascht, wenn sie

sie gleich als Waffe benutzen würde. „Bradley“, sagte sie mit eiskalter Stimme, „willst du mir vielleicht erklären, was hier los ist?“ Sie beäugte mich und legte den Kopf zur Seite, als sie sah, dass meine Dienstmarke noch an meinem Gürtel steckte. „Ist das eure Mittagspause oder sowas?“

„Nein.“ Brad starrte mich an. „Wieso erzählst du ihr nicht, was du heute Nacht gemacht hast, Liv?“

Ich sah ihm weiter in die Augen, auch noch, als er bereits wieder Gemüse schnitt. Vielleicht würde er sich einen Finger abschneiden. Würde ihm recht geschehen. „Verdammt. Du hast mich also doch verpfiffen.“

„Liv“, sagte Emma und zog an meinem Ärmel, damit ich sie ansah, „rede mit mir. Was ist denn los?“

Ich ignorierte sie jedoch und starrte weiter meinen Partner an. „Was hast du dem Detective von der Internen erzählt?“

„Nichts, Liv. Ich habe ihm überhaupt nichts erzählt. Nur, was passiert ist. Du weißt, dass ich dir so etwas niemals antun würde. Aber du schuldest mir eine Erklärung. Was hast du dir verdammt nochmal dabei gedacht, als du allein hinter dem Kerl hergelaufen bist? Bis aufs Dach?“ Wütend ließ er das Messer fallen und atmete scharf aus. Er drehte sich um, stützte sich an der Spüle ab und starrte aus dem Fenster. „Richardson hat auf dich geschossen. Er hätte dich töten können. Und du hattest deine Waffe nicht einmal in der Hand. Ich will wissen, warum.“

„Moment, warte mal.“ Emma ließ ihre Matte auf den Boden fallen und setzte sich auf den Hocker neben mir. „Einer von euch muss mir sofort erklären, was hier los ist.“ Sie musterte mich von Kopf bis Fuß. „Gehts dir gut, Liv?“

„Ja, alles gut.“

„Aber jemand hat auf dich geschossen“, stellte sie

fest.

„Richardson hat seine Waffe abgefeuert. Er hat nicht auf mich gezielt. Ich musste eine Entscheidung treffen. Hätte ich meine Waffe gezogen, hätte er auf mich gezielt. Er wollte sterben und ich wollte nicht, dass es meine Kugel ist, die ihn tötet.“ Meine Stimme brach und ich biss mir auf die Wange. „Es ist schlimm genug, dass er vom Dach gesprungen ist, nachdem ich ihm die Handschellen angelegt hatte. Du hast unsere Unterhaltung mit angehört. Du weißt, wie viel Angst er hatte.“

Brad nickte. „Ja.“

„Ja“, wiederholte ich. Emma drückte meine Hand und ich drückte zurück. „Ich glaube nicht, dass ich heute zum Hot Yoga gehen kann, Em. Aber du solltest los. Sonst kommst du noch zu spät.“

„Bist du sicher?“

„Ich bin sicher.“ Ich tat mein Bestes, sie ermutigend anzulächeln.

Brad wandte sich der Pfanne zu, prüfte, ob das Öl heiß genug war, und warf das Gemüse hinein. Dann holte er ein Steak aus dem Kühlschrank.

„Steuerst du diese Woche etwas zu den Lebensmitteln bei?“, fragte Emma.

Fennel griff in seine Hosentasche und holte ein paar Scheine heraus, die er vor ihr auf den Tresen klatschte. „Beim nächsten Mal kauf die braunen Champignons. Diese weißen sind nicht gut.“ Sie tauschten einen hitzigen Blick aus, den ich nicht deuten konnte, und Brad nickte. „Ich kümmere mich um sie.“

„Das will ich auch hoffen.“ Sie umarmte mich, flüsterte mir ins Ohr, dass ich sie anrufen sollte, wenn ich etwas brauchte, und ließ uns dann allein.

Als das Frühstück fertig war, teilte Brad es auf zwei Teller auf und stellte mir einen hin. Er nahm zwei

Gabeln aus der Schublade und setzte sich neben mich.

„Das sieht echt lecker aus, aber ich bin nicht hungrig.“ Ich stieß mich von der Insel ab. „Eigentlich ist mir irgendwie schlecht.“

Er sah auf seinen Teller hinunter. „Ich weiß, aber du solltest wenigstens ein paar Bissen essen. Den Rest heben wir dir für später auf.“ Er kaute langsam. Ich war eindeutig nicht die Einzige, die keinen Appetit hatte. „Ich kann dich nicht verlieren, Liv. Ich kann nicht zusehen, wie noch mehr meiner Kollegen sterben. Ich kann es einfach nicht.“

Vier

„Schatz, ist das dein Telefon?“, fragte seine Frau. Sie rollte sich im Bett auf die Seite und linste auf den Wecker. „Wer ruft denn so früh an?“

„Jemand von der Arbeit.“ Er hatte fast die ganze Nacht wachgelegen und sich Sorgen gemacht, dass etwas schiefgegangen sein könnte. Und natürlich war es das. „Schlaf weiter.“ Er griff nach dem Handy, ging in sein Arbeitszimmer und schloss die Tür. *Verdammt, Keith. Was hast du jetzt wieder verbockt?* Mit einem Seufzen wandte er den Blick aus dem Fenster.

Das Telefon klingelte wieder und er nahm ab.

„Sir, tut mir leid, wenn ich Sie stören muss.“

„Ist schon gut. Was ist los?“, fragte er.

„Dann haben Sie also die Nachrichten nicht gesehen?“

„Nein, habe ich nicht.“ Er spielte dieses Spiel lange genug, um niemals preiszugeben, dass er etwas wusste. Vor seinen Leuten mimte er immer den Unwissenden. Womöglich hielten sie ihn sogar für inkompetent oder manipulativ.

„Tja, also, die Polizei ist vor ein paar Stunden zu einem Suizid ausgerückt. Ein Mann ist von einem Dach gesprungen. Er hatte eine Waffe."

„Und? Viele Amerikaner besitzen Waffen."

„Ja, Sir. Aber er war über und über mit Blut bespritzt. Dem Blut einer anderen Person. Der Detective, der den Fall übernommen hat, denkt, dass er eine Frau ermordet hat, bevor er sich das Leben nahm. Die Polizei sucht die Stadt nach dem Opfer ab. Die Medien haben die Geschichte aufgegriffen und die Spurensicherung arbeitet auf Hochtouren. Es ist schlimm. Ich wollte nur, dass Sie vorbereitet sind. Damit Sie es nicht erst hören, wenn Sie ankommen."

„Danke für die Vorwarnung. Bis später."

„Soll ich Ihre Termine verschieben?"

„Nicht nötig. Alles soll sein wie immer." Er legte auf und schaffte es nur mit größter Mühe, seine Stimme bis zum Ende ruhig und höflich zu halten.

Die Sache war übel. Keith hätte sich um das Problem kümmern sollen. Wozu sollte er ihn behalten, wenn er nicht einmal einen simplen Auftrag ausführen konnte? Er hätte Keith niemals Teil seines Projekts werden lassen dürfen. Dabei war er nur durch Zufall darauf aufmerksam geworden. Der Idiot hatte Gerüchte gehört und ein paar Dinge gesehen, die er nicht hätte sehen dürfen. Aber genau deshalb hatte er Keith Schweigegeld bezahlt. Und das hatte funktioniert. Ein bisschen zu gut sogar.

Solche Summen hatte Keith noch nie in seinem Leben gesehen. Und er war gierig geworden. Um mehr zu bekommen, hatte Keith ihm eine Liste von Frauen gegeben, jung, hübsch und ungebunden. Frauen, die niemand vermissen würde. Deren Fehlen niemandem auffallen würde. Das hatte Keith versprochen. Und für eine Weile hatte es auch gestimmt.

Doch jetzt stürzte das Kartenhaus um ihn herum zusammen. Und er musste etwas unternehmen, um das zu verhindern. Deshalb hatte er Keith aufgetragen, sich um das Problem zu kümmern. Der Trottel hatte sicherstellen sollen, dass niemand fliehen konnte, und sich irgendwo umbringen, wo niemand etwas sah oder hörte. Was Keith nicht hatte tun sollen, war, ein Spektakel zu veranstalten und die Aufmerksamkeit des gesamten Polizeikommandos auf sich zu lenken.

„Scheiße." Er schlug mit der flachen Hand auf den Tisch. Die Bullen würden schnüffeln. Sie würden nicht aufhören, bis sie Ingrid fanden. Er hoffte, dass Keith ihre Leiche ordentlich entsorgt hatte. Ohne Leiche gab es keinen Tatort. Keine Beweise. Kein Verbrechen. Dann wäre alles reine Spekulation. Und damit konnte er leben.

Aber etwas sagte ihm, dass Keith ihn noch viel, viel tiefer in die Scheiße geritten hatte.

* * *

„Wer ist dieser Typ, verdammt nochmal?", fragte ich. Während der letzten Stunden hatten Fennel und ich das Internet nach Informationen über Keith Richardson durchforstet. Wir hatten gleich mehrere Männer mit diesem Namen in der Stadt gefunden, aber keiner von ihnen war unser Selbstmörder. „Bist du sicher, dass das die richtige Adresse ist?"

„Es ist jedenfalls die, die auf seinem Führerschein steht." Brad gab eine neue Suche ein, aber auch diese stellte sich als gleich nutzlos heraus wie alle anderen davor. „Ich frage mich, was sie in seiner Wohnung gefunden haben."

„Wir werden es nicht erfahren, bis sie uns grünes Licht geben. Verflucht." Ich kniff mir den

Nasenrücken und lief im Wohnzimmer im Kreis, bevor ich mich auf die Couch fallen ließ und die Augen schloss. „Wieso funktioniert es nicht?"

„Weil wir nicht klar denken können." Fennel gähnte und klappte seinen Laptop zu. „Ich sollte fahren und dich schlafen lassen."

„Nein. Nicht, bis wir wissen, was passiert ist." Ich sah auf mein Handy, aber ich hatte keine neuen Nachrichten. „Richardson hat letzte Nacht jemanden erschossen. Ich weiß es."

„Jetzt ist es zu spät, um etwas zu unternehmen."

Brad setzte sich neben mich und griff nach der Fernbedienung. Er schaltete durch die Kanäle, bis er einen Sender fand, auf dem gerade die Mittagsnachrichten gebracht wurden. Über einen Selbstmörder, der vom Dach eines Wohngebäudes gesprungen war, wurde nur beiläufig berichtet, aber der Name des Opfers oder Details darüber, dass er mit einem Verbrechen in Verbindung gebracht wurde, wurden nicht erwähnt.

„Die Polizei hat ihre Ermittlungen noch nicht abgeschlossen", fügte der Reporter abschließend hinzu.

Als die Wettervorhersage eingeblendet wurde, schaltete Brad auf einen anderen Sender. Er entschied sich für einen Zeichentrickfilm, löste seine Marke von seinem Gürtel, legte sie auf den Couchtisch und streckte die Beine aus. „Erinnerst du dich daran, wie es war, als Kind krank zu sein? Du weißt schon, von der Schule zu Hause bleiben, den ganzen Tag Zeichentrickfilme schauen und Hühnersuppe essen?" Er sah zu mir. „Grayson hat die Sache im Griff. Die Detectives Loyola und Sullivan werden für uns einspringen und die beiden sind gut. Sie wissen, was zu tun ist. Also. Legen wir einen Tag Krankenstand ein. Trickfilme und was immer im Kühlschrank ist.

Was sagst du dazu?“

„Es ist kein Krankenstand. Im Grunde genommen sind wir vom Dienst suspendiert.“

„Schh.“ Er schloss die Augen. „Wir tun ja nur so.“

„Bist du fünf?“

„Klar, das kriege ich hin.“ Er öffnete ein Auge und sah mich an. „Was hast du denn heute sonst noch vor?“

Er hatte recht. Ich hatte in alle möglichen Richtungen ermittelt und die üblichen Mittel standen uns nicht zur Verfügung, bis die Interne Revision ihre eigenen Ermittlungen abgeschlossen hatte. Ich hasste es, in dieser Zwickmühle zu stecken. „Was ist mit den Entführungsfällen?“

„Sullivan wird sich wohl ein Paar Strümpfe kaufen müssen. Ich wette, er ist schlau genug, sich die normalen zu besorgen anstatt deiner Fischernetze.“

Ich kicherte bei der Vorstellung des pragmatischen Arthur Sullivan in Strümpfen. Dieser Gedanke zusammen mit dem Fernseher unterhielt mich bis zur nächsten Werbepause. Ich öffnete den Mund, um zu sprechen, doch dann bemerkte ich, dass Brad eingeschlafen war. Wir waren die ganze Nacht wach gewesen. Der Stress und die Nachtschicht hatten ihren Tribut gezollt. So leise wie möglich kletterte ich vom Sofa und drehte den Fernseher ab.

Brad hatte recht. Wir konnten nicht viel tun. Die anderen Cops in unserem Team würden sich darum kümmern. Wir hatten alle denselben Eid geleistet und ich hatte keinen Grund zu glauben, dass sie nicht danach handeln würden. Nachdem ich mich umgezogen hatte, legte ich mich ins Bett. Emma würde nicht vor Mitternacht nach Hause kommen, also konnte Brad auf der Couch schlafen, solange er wollte.

Nachdem ich mich durch ein paar Alpträume

gekämpft hatte, wurde ich vom Klingeln eines Telefons geweckt. Ich griff nach meinen, aber es war still. Auf dem Weg zur Tür rieb ich mir die Augen.

„Ja, okay. Danke." Brad legte auf.

„Wie lange bist du schon wach?", fragte ich.

„Nicht lange. Ich wollte gerade los."

Ich nickte zu seinem Handy. „Wer war dran?"

„Captain Grayson. Er hat angerufen, um mich zurück aufs Revier zu zitieren. Er hat bei der Internen Druck gemacht und meine Freigabe ist da."

„Nicht, dass wir jemals daran gezweifelt hätten, dass sie kommen würde." Aber da war etwas, das er mir nicht sagte. „Was noch?"

„Sie haben den zweiten Tatort gefunden." Er seufzte. „Du hattest recht."

„Ich wünschte, es wäre nicht so." Ich warf einen Blick auf mein eigenes Handy und fragte mich, wann Grayson mich anrufen und zurück aufs Revier zitieren würde. „Mord?"

„Mhm."

„Konnte das Opfer identifiziert werden?"

„Weiß ich nicht. Ich werde es herausfinden, wenn ich dort bin."

„Ich sollte mich wohl auch fertig machen."

„Grayson meinte, die Interne prüft noch ein paar Details." Brad sah zu, wie mir das Gesicht herunterfiel. „Vielleicht solltest du deinen Dad anrufen. Er könnte einen Ball ins Rollen bringen. Ich will nicht, dass dich dieser Bürokratiemist zu lange von der Arbeit abhält."

„Ich werde nicht zulassen, dass Vince DeMarco meinetwegen ein paar Fäden zieht. Das halbe Dezernat denkt, dass ich genau aus diesem Grund zum Detective befördert wurde. Und ich weigere mich, ihnen in die Hände zu spielen. Ich schaffe das allein."

„Also gut. Ich sehe mal, was ich rausfinden kann. Wenn es etwas gibt, das du wissen musst, rufe ich dich an.“ Er grunzte. „So viel zum Thema Krankenstand.“

Nachdem Brad fort war, frühstückte ich, obwohl es später Nachmittag war, und ging laufen, um den Kopf freizubekommen. Mein Handy klingelte und ein wenig außer Atem hob ich ab. Es war Dad. Bis ich zurück bei Emmas Wohngebäude war, wartete Vince DeMarco schon in der Wohnung auf mich.

„Mein Gott“, ich senkte die Waffe und schlug mir auf die Brust, „du solltest es besser wissen, als einfach so hier reinzukommen.“

Mein Dad hielt den Reserveschlüssel hoch, den Emma meinen Eltern gegeben hatte. „Ich habe einen Schlüssel, aber netter Versuch.“

„Was machst du hier? Ich habe doch gesagt, es geht mir gut. Hat Fennel dich angerufen? Ihm habe ich auch gesagt, dass ich allein klarkomme.“

„Dein Partner hat nicht angerufen. Mein alter Partner hat angerufen.“

„Captain Grayson?“

„Er hat mir erzählt, was passiert ist. Geht es dir gut, Liebling? Du hättest mich anrufen sollen.“

„Es ist okay. Mir geht es gut. Die Interne Revision macht nur ihre Arbeit. Bestimmt bin ich schon bald wieder im Dienst.“

„Hast du deinen Gewerkschaftsvertreter kontaktiert? Ich habe ein paar Leute angerufen, die ich in der Gewerkschaft kenne. Sie können dir einen guten Anwalt empfehlen.“

„Ich brauche keinen Anwalt.“

„Okay, aber du weißt, dass es meine Aufgabe ist, mir Sorgen zu machen. Hast du schon zu Abend gegessen?“

Ich schüttelte den Kopf. „Jetzt klingst du wie

Mom."

„Ah, ein Schlag unter die Gürtellinie", witzelte er, „aber unter diesen Umständen lade ich dich zum Essen ein. Dann können wir reden. Oder nicht reden. Was immer du willst."

„Das musst du nicht tun. Ich komme schon klar. Außerdem warte ich nur darauf, dass ich wieder arbeiten darf."

„Ernsthaft, Liebling, du würdest mir einen Gefallen tun. Deine Mom hat mich heute Abend mir selbst überlassen, damit sie einen Blumentopf bemalen kann oder sowas in der Art." Er verdrehte die Augen. „Ich kapiers nicht."

Ich versuchte ihm zu erklären, was toll daran war, Kaffeetassen und andere Gegenstände aus Keramik zu bemalen, während man Wein trank und mit Freundinnen plauderte, aber mein Dad begriff das Konzept nicht. Ich selbst tat mir auch schwer damit, wenn ich ehrlich war. Emma hätte es ihm besser erklären können. Immerhin war sie es gewesen, die meiner Mom damals von diesem Zeitvertreib erzählt hatte.

Ich gab auf, ging mich duschen und umziehen und danach ließ ich mich von Dad in mein Lieblingsrestaurant fahren. Vielleicht hatte Brad wirklich recht gehabt und ein Tag Krankenstand war genau das, was ich brauchte.

Fünf

„Wer ist sie?“ Ich blätterte durch die Tatortfotos und verweilte bei einer Nahaufnahme ihres Gesichts.

„Das wissen wir nicht. Sie hatte keinen Ausweis dabei. Ihre Fingerabdrücke sind nicht im System. Die Gerichtsmedizin überprüft die forensische Dentaldatenbank, aber bisher haben sie keinen Treffer gelandet. Aufgrund der Lebertemperatur ist sie etwas mehr als einen Tag tot.“ Brad lehnte sich zu mir. „Der Todeszeitpunkt fällt genau in unser geschätztes Zeitfenster, ein paar Stunden, bevor Richardson gesprungen ist. Ich bin mir nicht sicher, was die Mordkommission davon hält, dass wir uns ihren Tatort angesehen haben, aber jetzt müssen sie einen Fall weniger lösen. Sie sollten uns dankbar sein.“

„Fünfundvierziger?“ Ich deutete auf die drei Einschusslöcher in ihrer Brust.

„Ja.“ Brad lehnte sich in seinem Stuhl zurück. „Dasselbe Kaliber wie Richardsons Waffe. Die Spurensicherung hat die Hülsen auf dem Dach gefunden. Sind vom selben Typ wie die, die um sie herum lagen.“ Er blätterte durch die Akte und deutete auf ein Beweisfoto. „Der ballistische Bericht sollte jeden Moment reinkommen, aber ich schätze mal, dass das die Frau ist, die Keith Richardson ermordet hat.“

Der Gerichtsmediziner schätzte sie auf achtzehn bis fünfundzwanzig. Jung, blond und hübsch. „Wurde sie als vermisst gemeldet?“ Seit dem Vorfall auf dem Dach waren anderthalb Tage vergangen. Mittlerweile sollte sich jemand da draußen fragen, wo sie geblieben war.

„Noch nicht. Ich habe meinen Kumpel in der Vermisstenstelle gebeten, die Ohren offenzuhalten. Er meldet sich.“

„Wie kennen sich Jane Doe und Keith Richardson?“

„Weiß ich auch noch nicht. Schwierige Sache. Unser Selbstmörder ist wohl nicht der, für den wir ihn gehalten haben.“

„Ist mir auch schon aufgefallen.“

Ich blätterte noch einmal durch Richardsons Akte. Die Adresse auf seinem Führerschein war gefälscht. Das Haus gehörte einem Ehepaar, das laut Grundbuch seit fünfunddreißig Jahren darin wohnte. Sie waren befragt worden, hatten aber nie Untermieter gehabt. Kinder hatten sie auch nicht und Richardson hatten sie noch nie gesehen. Die Kollegen hatten auch ihre Nachbarn befragt, von denen sich niemand erinnern konnte, Keith jemals in der Nachbarschaft gesehen zu haben. Im System gab es auch keine Geburtsurkunde von ihm, zumindest keine, die wir finden konnten. Brad hatte den ganzen Morgen am Telefon mit der Sozialversicherung verbracht. In aller Kürze, unser Selbstmörder existierte nicht. Seine Fingerabdrücke waren nicht in der Datenbank, was bedeutete, dass er keine

Vorstrafen hatte.

„Identitätsbetrug?“, spekulierte ich, aber diese Theorie stand auf wackligen Beinen. Damit es als Identitätsbetrug durchging, müsste tatsächlich ein Keith Richardson existieren, dem unser Toter die Identität gestohlen hatte.

„Sieht nicht danach aus. Er hatte keine Karten dabei.“

„Du hast doch das Geld auf dem Dach gefunden.“ Ich hakte meinen Fuß in der Querstrebe an der Rückseite meines Schreibtisches ein und schaukelte vor und zurück, während ich jedes von Richardsons Worten noch einmal durchging. Er hatte mir seinen Namen nie verraten. Er hatte insgesamt nicht viel preisgegeben, nur, dass jemand ihn dazu gezwungen hatte. „Wieso bist du gesprungen? Wovor hattest du solche Angst?“

Leider konnte mir die Kopie seines Ausweises diese Fragen nicht beantworten, und Fennel konnte es auch nicht. Ich rieb die Hände aneinander und stand auf. „Ich übersehe etwas und ich weiß nicht, was es ist. Wollen wir eine Runde drehen und uns den anderen Tatort genauer ansehen?“

Brad griff nach seiner Jacke und folgte mir die Treppe hinunter. Obwohl ich nur eine ganze und eine halbe Schicht verpasst hatte, hinkte ich Lichtjahre hinterher. Deshalb hatte ich es schon als Kind gehasst, krank zu sein. Sicher, es hätte Spaß gemacht, zu Hause zu bleiben und blauzumachen, aber die Hausaufgaben und Schulübungen nachzuholen nervte. Damals wie heute.

In meiner Abwesenheit hatten die Kollegen das rote Auto ausfindig gemacht. Es gehörte einem Wallace Lee, einem Fahrer für eine Mitfahragentur. Er hatte Richardson einen halben Block von dort entfernt abgeholt, wo Jane Does Leiche gefunden worden war. So hatten wir den Tatort gefunden. Richardsons Handy hätte uns vermutlich Aufschluss über seine Identität und seine Kontakte geben können, aber es war bei dem Sturz in tausend Einzelteile zerschellt. Ich wusste nicht, ob die Tech-Leute irgendetwas davon retten konnten, das uns helfen würde. Nichts war jemals einfach.

Wären Brad und ich nicht zufällig genau in dieser Straße unterwegs gewesen, hätten wir nicht mitbekommen, wie Richardson aus dem Auto ausstieg, und dann wäre es uns vielleicht nie gelungen, eine Verbindung zwischen ihm und der toten Frau herzustellen. Sie wäre als ein weiterer von vielen ungelösten Fällen geendet. Zumindest wussten wir, wer sie ermordet hatte. Wir wussten nur nicht, warum.

„Denkst du, es gibt einen Zusammenhang?“ Ich sah meinen Partner an.

„Zwischen Richardson und Doe? Ja, natürlich.“

„Nein. Zwischen den vier Entführungen. Den Frauen. Jane Doe passt ins Schema. Jung, schlank, hübsch.“

„So ziemlich jede Frau unter fünfundzwanzig passt in dieses Schema. Übersehe ich etwas?“

„Richardson wollte genau dort abgesetzt werden. Er hat dieses Gebäude aus einem bestimmten Grund gewählt. Denkst du wirklich, es war Zufall, dass wir ausgerechnet zu dieser Uhrzeit in dieser Straße waren?“

„Es war Glück, mehr nicht“, sagte Brad, aber er schien selbst nicht überzeugt.

„Hat einer der Bewohner des Hauses ihn erkannt?“

„Die Befragungen haben nichts ergeben. Ein paar Leute waren sich nicht ganz sicher, aber konkrete Hinweise gab es keine.“

Mir kam ein Gedanke in den Sinn. „Er hat gesagt,

ich solle nach Hause gehen, und als ich sagte, dass ich nicht hier in der Gegend wohne, sagte er, das sei gut."

„Der Typ hatte nicht alle Tassen im Schrank." Aber aus dem Augenwinkel konnte ich sehen, wie Brad durch die Fotos blätterte. „Denkst du, er hat Jane Doe erschossen und sich hinterher nach Hause fahren lassen?"

„Keine Ahnung. Wenn du vorhättest, dir das Leben zu nehmen, wo würdest du es tun?" Meine Gedanken wanderten an den düsteren Ort, an dem ich die Erinnerung daran aufbewahrte, wie ich Brad bewusstlos in seinem Wohnzimmer gefunden hatte. Er hatte gesagt, es sei ein Fehler gewesen. Dass er nur eine Ausflucht gebraucht und zu viel getrunken hatte, aber seit diesem Tag sorgte ich mich um ihn, vielleicht mehr, als ich sollte.

Er überlegte. „Ich weiß nicht. Darüber habe ich noch nie nachgedacht. Was ist mit dir?"

„Die meisten Selbstmörder tun es an Orten, an denen es sehr wahrscheinlich ist, dass sie gefunden werden. Zu Hause, im Büro, an einem Ort mit einer Bedeutung."

„Denkst du, er hat in diesem Gebäude gewohnt?"

„Kann sein. Er wusste genau, wohin er musste, und hat es verdammt gut geschafft, mir auf dem Weg nach oben auszuweichen. Ich würde meinen nächsten Gehaltsscheck darauf verwetten, dass er das Gebäude von innen kannte."

„Ich habe da so ein Gefühl. Wenn wir hier fertig sind, lass uns doch bei dem Restaurant vorbeifahren, in dem Lyla James arbeitet, und wir sollten auch noch einmal mit Abigail Bookers Freundin reden."

Als mir klar wurde, was Brad dachte, hätte ich mir am liebsten dafür in den Arsch getreten, dass ich nicht selbst darauf gekommen war. „Gepflegt, dunkle Haare. Du denkst, Richardson, hat diese Frauen entführt. Aber wo ist dann seine Brille?“

„Vielleicht trug er auch Kontaktlinsen?“ Er griff nach seinem Handy und drückte auf eine der Kurzwahltasten. „Ich bitte den Gerichtsmediziner, nachzusehen.“

„Es wundert mich, dass wir den offiziellen Bericht noch nicht erhalten haben.“ Bisher hatte ich nur einen Blick auf die vorübergehende Fassung werfen können. Zu diesem Zeitpunkt hatte die Autopsie noch nicht begonnen, auch wenn wir sie nicht zwingend brauchten. Ich war keine Ärztin, aber ich wusste sehr genau, wie Richardson gestorben war. „Hast du den toxikologischen Bericht gelesen?“

„Nein, aber ich vermute stark, dass da noch mehr in seinem Blut war als nur der Alkohol.“ Brad hob einen Finger an seine Lippen, damit ich still war, während er eine der Assistentinnen in der Gerichtsmedizin nach den Kontaktlinsen fragte. Sie versprach ihm, dass der Gerichtsmediziner nachsehen und sich jemand umgehend wieder melden würde. „Danke, Carrie.“ Er lächelte und legte auf.

„Carrie, was?“ Ich schüttelte den Kopf und lachte. „Triffst du dich immer noch mit ihr?“

„Gelegentlich. Warum?“

„Nur so, aber ich will nicht, dass das tragisch für uns endet.“

„Für uns? Das musst du mir erklären, Liv. Sind wir denn ein Uns? Haben wir einen Dreier, von dem ich nichts weiß?“

„Im Grunde schon. Es läuft doch immer gleich ab. Sie will etwas Ernstes. Du nicht. Oder umgekehrt. Du brichst ihr das Herz und wenn wir das nächste Mal einen Gefallen brauchen, oder eine schnelle Analyse eines Opfers, warten wir Tage, Wochen, Monate“, ich warf ihm einen Blick von der Seite zu, „Jahre. Du hast den Spaß und ich die Probleme.“

„Das ist doch lächerlich."

„Es kommt immer wieder vor."

Brad brummte mürrisch. „Mach dir keine Sorgen deswegen. Es ist nichts Ernstes. Wir sind nicht zusammen oder so. Eigentlich sind wir überhaupt nichts." Ich wollte etwas erwidern, aber er sah mich durchdringend an. „Und sie weiß es. Tatsächlich war sie es, die darauf bestanden hat. Wir lassen nur Dampf ab. Sie gibt den Takt vor. Ich mache mit. Es ist keine große Sache."

„Pass besser auf, Fennel. Sonst handelst du dir noch einen Ruf ein."

„Hältst du deshalb ADA Winters so auf Abstand?"

„Unter anderem." Mir hätte klar sein müssen, dass dieses Gespräch eine hässliche Wendung nehmen würde. Ich sah mir die Straßenschilder an und fand einen Parkplatz ganz hinten. „Oh, sieh nur. Wir sind da." Als ich Reste von Absperrband entdeckte, öffnete ich die Autotür und atmete tief ein. Ich hatte keine Ahnung, was ich erwarten sollte, aber gemessen an Fennels angespanntem Körper, ging ich automatisch vom Schlimmsten aus.

Die Spurensicherung war gründlich gewesen. Alles war auf Rückstände und Fingerabdrücke untersucht worden. Der Mörder hatte sich nicht die Mühe gemacht, das Verbrechen oder seine Beteiligung daran zu vertuschen. Es war ihm egal gewesen, ob man ihn fand. Vermutlich hatte er darauf spekuliert, dass er tot sein würde, bis wir ihre Leiche fanden. Und genau so war es auch gekommen.

„Hätten wir nicht nach ihr gesucht, hätten wir sie niemals gefunden", sagte Brad. „Ich wünschte nur, wir wüssten, warum es passiert ist."

„Ich auch." Die Wahrheit war, dass es mich sehr wunderte, dass Captain Grayson uns diese Ermittlungen erlaubt hatte. Der Mörder war tot. Der

Fall war abgeschlossen.

„Sie lag da drunter." Er nickte in Richtung einer zerfetzten und verdreckten Matratze. „Vermutlich hat er sie bei den Mülltonnen gefunden und benutzt, um ihre Leiche zu verstecken. Die Streife dachte, dass ein Obdachloser sie als Unterschlupf benutzt hatte, weil sie so gegen die Wand gelehnt dastand."

„Ich wette, der Officer, der sie gefunden hat, war ziemlich ... überrascht." Ich kniete mich hin und suchte den Boden unter den Mülltonen ab. „Haben sie auch im Müll gesucht?"

„Ja."

Ich wischte mir die Hände an der Hose ab und stand auf. „Jane Doe sieht nicht aus wie eine Obdachlose. Sie hatte keine Geldbörse und keinen Ausweis bei sich, aber sie trug ein goldenes Armband, oder?"

Brad nickte.

„Dann war es vermutlich kein Raubüberfall, nicht, dass wir bei Richardson einen Hinweis darauf gefunden hätten, dass er ein Dieb gewesen wäre."

„Er hatte allerdings jede Menge Bargeld dabei, also sollten wir es noch nicht ganz ausschließen." Fennel und ich wechselten uns oft damit ab, den Advocatus Diaboli zu spielen, damit unsere Theorien nicht zu unrealistisch wurden. Aber in diesem Fall gefiel es mir nicht.

„Wieso sollte er sie töten?" Ich drehte mich in der kleinen Nische um mich selbst. Mehrere Mülltonnen säumten beide Seiten der dreieckigen Öffnung.

„Die Frage könnten wir leichter beantworten, wenn wir wüssten, wer die beiden waren." Fennel schlüpfte in einen Latex-Handschuh und untersuchte die Matratze. Das Loch in der Mitte hatte saubere Ränder, vermutlich von einem scharfen Messer. Er zog die Augenbrauen zusammen.

„Was hast du gefunden?“

Er zog einen Aufkleber ab. „Die Matratze gehört den Monthly Stay Condos. Sieh mal, da steht es.“

„Steht auch eine Zimmernummer rauf?“

„Nein.“

„Ich bezweifle, dass Richardson die Matratze hierhergeschleppt hat, nur um die Leiche zu verstecken. Vermutlich war sie schon hier, aber es kann nicht schaden, es zu überprüfen.“ Ich war ratlos. „Was ist denn sonst noch hier in der Gegend? Ich sehe keine Clubs, Restaurants oder Geschäfte. Wieso sollte eine junge Frau sich nachts in dieser Gegend aufhalten?“ Die Gegend war nicht für Drogen oder Bandenaktivitäten bekannt. Eigentlich war sie für gar nichts bekannt. Es gab viele Büros hier und alles sperrte zu, bevor es Abend wurde.

„Finden wir es heraus.“ Brad streifte den Handschuh ab, warf ihn in eine der Tonnen und trat die Stufen zum nächstgelegenen Bürogebäude hinauf. Er lächelte die Rezeptionistin an und hielt seine Marke hoch. „Detectives Fennel und DeMarco. Ich brauche nur eine Minute Ihrer Zeit, Ma'am.“

Die grauhaarige Frau hinter dem Tresen sah auf und lächelte routiniert. „Was kann ich für Sie tun?“

„Haben Sie diese Frau schon einmal gesehen?“ Er zeigte ihr das Foto auf seinem Handy.

„Sie ist hübsch. Sie könnte für Rogers and Stein auf der vierten Etage arbeiten.“

„Rogers and Stein?“, erkundigte ich mich. „Ist das eine Anwaltskanzlei?“

Die Frau lachte. „Gott, nein. Es ist eine Modelagentur. Frauen kommen und gehen den lieben langen Tag. Bei ihr bin ich mir nicht sicher, aber sie sieht aus, als könnte sie ein Model sein. Finden Sie nicht auch?“

„Welche Firmen haben sonst noch ihre Büros hier

im Gebäude?“, fragte Fennel weiter.

„Ich mache Ihnen eine Kopie der Liste.“ Sie kramte in ein paar Schubladen, bevor sie ein altes, zerknittertes Blatt Papier fand. Mühsam erhob sie sich aus ihrem Stuhl und wankte zum Kopierer. Auch er war alt, noch älter als das Ding, das wir auf dem Revier hatten. Nach mehreren Minuten hatte sich das Gerät endlich aufgewärmt, die Seite gescannt und eine Kopie gedruckt. Als sie sie Brad reichte, war sie noch warm. „Kann ich Ihnen sonst noch irgendwie behilflich sein?“

„Der vierte Stock?“, fragte ich.

„Oh, ja.“ Sie beäugte mich. „Aber Sie sollten wissen, dass Rogers and Stein heute und morgen geschlossen hat. Sie modeln alles um.“ Sie lachte über ihren Wortwitz.

Brad sah mich an, aber noch wussten wir nicht genug, um weitere Fragen zu stellen oder Türen aufsperren zu lassen. Ich schüttelte den Kopf und Brad bedankte sich bei der Dame. Er warf einen Blick auf die Liste. Fünfzehn Büros. Und dieses war nur eines von vielen Bürogebäuden in dieser Gegend.

„Ich rufe Mac an und bitte sie, Profile der Firmen zu erstellen.“

„Sie soll mit der Modelagentur anfangen. Dort landen wir noch am ehesten einen Treffer.“

„Allerdings wäre auch die mitten in der Nacht geschlossen gewesen.“

Fennel zuckte mit den Schultern. „Es kann nicht schaden, es zu überprüfen.“

Sechs

Unser nächster Halt waren die Monthly Stay Condos. Entgegen dem klingenden Namen sah der Laden aus wie ein schäbiges Motel. Während Brad mit dem Mann an der Rezeption redete, ging ich umher, sah in Fenster und durch offene Türen. Es war mitten am Tag, aber der Parkplatz war halb voll. Und den Geräuschen aus Zimmer 502 nach zu schließen, hatte darin jemand gerade jede Menge Spaß.

Vor ein paar Automaten blieb ich stehen. Ich konnte Stimmen aus dem angrenzenden Zimmer hören, aber was geredet wurde, verstand ich nicht. Es klang nach zwei Frauen, von denen mindestens eine weinte. Ich klopfte an.

„Hallo“, sagte ich und lächelte freundlich, als eine große Frau mit schwarzen Haaren öffnete. „Können Sie vielleicht einen Fünfer wechseln? Die Maschinen nehmen alle nur Ein-Dollar-Scheine.“

Sie schniefte und wischte sich mit dem Handrücken die Augen trocken. „Nein, tut mir leid.“ Sie wollte die Tür schon schließen, aber ich schob meinen Fuß über die Schwelle, um sie daran zu hindern.

„Ich will mich nicht einmischen, aber ist alles okay?“

„Da.“

Vielleicht war sie Russin. Ich erkannte einen leichten Akzent, konnte ihn aber nicht zuordnen. Mein Blick schweifte über das Wenige, was ich von ihrem Zimmer sehen konnte. Zwei weitere junge Frauen saßen auf dem Bett und sahen fern. Sie starrte auf meinen Fuß hinunter und stieß die Tür dagegen, damit ich ihn zurückzog.

„Tut mir leid, dass ich Sie gestört habe.“

Sie nickte und sobald ich meinen Fuß zurückzog, knallte sie mir die Tür vor der Nase zu.

„Liv“, rief Brad über den Parkplatz, „bist du so weit?“

Ich ließ die seltsame Situation fürs Erste gut sein und ging zurück zum Auto. „Was hat der Rezeptionist gesagt?“

„Er hat weder Jane Doe noch Keith Richardson erkannt. Ich wollte die Gästeliste sehen, aber er wollte sie mir ohne Durchsuchungsbefehl nicht aushändigen. Und seien wir ehrlich, hier zahlen doch sowieso alle bar.“

„Vermutlich nehmen sie auch Kreditkarten. Sie bestehen nur nicht darauf. Irgendwas wegen der Matratze?“

„Er sagt, der letzte Bewohner hat sein Zimmer total verwüstet. Die Matratzen aufgeschlitzt. Sie mussten das gesamte Bett erneuern. Und anstatt jemanden zu rufen, der die Sachen abholt, hat er alles am nächsten Müllplatz abladen.“

„Hast du ihm dafür eine Strafe gegeben?“

Fennel grinste. „Ich habe ihm damit gedroht, es zu tun, wenn er mir den Namen des Mannes nicht nennt.“

„Schlau."

„Ist es wohl. Ich habe den Namen und eine Kopie seines Führerscheins. Randolph Sawyer. Er sieht unserem Mörder nicht ähnlich, aber durchleuchten können wir ihn trotzdem." Er griff nach seinem Funkgerät und meldete es der Zentrale. Ein paar Minuten später hatten wir Sawyers aktuellen Aufenthaltsort. Er war wegen Drogenhandels verhaftet worden.

„Ich wette, ich weiß, warum er die Matratze aufgeschlitzt hat", witzelte ich.

„Und ich wette, du liegst richtig mit deiner Vermutung." Brad betrachtete ein paar Momente lang angestrengt alles, was um uns herum war. „Nichts deutet darauf hin, dass Jane Doe oder Keith Richardson hier gewesen sind. Allerdings ist diese Ecke nur ein paar Blocks von unserem Tatort entfernt. Und Keith hatte einen Haufen Bargeld dabei. Vielleicht brauchte er es, um seine Miete zu zahlen. Wir sollten wohl Sawyer befragen. Wir kriegen ihn für Drogenhandel dran und wenn er etwas gesehen hat, können wir ihm bestimmt etwas anbieten, das ihn motiviert, mit uns zu kooperieren."

„Ganz schön viele Fragezeichen für einen Fall, der im Grunde abgeschlossen ist. Ist es die Mühe wert?"

Fennel verkniff sich ein Augenrollen. „Das Arschloch hat jemanden ermordet, dein Leben gefährdet und unsere beiden Karrieren auch. Ich will wissen, warum." Nachdem ich den Motor gestartet hatte, fügte er hinzu: „Und ich glaube, die Wahrscheinlichkeit ist sehr hoch, dass Richardson mit den vier Entführungen in Verbindung steht."

„Okay. Zum Restaurant." Ich deutete mit dem Finger geradeaus, als würde ich eine Kompanie anführen, und fuhr los.

Die Mitarbeiter im Restaurant waren schon

mindestens zweimal befragt worden, aber aller guten Dinge waren drei. Während Fennel mit den Managern sprach, zeigte ich den Kellnerinnen und Kellnern Keith Richardsons Führerscheinfoto.

„Also ich weiß nicht. Viele Männer sehen aus wie der hier. Schwer zu sagen."

„Was ist mit Ihnen?", fragte ich und drehte das Foto zur Empfangsdame. „Hat dieser Mann jemals hier gegessen?"

Sie nahm das Foto und auf ihrem Kinn formte sich ein Grübchen, als sie auf ihrer Unterlippe kaute. „Ich glaube, er war ein Stammgast. Ricky irgendwas." Sie kratzte sich am Ohr und sah hilfesuchend die Kellnerin an. „Hat er nicht immer nach diesem Tisch verlangt?" Sie deutete auf einen kleinen Tisch für zwei Personen am Ende der Reihe.

„Kann sein." Die Kellnerin zuckte mit den Schultern. „Ich weiß nicht. Ist nicht meine Station."

„Wessen Station ist es denn?", erkundigte ich mich.

„Bethanys und Lylas", sagte die Empfangsdame und warf einen Blick auf die Liste, die mit Kreide auf die Tafel mit ihrem Sitzplan gekritzelt war.

„Ich muss mit Bethany sprechen."

„Sie ist hinten und macht gerade Rauchpause", sagte die Kellnerin.

„Gut, danke." Ich ging zur Eingangstür hinaus und um das Gebäude herum, bis ich eine Frau fand, die eine weiße Bluse und eine schwarze Schürze trug. „Bethany?" Ich zeigte ihr meine Marke. „Ich brauche nur einen Moment."

Augenblicklich ließ sie den Joint fallen und unter ihrem Schuh verschwinden. „Worum gehts?"

„Lyla James."

„Haben Sie sie gefunden?", fragte Bethany.

„Noch nicht. Wir gehen einer möglichen Spur nach." Ich hielt das Foto hoch. „Haben Sie diesen

Mann gesehen?“

Sie nahm mir das Foto aus der Hand und analysierte jeden Zentimeter des Gesichts. Schließlich schnaubte sie frustriert. „Ich kann es nicht ganz sicher sagen.“ Sie reichte mir den Ausdruck zurück und sah mich an. „Denken Sie, er hat Lyla etwas angetan?“

„Ich weiß es nicht. Gab es jemand Besonderen in Lylas Leben? Einen festen Freund? Eine gute Freundin? Jemanden, dem sie sich anvertraut hätte?“

Bethany schüttelte den Kopf. „Lyla ist exzentrisch. So würde meine Mom es jedenfalls nennen. Sie ist laut und kontaktfreudig. Würde mit jedem reden. Aber es hat sich immer so gespielt angefühlt, wissen Sie? Niemand kennt sie wirklich. Sie mag nach außen hin freundlich sein, aber eigentlich ist sie eine Einzelgängerin.“

Da Lyla im Pflegesystem aufgewachsen war, könnte es ein Schutzmechanismus sein. Ich hatte viele Horrorgeschichten gehört und das Leben in einer Pflegefamilie konnte hart sein. Manchmal war es die Rettung, aber manchmal der reinste Alptraum. Sie war umhergeschoben worden. Vermutlich hatte sie früh gelernt, dass die einzige Person, auf die sie sich verlassen konnte, sie selbst war. Deshalb hatte sie auch niemand als vermisst gemeldet. Sie stand niemandem nahe genug, dass jemand sie vermissen würde.

Ich reichte Bethany meine Karte. „Falls Ihnen noch etwas einfällt, auch wenn es Ihnen unwichtig vorkommt, rufen Sie mich an.“

Bethany starrte einen Moment auf die Karte, bevor sie sie in die kleine Tasche ihrer Schürze steckte. „Ein paar der anderen haben geredet. Sie sagten, sie hätten die Cops sagen hören, dass Lyla nicht die einzige Frau ist, die vermisst wird. Was ist los? Ist es sicher, hier zu sein?“

„Über den Fall kann ich leider nichts sagen, aber soweit wir wissen, ist es hier genauso sicher wie überall sonst auch. Sich zusammenzutun, kann trotzdem nicht schaden. Gehen Sie nicht allein zu Ihrem Auto. Lassen Sie jemanden wissen, wohin Sie gehen und wann Sie zurück sein sollten. Treffen Sie Vorkehrungen und kluge Entscheidungen. Und halten Sie die Augen offen. Wenn jemand sich seltsam verhält, wählen Sie den Notruf. Wir gehen der Sache dann für Sie nach."

Sie nickte. „Danke, Detective."

Ich nickte ihr versichernd zu. „Danke."

Das Restaurant stellte sich als Reinfall heraus, aber da die Vermisstenstelle mittlerweile Zugriff auf die Videoaufzeichnungen hatte, die in der Woche vor Lylas Verschwinden gemacht wurden, forderten wir an, dass sie sich alles noch einmal ansahen, in der Hoffnung, dass sie unseren Selbstmörder darauf identifizieren könnten. Unser nächster Halt war eine Werbeagentur, in der Nicky, Abigail Bookers Freundin, jobbte.

Als wir eintraten, begrüßte sie uns, sagte einer der fest angestellten Sekretärinnen, dass sie auf die Toilette müsse, und führte uns in einen Flur. „Tut mir leid", wisperte sie, „ich habe gerade erst hier angefangen und sie wollen mich vorerst für zwei Wochen behalten. Ich will ihnen keinen Grund geben, ihre Meinung zu ändern."

„Kein Problem", meinte Fennel. „Wir brauchen nicht lang." Er hielt ihr das Foto hin.

Nicky starrte einen Moment darauf. „Das ist er. Das ist der Typ, mit dem Abby sich getroffen hat, bevor sie verschwunden ist. Hat der Mistkerl ihr etwas angetan?"

„Sind Sie sicher, dass es derselbe Mann ist?", vergewisserte ich mich.

„Ja. Er fuhr diesen blauen Viertürer, von dem ich Ihnen erzählt habe."

„Haben Sie je mit ihm gesprochen?", fragte Fennel. „Wissen Sie, wie er heißt? Oder sonst etwas über ihn?"

„Nein. Abby hat mir nicht viel erzählt. Nur dass sie ihn bei einem ihrer Jobs kennengelernt und er sie um ein Date gebeten hat. Sie haben sich zum Mittagessen getroffen und sind danach vielleicht noch ein, zwei Male ausgegangen. Ich weiß nur noch, dass er angeboten hat, sie nach dem Frühstück abzuholen und zur Arbeit zu fahren. Vielleicht hat er auch dort gearbeitet. Als ich sie das letzte Mal gesehen habe, ist sie zu ihm ins Auto gestiegen."

„Wo hat Abby gearbeitet?", fragte ich.

Nicky nestelte an ihrem Ohrring. „Daran erinnere ich mich nicht. Ich weiß, dass sie bei einem Kieferorthopäden ausgeholfen hat, aber vielleicht ist das schon nicht mehr aktuell. Ich wünschte, ich könnte mich erinnern. Ich habe ja schon Probleme damit, mir meinen eigenen Dienstplan zu merken."

„Haben Sie beide sich so kennengelernt?", fragte Fennel.

Nicky nickte. „Wir haben bei derselben Personalleasingfirma angefangen, A La Carte Hires. Die müssten doch wissen, wo sie zuletzt eingesetzt wurde."

Fennel sagte ihr nicht, dass wir bei der Agentur zuallererst nachgefragt hatten, wo uns mitgeteilt wurde, dass Abigail Booker seit über einem Monat nicht mehr vermittelt worden war. Wo auch immer sie gearbeitet hatte – falls sie gearbeitet hatte –, sie hatte es ohne Anstellung getan und ihrer Freundin nicht davon erzählt.

Nicky sah sich noch einmal das Foto an und tippte mit ihrem manikürten Fingernagel darauf. „Ich weiß ganz sicher, dass er es ist. Er trug zwar eine Brille mit dickem, schwarzem Rahmen, und sein Haar war anders gekämmt, aber er ist es. Ganz sicher.“ Mit festem Blick sah sie erst Fennel und dann mich an. „Muss ich eine Aussage unterschreiben oder sowas? Sie werden ihn doch verhaften, oder? Er muss wissen, wo Abby ist.“

„Wir melden uns, falls wir noch etwas von Ihnen brauchen“, versprach ich ihr.

„Aber was ist mit ihm? Sie haben sein Foto. Also wissen Sie doch, wer er ist. Sie müssen herausfinden, was er Abby angetan hat.“

„Wieso glauben Sie, dass er etwas mit ihrem Verschwinden zu tun hat?“, fragte Fennel.

Nicky starrte ihn mit offenem Mund an, als wäre mein Partner der dümmste Mensch auf Erden. „Wenn nicht, wieso hat er sie dann nicht als vermisst gemeldet? Sie hat es keine Stunde ausgehalten, ohne ihm zu texten. Er muss ihr Verschwinden sofort bemerkt haben, weshalb ich davon ausgehe, dass er ihr etwas angetan hat. Ich sehe mir diese Sendungen über wahre Verbrechen an. Er könnte sie in seinen Keller gesperrt haben oder Schlimmeres.“ Sie zog nun fester an ihrem Ohrring. „Sie müssen sie finden.“

„Wir tun unser Bestes“, erwiderte Fennel. „Und ich verspreche Ihnen, er wird kriegen, was er verdient.“

Ihr Blick wurde starr und sie nickte langsam. „Ich verlasse mich auf Sie.“

Sieben

Fennel legte auf. „Keith Richardson, oder wie auch immer er wirklich heißt, war in dem Restaurant, in dem Lyla James arbeitet. Sie haben ihn auf den Videos entdeckt. Er kam jeden Tag in der Woche vor ihrem Verschwinden und saß immer in ihrem Bereich."

„Er hat darauf bestanden", sagte ich.

„Ja. Mit den anderen Kellnerinnen hat er nie geredet." Brad kratzte sich die Wange. „Wie hieß sie noch gleich?"

„Bethany."

Er schnippte mit den Fingern. „Genau. Also, wieso war Lyla etwas Besonderes?"

Seit unserem Gespräch mit Nicky trug ich einen grauenvollen Gedanken mit mir herum. „Wo sind seine anderen Opfer?"

„Liv, tu das noch nicht. Wir haben noch keinen Beweis, dass er Lyla oder Abigail etwas angetan hat."

Ich hasste es, wenn Brad versuchte, mich mit seinem optimistischen Schwachsinn einzulullen. „Und wo sind sie dann bitte?“ Ich wühlte in den losen Blättern auf meinem Schreibtisch. „Und wo ist der verdammte Bericht des Gerichtsmediziners?“ Frustriert stieß ich mich von der Tischkante ab. „Scheiß drauf. Ich sehe mir jetzt an, was die Spurensicherung auf den Sachen des Pissers gefunden hat. Vielleicht lassen ein paar der Rückstände darauf schließen, woher er gekommen ist und was er getrieben hat. Wir müssen *jetzt* etwas tun.“

Ich stürmte aus dem Büro und die Treppe hinunter. Meine Gedanken überschlugen sich. Wieso genau diese Frauen? Hatten wir es mit einem Serienmörder zu tun? Offensichtlich hatte der Wichser eine Schraube locker gehabt. Er hatte gesagt, jemand hätte ihn gezwungen, Jane Doe zu erschießen, und dieselbe Person hätte ihn auch dazu getrieben, vom Dach zu springen. Viele Geisteskranke hörten Stimmen. Der Serienmörder, der als Son of Sam bekannt wurde, hatte Botschaften von einem Hund erhalten. Vielleicht hörte unser Mörder ja auf seine Katze. Oder einen Kanarienvogel.

Die Tech-Kollegen taten ihr Bestes, um zu helfen, doch viel hatten sie nicht über den Mann herausgefunden, den wir als Keith Richardson kannten. Er hatte die DNS von drei Personen auf seiner Kleidung, jene von Jane Doe, meine, und seine eigene. Mehr hatten sie nicht gefunden. Wenn er sich also auf einem blutrünstigen Amoklauf befunden hatte, dann hatte er zwischen den Morden geduscht und sich umgezogen. Seine Kleidung war schlicht gewesen, alltägliche Klamotten, die man in jedem Laden kaufen konnte. Der Dreck auf seinen Schuhen deutete auf keine besonderen Untergründe hin. Er war durch die Stadt spaziert, wie jeder andere Mensch, der hier lebte, auch.

„Was ist mit seinem Telefon?“ Ich nahm einen

Beweisbeutel hoch und schob die zerbrochenen Einzelteile darin umher. Nicky hatte gesagt, er und Abigail hätten getextet, aber Abigails Einzelnachweise hatten jede Menge Nachrichten an eine nicht registrierte Nummer ergeben. Ein Wertkartenhandy. Könnte es dieses Handy gewesen sein?

„Das ist nicht mehr zu retten."

Ich kniff die Augen zusammen und verbiss mir einen Fluch. „Was ist mit einer U-Bahn-Karte oder diesen dämlichen Smart Watches? Hatte er eine?"

„Tut mir leid, Detective. In seinem Fall werden Sie wohl auf die altmodische Art suchen müssen."

„Was denken Sie, was ich schon die ganze Zeit tue?"

Der Tech-Kollege hob eine Augenbraue.

„Tut mir leid. Danke, dass Sie es versucht haben. Was ist mit Jane Doe? Irgendetwas, das mir weiterhilft?"

„Sie ist durchaus interessanter." Er hielt ein goldenes Armband hoch. „Wir haben das hier gefunden. Gemessen an ihrer Statur könnte sie Tänzerin gewesen sein."

Ich betrachtete den Anhänger in Form eines Spitzenschuhs, der von dem Armband baumelte. „Sonst noch etwas?"

„Es ist vermutlich nichts, aber das hier haben wir neben der Mülltonne und nicht weit von der Leiche gefunden. Wir sind allerdings nicht sicher, ob es ihr gehört." Er hielt einen zweiten Beutel hoch und mein Blick fiel auf eine Miniatur-Schneekugel von Berlin. Ich drehte den Beutel um, aber die wenigen Worte, die auf der kleinen Plakette geschrieben standen, waren auf Deutsch. „Ihre Fingerabdrücke waren darauf, aber vielleicht hat sie sie nur berührt, bevor sie starb."

„Oder sie trug sie bei sich, als sie ermordet wurde."

Ich legte den Beutel neben das Armband.

„Es tut mir leid, dass ich nicht mehr Antworten für Sie habe."

„Da sind wir schon zwei." Wieder entschuldigte ich mich für meine schnippische Antwort. „Mindestens zwei weitere Frauen werden aktuell vermisst. Wir müssen sie finden."

Der Mann nickte, aber als ich ging, hörte ich ihn murmeln: „Dann hätten Sie den Mörder vielleicht nicht vom Dach springen lassen sollen."

Tja, dachte ich, *zu spät*.

Fennel sah auf, als ich an seinen Tisch trat. „Ich habe gerade mit Carrie telefoniert. Der Gerichtsmediziner fängt in ein paar Stunden mit Richardsons Autopsie an."

„Wird auch Zeit, verdammt."

Brad nickte. „Und der Captain will dich sehen."

„Na toll." Verdutzt ging ich über den Flur und klopfte an Graysons Tür. Er winkte mich herein und bat mich, die Tür zu schließen. „Sir?"

„Setzen Sie sich, Liv. Detective Fennel hat mir gesagt, dass die Entführungen und der Selbstmörder zusammenhängen."

„Von wegen Selbstmörder. Er ist ein blutrünstiger Killer." Ich beugte mich in meinem Stuhl vor und stützte die Ellbogen auf die Knie. Mein rechtes Bein zuckte nervös. Die unausgesprochene Vermutung hing schwer in der Luft. Die Frauen, nach denen wir so verzweifelt suchten, waren vermutlich tot, ermordet von diesem Dreckschwein. „Ein Feigling, wenn man es genau nimmt. Er hatte zu viel Angst, sich den Konsequenzen zu stellen, also hat er den einfachen Ausweg gewählt."

Captain Grayson räusperte sich. „Die Interne Revision konnte keinen Fehler bei Ihrem Vorgehen finden, aber man hat mich auf ein paar Dinge aufmerksam gemacht, die wir besprechen sollten."

„Und jetzt ist natürlich der perfekte Zeitpunkt dafür. Wir sind mit diesem Fall total am Arsch. Und zwar seit dem Moment, als wir ihn uns eingetreten haben." Ich wollte aufstehen, aber er hob eine Hand, um mich aufzuhalten.

„Setzen Sie sich, DeMarco. Ich habe Sie noch nicht entlassen."

„Tut mir leid, Sir." Ich setzte mich aufrecht hin und fühlte mich, als wäre ich zum Schuldirektor zitiert worden.

„Ihre Undercover-Arbeit ist beispielhaft, aber sie hat auch zu ein paar schlechten Angewohnheiten geführt. Und die müssen Sie loswerden, und zwar schnell. Sie haben Ihren Partner aus gutem Grund. Er vertraut darauf, dass Sie ihm den Rücken freihalten, und dasselbe muss er auch für Sie tun können."

„Aber Captain", warf ich ein, doch Grayson brachte mich mit einer Handbewegung zum Schweigen.

„Es ist mir egal, wie die Interne entschieden hat. Sie hätten nicht allein auf diesem Dach sein dürfen. Und wenn ein Verdächtiger eine Waffe zieht, tun Sie das gefälligst auch. Habe ich mich klar ausgedrückt?"

„Ja, Sir."

Er seufzte. „Bis ich sicher sein kann, dass Sie sich das zu Herzen genommen haben, machen Sie keinen Schritt ohne Fennel. Wenn Sie mal für kleine Detectives müssen, steht er neben Ihrer Klomuschel und hält Ihnen die Handtasche. Verstehen wir uns?"

„Absolut." Ich sah Grayson unsicher an. „Darf ich gehen?"

„Ja, gehen Sie. Aber Liv, ich weigere mich, Vince anzurufen und ihm beizubringen, dass seiner einzigen Tochter etwas zugestoßen ist. Also bringen Sie mich niemals in diese Situation."

„Ja, Sir. Verstanden."

Frustriert kehrte ich an meinen Schreibtisch zurück. Laura „Mac“ Mackenzie hatte mir die Firmenprofile gemailt. Die nächsten Stunden verbrachte ich damit, sie mir durchzulesen und zusätzliche Suchen durchzuführen. Mit etwas Glück hatte Keith Richardson für eine dieser Firmen gearbeitet. Da das nicht sein echter Name war, musste ich natürlich die Personaldatenbanken durchsehen und viele davon waren nicht öffentlich zugänglich. Also rief ich ein paar der Firmen an, aber keine wollte kooperieren. Wir würden uns einen Gerichtsbeschluss holen müssen. Ich wusste nur nicht, ob wir genug in der Hand hatten, um einen zu bekommen.

„ADA Logan Winters“, hob der stellvertretende Staatsanwalt ab, „Staatsanwalt der Extraklasse und Teilzeit-Zauberer. Wie kann ich Ihnen helfen?“

„Hebst du immer so ab?“

„Nur wenn du anrufst, Detective.“

„Woher wusstest du, dass ich es bin?“

„Ich bin hellseherisch veranlagt und außerdem kann ich Telefonnummern am Display ablesen.“

Ich warf einen Blick auf mein eigenes Tischtelefon. „Mir war nicht klar, dass du meine Nummer auswendig kannst. Aber egal. Muss ich die Zwei wählen, um mit dem Teilzeit-Zauberer zu reden? Wie genau funktioniert das?“

„Du sagst mir einfach, was das Problem ist.“

Und das tat ich.

„Die Sache könnte schwierig werden, aber da du eine Zeugin hast, die behauptet, eine der vermissten Frauen hätte den Mörder bei der Arbeit kennengelernt, werde ich dir die Mitarbeiterlisten besorgen, sofern du mir eine glaubwürdige Liste von Firmen schicken kannst, für die Abigail Booker ab dem Zeitpunkt, als sie den Mörder kennenlernte, und bis zu ihrem Verschwinden, gearbeitet hat.“

„Ich schicke dir die Aufzeichnungen von A La Carte Hires. Dort wurde mir gesagt, dass sie seit einem Monat nicht mehr vermittelt wurde, aber vielleicht hat sie ihren Entführer schon davor kennengelernt. Und Winters, ich muss auch die Mitarbeiterdatenbank von A La Carte einsehen."

„Kein Problem, aber ich setze es auf deine Rechnung."

„Wenn ich mich richtig erinnere, bist du derjenige, der mir etwas schuldet. Oder hast du schon die Überwachungsaktion vergessen, in die du mich hineingezogen hast?"

„Schon gut, der geht auf meine Kappe. Sind wir dann quitt, Liv?"

„Noch nicht."

„Dann lass mich dich zum Abendessen einladen. Ich werde nicht aufhören zu fragen, bis du Ja sagst."

„Das grenzt an sexuelle Belästigung", gab ich mit einem Lachen in der Stimme zurück.

„Es muss ja kein Date sein. Ein Abendessen zwischen Kollegen. Denk einfach darüber nach. Lass mich wissen, wie du dich entscheidest, aber ich muss jetzt los. Ich muss mich auf eine Verhandlung vorbereiten und noch jemanden darauf ansetzen, diese Listen einzufordern."

Ich legte auf und massierte die schmerzende Stelle über meinem Schulterblatt. Es war ein Fortschritt. Trotzdem ließ mich das Gefühl nicht los, dass uns die Zeit davonlief. Sofern die vermissten Frauen nicht tot waren, schwebten sie in Lebensgefahr. Wir mussten sie schnell finden.

Brads Telefon klingelte und er griff nach dem Hörer, ohne hinzusehen. Sein Blick heftete weiterhin auf den Informationen, die er analysierte. „Detective Fennel." Er sprang aus seinem Stuhl hoch. „Was?"

Augenblicklich spannte ich mich an. Diesen Tonfall

kannte ich. Mit angehaltenem Atem starrte ich ihn an.

„Was?“, wiederholte er.

Mein Blick huschte durch den Raum, aber ich konnte keine Zeichen von Gefahr erkennen. Niemand sonst in unserem Großraumbüro schien beunruhigt zu sein. Es war also kein Großalarm, sondern betraf nur meinen Partner. Vor meinem geistigen Auge begannen Horrorszenarien abzulaufen.

„Tut gar nichts. Greift nichts an. Ich bin sofort da.“ Er knallte den Hörer auf die Gabel, schnappte sich die Waffe aus seiner Schreibtischschublade und steckte sie in sein Holster.

„Was ist los?“

„Die Leichen sind weg. Jane Doe und Keith Richardson. Sie sind verschwunden.“

Acht

Zwei Polizeibeamte sperrten den Eingang zur Gerichtsmedizin mit Polizeiband ab. Mac und ein Haufen ihrer IT-Kollegen durchforsteten die Videoaufzeichnungen, während Fennel und ich die Mitarbeiter befragten. Es gab strenge Sicherheitsvorkehrungen. Leichen wurden gebracht und geholt, aber für alles gab es klare und strenge Vorschriften.

„Wie konnten gleich zwei Leichen sich in Luft auflösen?“, fragte ich Carrie.

Perplex schüttelte sie den Kopf. „Ich weiß es nicht, DeMarco. Keith Richardson wurde vor zwei Tagen in den frühen Morgenstunden gebracht. Die Spurensicherung nahm all seine Habseligkeiten und katalogisierte sie. Sie füllten die Formulare aus, hielten sich an die Beweismittelkette und nahmen die Sachen dann mit. Aufgrund des Zustands, in dem sich die Leiche befand, führte der Assistent des Gerichtsmediziners die Voruntersuchung durch, wies den Toten einem der Zeichner zu und das wars. Wir sind aktuell so stark in Verzug, dass wir bisher noch nicht viel weiter gekommen sind.“

„Was ist mit Jane Doe? Sie müsste irgendwann gestern hereingebracht worden sein. Blond. Jung."

Carrie nickte und spielte mit einem Bund Schlüssel. „Bei ihr war auch nichts außergewöhnlich. Bei ihrer Untersuchung kam Radner weiter, da sie einfacher zu beurteilen war." Sie zog eine dünne Mappe aus einem Aktenschrank. „Ich habe Detective Fennel eine Kopie geschickt."

„Ich weiß. Habe ich gesehen." Keine Anzeichen auf sexuelle Gewalt. Zahnabdrücke waren gemacht worden. Die Todesursache waren allem Anschein nach tödliche Schüsse in die Brust gewesen. „Aber das beantwortet meine Frage nicht."

„Ich kann Ihre Frage nicht beantworten, weil ich die Antwort nicht kenne."

Ich warf einen Blick auf die Einträge. „Ich brauche eine Liste aller Personen, die die Gerichtsmedizin betreten und verlassen haben." Ich las mir die Namen durch. „Kann es sein, dass eine Verwechslung vorliegt?"

„Ich weiß nicht."

Diese Antwort hing mir schon so dermaßen bei den Ohren raus. „Tun Sie mir einen Gefallen und sehen Sie auch in den übrigen Kühlfächern nach. Wir müssen sicherstellen, dass niemand falsch eingereiht wurde."

„Wir haben schon alle Fächer geprüft. Aber wir machen es nochmal." Sie stand von ihrem Tisch auf und öffnete die Tür. Fennel und Radner, der Autopsietechniker, prüften gerade die Aufnahmeprotokolle und die Inhalte der Kühlfächer.

Beim Klicken der Türklinke drehte Brad sich um und schüttelte verhalten den Kopf. „Alle anderen sind verzeichnet und da. Keine zusätzlichen oder falsch einsortierten Leichen." Er hielt den Fingerabdruckscanner hoch. „Wir prüfen auch noch die Marken, nur zur Sicherheit. Es würde nicht schaden, die Leichenhallen und Krematorien durchzutelefonieren. Laut diesem Verzeichnis wurden seit der Einlieferung von Richardson und Doe mehrere Tote abgeholt."

„Ich kümmere mich darum", versprach Carrie und verließ den Kühlbereich.

„Mac durchforstet die Aufnahmen der Überwachungskameras. Und die anderen Tech-Leute prüfen die Daten auf Anomalien. Fehlt sonst noch jemand?", fragte ich.

Radner schloss eine weitere Schublade. „Weiß ich nicht."

„Das war nicht die Antwort, die ich hören wollte." Ich sah Brad in die Augen. „Wenn du hier fertig bist, komm rüber ins andere Labor. Wir müssen sichergehen, dass nicht noch mehr verschwunden ist."

„Das scheint das Motto dieses Falls zu sein."

Carrie drückte den Türöffner, um mich in das Büro zu lassen, in dem alle Akten und Beweismittel aufbewahrt wurden. Auf den ersten Blick wirkte alles einwandfrei, aber der Schein konnte trügen. Ich suchte im Verzeichnis nach dem Aktenzeichen unseres Falls und öffnete die entsprechende Schublade. In der dünnen Mappe fand ich den Akt. Jemand hatte die Karten mit den Fingerabdrücken einfach hineingesteckt.

„Hey." Fennel rieb sich mit den Händen über die Arme, um sich zu wärmen. „Wie siehts aus?"

„Die Akten sind da." Allerdings fand ich keine Notizen bezüglich unserer Frage nach den Kontaktlinsen oder zu Treffern in der Dentaldatenbank. „Radner, wo bewahrt ihr die Zahnabdrücke auf?"

Der Assistent ging zu einem Hochschrank und zog eine flache Schublade mit unzähligen kleinen

Ablagefächern heraus. „Äh, Detectives, das wird Ihnen nicht gefallen.“ Er trat einen Schritt zurück und deutete auf zwei leere Fächer.

„Das war definitiv kein Fehler beim Einsortieren.“ Brad beäugte den Rest der Schublade, aber alle anderen Fächer waren befüllt. „Wer hatte hier Zutritt?“

Radner zuckte die Achseln. „Nur autorisiertes Personal. Ich könnte mich an keine Besucher in den letzten Tagen erinnern.“

„Hatten Sie die ganze Woche die zweite Schicht?“, fragte ich und Radner nickte. „Gut, dann müssen wir mit der ersten und dritten Schicht reden und sehen, was sie sagen.“

„Brad“, rief Carrie und wir beide drehten uns zur offenen Tür um, „ich habe gerade mit dem Chief gesprochen. Zwei Bundesagenten waren gestern hier. Sie haben spätnachts zwei Leichen mitgenommen. Vielleicht haben sie euren Fall übernommen.“

„Nein, haben sie nicht.“ Ich hielt das Formular mit der Beweismittelkette hoch. „Und wenn doch, wo ist dann der Überstellungsbescheid?“

Carrie zuckte mit den Schultern.

„Ich rufe an und frage nach“, bot Fennel an.

Die Sache stank zum Himmel. Ohne auf Beweise zu warten, stürmte ich den Flur hinunter und kollidierte beinahe mit Mac. Sie hielt ein Tablet in der Hand und sah etwa so aufgewühlt aus, wie ich mich fühlte.

„Wer war es?“, fragte ich.

Sie lachte gequält. „Du gibst mir immer das Gefühl, als wäre ich eine Schwerverbrecherin.“ Sie hielt den kleinen Bildschirm hoch. „Die zwei Typen hier kamen genau zum Schichtwechsel in die Pathologie. Mit ihren billigen Anzügen und den Sonnenbrillen sollte man meinen, dass sie jemandem verdächtig vorgekommen wären.“

„Sie haben den perfekten Moment abgepasst." Ich sah zu, wie die Männer eintraten, nur wenige Sekunden nachdem Radner gegangen war. Zu dieser späten Stunde saß niemand am Empfang. Die Männer schlüpften in die Pathologie. Der Autopsieraum wurde von den Kameras nicht abgedeckt, aber ein paar Minuten später rollte jeder der beiden eine Bahre heraus, auf der ein Leichensack lag. „Genau da." Ich deutete auf den Bildschirm. „Wie sind sie reingekommen?"

„Sie hatten eine Zugangskarte." Mac öffnete ein zweites Fenster und zeigte mir die Einträge. „Es ist ein Duplikat von Dr. Emersons Karte."

„Wie sind sie an die Zugangskarte des leitenden Gerichtsmediziners gekommen?"

„Mit den richtigen Hilfsmitteln könnten sie sich die Daten von zu Hause aus beschafft haben. Du weißt schon, wie Kreditkartendiebe."

„Aber hier geht es nicht um Zahlen allein. Sie bräuchten die Karte selbst oder den Magnetstreifen."

„Der ist programmierbar. So machen es Hotels mit ihren Schlüsselkarten auch. Leider ist es nicht so schwer, an ein solches Gerät zu kommen, wie du vielleicht denkst."

„Technik. Man muss sie einfach lieben." Ich tippte auf den Bildschirm und das Video lief weiter. „Diese zwei Arschlöcher schneien also hier rein, geben sich als Bundesagenten aus und nehmen unseren Selbstmörder und sein Opfer mit. Sag mir, dass du schon weißt, wer sie sind."

„Noch nicht", sie drückte auf Pause, „aber Dr. Emerson hat sie auf frischer Tat ertappt. Und die Außenkameras haben ihren Van gefilmt." Sie vergrößerte das Bild.

„Nummernschilder von Regierungsfahrzeugen." Das alles ergab immer weniger Sinn. „Sind sie echt?"

„Ich habe sie schon überprüft.“ Sie zog einen Zettel aus ihrer Jackentasche. „Laut der Datenbank ist der Van auf das lokale FBI-Büro registriert.“ Bevor ich die offensichtliche Frage stellen konnte, sagte sie: „Ich weiß nicht, Liv. Sie könnten Bundesagenten sein, aber wieso die Geheimnistuerei? Und die Sonnenbrillen mitten in der Nacht?“

„Weil sie keine Bundesagenten sind. Sonst würden sie keine geklonte Zugangskarte verwenden, um Leichen zu stehlen. Sie würden ganz offiziell zur Tür hereinspaziert kommen, ihre Ausweise schwenken und sich nehmen, was sie haben wollen, wie sie es immer tun.“

Fennel kam den Flur entlang. „Ich habe gerade telefoniert. Das FBI weiß nichts von dieser Sache. Die Verbindungsstelle klärt es mit den anderen Behörden ab, aber ich bezweifle, dass eine offizielle Stelle beteiligt war. Ohne die nötige Dokumentation wird nichts aus dem Fall. Ich denke, wir haben es hier mit Leichendieben zu tun.“

„Du hast beim FBI nicht zufällig gefragt, ob sie einen ihrer Vans vermissen, oder?“, fragte ich.

Fennel hob eine Augenbraue. „Ich wusste nicht, dass ich sollte.“ Mac brachte ihn auf den letzten Stand und als sie fertig war, pfiff er hoch. „Befragen wir Doc Emerson. Ich lasse einen Phantombildzeichner kommen. Hoffentlich reicht das, um diese Typen zu identifizieren.“

„In der Zwischenzeit jage ich die Gesichter der beiden durch die Datenbank. Aber mit den Spiegelbrillen wird es schwierig“, sagte Mac. „Vermutlich landen wir keinen Treffer.“

„Versuch es trotzdem.“ Ich schüttelte den Kopf. „Bin ich die Einzige, die findet, dass Männer, die mitten in der Nacht Sonnenbrillen tragen, verdächtig sind?“

„Nein, aber vielleicht ist Dr. Emerson nicht so aufmerksam wie du.“ Fennel verteilte ein paar Aufträge an zwei Officers, verabschiedete sich von Carrie und ging voran zum Wagen.

„Gehts dir gut?“, fragte ich.

„Ja, warum?“

„Du bist da drinnen ein wenig grün angelaufen. Ich weiß, dass du keine Leichen magst. Und auch keine Leichendiebe.“

Er lächelte mich an. „Dachte ich mir schon, dass du das witzig finden würdest.“

„Du musst an deinen eigenen Witzen arbeiten.“

„Wer hat schon die Zeit dafür?“ Er wurde ernst. „Aber du hast recht. Diesen Teil des Jobs mag ich nicht, aber wer tut das schon?“ Er tippte Dr. Emersons private Adresse ins Navi ein. „Offenbar sind wir von vermissten lebenden Personen zu vermissten Leichen aufgestiegen. Was kommt als Nächstes?“

„Das will ich gar nicht wissen, aber hoffentlich keine Alieninvasion. Sonst gebe ich dir die Schuld daran.“

Neun

„Es ist erledigt.“, sagte die Stimme am anderen Ende.

Er atmete tief ein. Es fühlte sich an wie der erste Atemzug, seit er von Keiths Todessprung erfahren hatte. „Sind Sie sicher, dass man die Leichen nicht finden wird?“

„Sie sind weg. Nichts mehr davon übrig. Wir haben die Abdrücke mitgenommen und alle Daten aus dem System gelöscht. Niemand wird jemals ihre wahren Identitäten herausfinden. Sie sind sicher, Sir.“

„Hervorragend. Was ist mit dem Van? Irgendwelche Probleme beim Abholen oder Retournieren?“

„Nichts. Die Zugangscodes, die Sie uns gegeben haben, haben einwandfrei funktioniert. Wir sind rein und raus und haben die Kameras gemieden.“

„Und das Einfahrtstor?“, wollte er wissen, aus Sorge, seine zwei ausländischen Helfer könnten identifiziert werden.

„Wir haben getan, was Sie gesagt haben, und die Kostüme getragen. Anzüge und Sonnenbrillen.“ Oleg lachte. „Wir haben total albern ausgesehen, aber niemand hat sich etwas dabei gedacht. Wir haben Handschuhe getragen und darauf geachtet, im Gebäude keine Spuren zu hinterlassen. Sollten sie herausfinden, dass der Van für ein paar Stunden verschwunden war, werden sie glauben, dass einer ihrer Agenten ihn genommen und vergessen hat, das Formular auszufüllen. Keine Sorge. Ihre Codes und die Ausweise waren die perfekte Hilfe."

„Gut. Tauchen Sie unter. Sie und Dmitri müssen ein paar Tage auf die Mädchen aufpassen."

„Das wird teuer."

„Ich weiß."

Er musste Ersatz für Keith finden, aber jetzt war nicht der Zeitpunkt dafür. Er vertraute Dmitri und Oleg nicht unbedingt, aber im Gegensatz zu Keith hatten sie gute Gründe dafür, nicht gefasst werden zu wollen. Sie arbeiteten für einen seiner Käufer aus dem Ausland. Ihr Boss war skrupellos, ein russischer Ganove der alten Schule, möglicherweise Ex-Spetsnaz oder KGB, aber das war jetzt egal. Der Mann hatte Geld und brachte ihm gute Geschäfte, also würde er alles tun, um seinen russischen Käufer bei Laune zu halten, und Dmitri und Oleg würden das auch, wenn sie weiterleben wollten. Er konnte darauf vertrauen, dass sie die Mädchen nicht aus den Augen ließen. Schon bald würden einige von ihnen ohnehin an den Russen übergeben werden.

* * *

„Bitte sag mir, dass das nicht gerade passiert ist." Ich reichte Fennel die Schlüssel und glitt auf den Beifahrersitz. „Noch mehr dumme Leute ertrage ich heute einfach nicht. Das Bureau strengt sich besser an, sonst raste ich noch aus. Vielleicht sollten wir doch noch diesen Tag Krankenstand einlegen, von dem du geredet hast. Hühnersuppe und Zeichentrickfilme klingen doch großartig, oder? Loyola und Sullivan könnten sich hier um alles kümmern."

„Schön wärs." Mein Partner stellte seinen Sitz und die Spiegel ein. „Wie um alles in der Welt hat Emerson es geschafft, zum leitenden Gerichtsmediziner ernannt zu werden? Als er diese beiden Möchtegern-FBI-Agenten gefragt hat, was sie mit den Leichen vorhaben, hätte er sofort alle Räder in Bewegung setzen müssen. Scheinbar kann jeder in die Pathologie spazieren, ein oder zwei Leichen stehlen und mit ihnen abhauen."

„Nur, wenn sie Emerson über den Weg laufen."

„Ja, weil der Mann naiv genug ist, jede schlechte Ausrede zu glauben. Ich kann nicht fassen, dass er nicht geprüft hat, ob die Formulare in Ordnung sind, bevor er ihnen die Leichen ausgehändigt hat. Es ist einfach unglaublich. Die Sicherheitsmaßnahmen, Vorschriften und Protokolle, die wir haben, sind alle dazu da, um genau solche Vorkommnisse zu verhindern. Ist Emerson das nicht klar? Hat er überhaupt das Handbuch gelesen?"

„Vermutlich nicht." Ich wandte mich Brad zu und sah ihn an. „Die beiden Diebe wussten das. Sie haben den richtigen Moment abgepasst, die Lücke im Sicherheitssystem. Die Nachtwache, die gerade ihren Dienst angetreten hatte, war nur ein paar Minuten weg, um das Besucherverzeichnis zu holen, und just in dem Moment sind sie hineingegangen. Und da es nach Sperrstunde war, hat die Wache sich nichts dabei gedacht, kurz ihren Posten zu verlassen, denn was sollte schon passieren."

„Er wusste nicht, dass die Diebe einen gottverdammten Schlüssel hatten."

„Emersons Schlüssel." Immer mehr Fragen kamen

mir in den Sinn. „Sie müssen einen Kontakt in der Pathologie haben. Wie sonst konnten sie wissen, dass die Wache gerade nicht auf ihrem Platz war?“ Ich textete Mac meinen Verdacht. Wenn das Büro des Gerichtsmediziners infiltriert war, würde sie es herausfinden.

„Immer noch Emersons Schuld“, beharrte Fennel. „Sie haben seine Zugangskarte geklont. Er muss also irgendetwas Dämliches getan haben, was ihnen in die Hände gespielt hat. Ich weiß, er hat uns bei vielen Fällen geholfen, aber der Typ ist einfach ein Trottel.“

„Es geht nicht darum, wen man kennt. Es geht darum, wem man einen bläst.“

„Carrie meinte vorhin –“

Ich sah ihn gleichermaßen schockiert und angewidert an. „Bitte sag mir nicht, dass sie aus erster Hand über Emersons Cunnilinguskompetenzen berichten kann.“

Brad gab ein würgendes Geräusch von sich. „Liv, dieses Bild habe ich echt nicht gebraucht. Igitt.“ Er verzog das Gesicht und starrte mich an. „Du hast gerade mein Sexleben ruiniert. Wenn ich sie das nächste Mal treffe, was meinst du, woran ich denken werde? Ekelhaft, die Vorstellung davon.“

„Tut mir leid.“

Er brummte etwas und kniff die Augen zusammen. „Was ich sagen wollte“, fuhr er fort und erschauderte noch einmal, „bevor du mich total angeekelt hast, war, dass Carrie vorhin meinte, Emerson sei eine Koryphäe auf dem Gebiet der Pathologie. Allerdings fehlt ihm jeder Hausverstand und er ist viel zu leichtgläubig. Jedes Jahr am ersten April schließen sie Wetten ab, wie lange es dauert, bis er überzuckert, dass sie ihn nur verarschen, aber er kapiert es nie.“

„Arbeitet er deshalb in der Nachtschicht? Um nicht so viel mit Menschen zu tun zu haben?“ Das würde auch erklären, warum ich den Mann so gut wie nie außerhalb des Gerichtsgebäudes zu Gesicht bekam.

„Vermutlich."

Ich nahm die zwei Phantombilder zur Hand. Emersons Beschreibung hatte uns weitere Details verschafft, die auf den Kameraaufnahmen nicht erkennbar gewesen waren, wie etwa das kleine Muttermal unter der Lippe des einen Kerls, oder die Krähenfüße auf den Wangen des anderen. Und ihr Akzent. Auch wenn Emerson ihn nicht einer Region hatte zuordnen können, wussten wir jetzt, dass sie einen Akzent hatten. „Vermutlich trinkt er."

„Der Doc?"

„Nein", ich hielt ihm eines der Bilder hin, „der dickere der beiden Pseudo-FBI-Agenten." Der andere war zaundürr. „Ich weiß, wer sie sind. Laurel und Hardy."

„Sind die nicht längst tot?"

„Vermutlich. Aber der eine ist groß und dünn, der andere ist das Gegenteil. Beide tragen Anzüge. Kennst du sonst noch ein Duo, auf das diese Beschreibung passt?"

„Und du sagst, ich muss an meinen Witzen arbeiten. Von wegen." Er stieß einen Atemzug aus. „Also gut. Wir nennen sie erstmal Laurel und Hardy. Vielleicht kann das echte FBI uns weiterhelfen. Immerhin haben sie ihren Van geklaut. Sie werden also sicher wissen wollen, was es damit auf sich hat."

Natürlich hatte das FBI keine Ahnung, wovon wir redeten. Als wir anfingen, Fragen zu stellen, begleitete uns ein Agent zur Tiefgarage. Der Van parkte am hinteren Ende.

„Ich kann nicht fassen, dass sie ihn zurückgebracht haben." Ich zog einen Latexhandschuh aus meiner Tasche und öffnete die Hintertür. „Keine Spur von den Leichen."

Fennel glich das Kennzeichen und die Fahrgestellnummer mit unseren Daten ab. „Es ist definitiv dieser Van."

Als Nächstes öffnete ich die Fahrertür und sah mir die Mittelkonsole genauer an. Der Motor war nicht kurzgeschlossen worden. Mir gefiel nicht, was ich sah. Brad steckte den Kopf von der anderen Seite herein und sah sich um. Er klappte das Sonnenvisier herunter und sah unter der Fußmatte nach, aber die Schlüssel waren nicht hier.

Mein Partner wandte sich an den Agenten. „Dieser Van wurde benutzt, um ein Verbrechen zu verüben. Ich würde ihn gern von der Spurensicherung untersuchen lassen. Außerdem will ich wissen, wer ihn zuletzt gefahren hat und die Videos der Überwachungskameras will ich auch sehen. Geht das?"

„Und Sie sind sicher, dass es dieser Van war?", vergewisserte Agent Peters sich.

„Ganz sicher." Ich hielt ihm eine Standbildaufnahme des Überwachungsvideos hin. „Dasselbe Nummernschild. Dieselbe FIN."

„Ist das denn zu fassen." Peters ging einmal um das Fahrzeug herum. „Ja, okay. Ich kümmere mich gleich darum. Lassen Sie mich die Genehmigung einholen. Warten Sie hier, Detectives."

Während wir auf Peters' Rückkehr warteten, sah ich mich in der Tiefgarage um. Sie war nicht zu vergleichen mit dem Fuhrpark der Polizei. Eigentlich hätte es schier unmöglich sein sollen, einen Van von hier zu stehlen – und noch schwieriger, ihn ohne die nötigen Freigaben wieder zurückzubringen. Alles an dieser Nummer schrie Insiderjob.

Die Tiefgarage befand sich unter dem FBI-Gebäude. Der gesamte Bereich wurde lückenlos überwacht. Agenten waren an den Eingängen stationiert. Niemand kam ohne Ausweis und Freigabe rein oder raus. Als ich mir diese Tatsache bewusst machte, wurde mir immer unwohler.

„Bist du sicher, dass keine andere Behörde sich unseren Fall oder unsere Opfer unter den Nagel gerissen hat?“

Fennel blinzelte mehrmals. Er sah dieselben Dinge wie ich. „Alle haben es abgestritten. Sofern Richardson und Doe keine Druckmittel oder Undercover-Agenten waren, hätten sie keinen Grund, zu lügen. Captain Grayson sagte, er würde dafür sorgen, dass wir nicht an der Nase herumgeführt werden.“

„Sieht aber ganz danach aus.“

Agent Peters kehrte mit einem zweiten Mann zurück, den er uns als Director Kendall vorstellte, den Leiter der Dienststelle. Wir schüttelten ihm die Hand und informierten Kendall über die Situation, in der Hoffnung, er könne uns sagen, wie oder warum jemand einen FBI-Van entwendet und damit zwei Leichen gestohlen hatte.

„Es tut mir leid, Detectives. Wir waren es nicht“, sagte Kendall mit empörter Miene. „Wir würden es bevorzugen, dieser Sache selbst auf den Grund zu gehen. Allerdings habe ich mit dem Commissioner gesprochen und wir haben uns auf gemeinsame Ermittlungen geeinigt. Als diese Mistkerle unseren Van gestohlen haben, haben sie uns in die Angelegenheit mit reingezogen. Ich will niemandem auf den Schlips treten. Ich will nur wissen, wie zwei Männer in meine Garage gelangt sind, sich einen Van geliehen und diesen dann auch noch zurückgebracht haben, ohne dass jemand etwas bemerkt hat. Schicken Sie ein Team der Spurensicherung, das uns hilft, alle Beweise zu sammeln und zu evaluieren. Wir werden alles offenlegen, was wir herausfinden. Es wäre schön, wenn Sie das auch täten.“

„Danke, Director.“ Fennel nickte, während er zum Handy griff.

Sobald das Team von Polizeiermittlern ankam, verließen Fennel und ich die Dienststelle und wir waren verwirrter als vor unserer Ankunft. Wieso sollte jemand die Leichen stehlen? Was wollten diejenigen damit vertuschen? Und wie stand das alles in Zusammenhang mit unseren vier vermissten Frauen? Die einzigen Personen mit direktem Zugang waren Bundesagenten. Mir gefiel nicht, in welche Richtung sich diese Ermittlung entwickelte.

„Unsere Verdächtigen wussten genau, wann sie zuschlagen mussten. Sie kannten die Sicherheitslücken der Gerichtsmedizin. Sie wussten, wie sie an einen offiziellen FBI-Van kommen konnten, ohne erwischt oder befragt zu werden. Und dann haben sie ihn auch noch zurückgebracht, damit niemand etwas mitbekommt.“

Brad sah mich an. „Jemand, der gerade Dienst hatte, hat ihnen geholfen.“

„Anders kann es nicht gewesen sein.“

„Also gut. Wieso sollten sie das tun? Richardson hat erst Doe ermordet und sich dann selbst das Leben genommen. Was dachten Laurel und Hardy, was sie bei den Leichen finden würden?“

„Drogen?“, spekulierte ich. Ich wusste nicht, was eine Autopsie sonst noch zutage hätte bringen können, das wir nicht bereits wussten.

„Vielleicht, aber so wie der Selbstmörder auf dem Bürgersteig aufgeklatscht ist“, Fennels Worte riefen mir das Bild des Toten wieder ins Gedächtnis und ich saugte scharf Luft ein, „wenn er ein Drogenkurier war, wären die Säckchen aufgeplatzt. Dann wären Spuren davon im Blut und in den Gewebeproben nachweisbar gewesen.“

„Haben wir diese Proben noch? Diese FBI-Clowns, oder wer auch immer sie sind, haben ja sogar die Zahnabdrücke mitgenommen."

„Ich sehe nach, wenn wir zurück sind." Fennel parkte den Wagen und grinste. „Aber ich wette, deshalb haben sie sich die Leichen geholt. Sie wollen nicht, dass wir sie identifizieren. Deshalb haben sie auch die Abdrücke mitgenommen und die Datenbankeinträge gelöscht."

„Aber warum?" Als ich die Frage aussprach, wusste ich längst, dass der Grund dafür mit dem Grund für Richardsons Sprung in die Tiefe zusammenhing. „Jemand hat all das inszeniert. Die Entführungen. Den Mord. Den Leichendiebstahl. Und derjenige ist mächtig. Und will vertuschen, dass er die Finger im Spiel hat."

„Wie zum Beispiel ein korrupter FBI-Agent?"

„Ich weiß nicht. Aber es ist jemand ganz oben in der Nahrungskette. Wir müssen ihn nur finden."

Die angeforderten Firmenverzeichnisse und Mitarbeiterlisten warteten auf meinem Schreibtisch. ADA Winters hatte eine Notiz dazugelegt, in der er mich daran erinnerte, dass er ein weiteres Wunder vollbracht hatte. Ich schob den Zettel beiseite. Der Stapel bestand aus einem guten Dutzend Akten, fein säuberlich sortiert und einzeln abgeheftet. Es waren die Personallisten und Firmendaten aller Jobs, die Abigail Booker in der Vergangenheit gemacht hatte.

Angefangen mit A La Carte Hires, begann ich meine Suche nach Keith Richardson oder seinem möglichen Pseudonym. A La Carte Hires hatte hunderte von Leiharbeitern in seiner Datenbank. Es würde Tage dauern, sie alle zu prüfen, aber um Zeit zu sparen, sortierte ich die Stapel und strich jeden, der nicht auf die Beschreibungen von Keith Richardson oder Jane Doe passte.

Da Richardson nicht für A La Carte Hires gearbeitet hatte und in ihrem Personalverzeichnis nicht aufschien, machte ich damit weiter, die übrigen Listen chronologisch zu ordnen, von Bookers aktuellem Job rückwärts. Aber keiner davon wirkte vielversprechend. Nicky hatte gesagt, Abigail hätte Keith erst ein paar Tage vor ihrem Verschwinden kennengelernt. Es war unwahrscheinlich, dass ihre Wege sich vor mehr als einem Monat gekreuzt hatten.

Glücklicherweise hatte Winters einen Richter überzeugen können, Rogers and Stein sowie diverse andere Firmen in den umliegenden Büros aufzufordern, alle Daten im Zusammenhang mit dem Mord an Jane Doe auszuhändigen. Da die Rezeptionistin geglaubt hatte, Jane Doe zu erkennen, hatte Winters nicht allzu viel Überzeugungsarbeit leisten müssen.

Ich sortierte die Daten nun nach Standort und geografischer Nähe zur Leiche und fing dann ganz oben auf dem Stapel an. Mein Gefühl sagte mir, dass die Modelagentur unser heißester Tipp war, aber Gefühle allein reichten nicht für einen Untersuchungsbefehl oder eine Verhaftung aus. Also ließ ich mir Zeit. Die Antwort war hier. Sie musste es sein.

„Der Tox-Screen für Richardson ist da", sagte Fennel. „Alkohol und Marihuana. Sonst nichts."

„Nicht gerade hilfreich." Ich legte einen weiteren Pack Daten beiseite. „Was ist mit den Kontaktlinsen?"

„Radner hat keine vermerkt, also ist er nicht zu dem Schluss gekommen, dass Richardson welche trug. Es ist nicht ganz auszuschließen, aber mehr haben wir nicht. Wenn Richardson bei seinem Fall in die Tiefe die Augen offen hatte, könnte der Wind die Linsen allerdings herausgeweht und –"

„Du musst den Satz nicht beenden. Ich fühle mich

auch so schon unwohl genug.“ Ich griff in die unterste Schublade und zog eine Tüte mit Kaubonbons heraus. „Willst du eins? Du siehst schon den ganzen Tag so grün im Gesicht aus.“

„Nein.“ Fennel schnappte sich einen Stapel Akten. „Bis Mac oder die Tech-Jungs etwas finden, kann ich dir auch mit diesen Daten helfen. Wir haben alle Hände voll zu tun.“

„Ich suche die Verzeichnisse nach allen Mitarbeitern ab, die Richardson oder Doe sein könnten.“

„Denkst du, Abigail Booker und Jane Doe waren Kolleginnen?“

„Ich habe keine Ahnung, aber das hat mich bisher auch nie aufgehalten.“

Wir verbrachten Stunden damit, die Akten und Daten zu durchforsten. Nur eine Handvoll Firmen hatte Fotos von ihren Angestellten gemacht. Niemand davon passte zu unseren Gesuchten. Ohne konkrete Namen oder Pseudonyme zu haben, blieb uns nichts anderes übrig, als jeden einzelnen Namen ins ZVER einzugeben, um ein Foto zu erhalten. Und das dauerte, denn das Zentrale Datenfahrerlaubnisregister war eine riesige Datensammlung. Es war der Grund, warum mein Vater immer sagte, Polizeiarbeit sei zu neunzig Prozent Papierkram.

„DeMarco, Telefon. Leitung zwei“, sagte ein Officer.

„Danke.“ Ich nahm den Hörer meines Tischtelefons ab und drückte einen Knopf. „Detective DeMarco?“

„Hier ist Agent Peters. Ich wollte Ihnen nur sagen, dass wir den Van auf Spuren untersucht haben. Keine Fingerabdrücke. Keine Haare. Keine Gewebefasern. Nichts, das uns Aufschluss darüber geben könnte, wer ihn entwendet oder was er damit getan hat.“

Was er damit getan hatte, wussten wir bereits.

„Okay."

„Die Männer, die sich als Agenten ausgegeben und den Van gestohlen haben, haben auch das Navigationssystem deaktiviert, aber den eingebauten GPS-Tracker haben sie nicht gefunden. Nachdem sie die Pathologie verlassen haben, sind sie in ein Industriegebiet gefahren, den Warehouse District. Vermutlich haben sie dort die Leichen abgeladen."

„Geben Sie mir die Adresse." Ich notierte sie hastig.

„Wir haben schon ein Team von Agenten hingeschickt", fuhr Peters fort. „Und ein paar der Tech-Kollegen vom Dezernat sind auch bei ihnen. Ich lasse Sie wissen, was sie dort finden. Ich wollte Ihnen nur ein Update geben."

„Danke."

Ich legte auf, nahm den Zettel mit der Adresse und ging zu Captain Graysons Büro, um ihm zu sagen, was los war. Er wollte allerdings keine weiteren Kollegen in das Gebiet schicken, um bei der Suche zu helfen, und beorderte mich zurück an meinen Schreibtisch, um die Daten zu analysieren. Dasselbe galt für Fennel. Offenbar war ich in Ungnade gefallen.

Als ich irgendwann von dem Aktenstapel hochsah, konnten meine Augen nicht mehr richtig fokussieren. Fennel tippte gerade eine weitere Suche ein, seufzte und nahm sich den nächsten Namen auf der Liste vor. Als ihm auffiel, dass ich nicht arbeitete, hörte er selbst auf und lehnte sich zurück.

„Haust du für heute den Hut drauf?"

„Noch nicht. Ich werde nicht aufgeben, bis ich das Bindeglied zwischen Keith Richardson und Abigail gefunden habe. Sobald wir diese Variable kennen, können wir ihn vielleicht auch mit den zwei vermissten Prostituierten in Verbindung bringen. Es muss einen Zusammenhang zwischen ihnen geben. Nicky konnte ihn eindeutig identifizieren." Ich überlegte einen Moment. „Wie hat er diese Frauen gefunden? Wieso hat er gerade sie ausgewählt?“

„Die bessere Frage ist, woher hat er gewusst, dass er sie auswählen muss.“ Brad nahm den Baseball in die Hand, der auf seinem Tisch lag, und warf ihn in die Luft. „Laut Nicky hat Booker Richardson bei der Arbeit kennengelernt und sie fingen an, auszugehen. Den Videoaufzeichnungen nach hat Richardson in dem Restaurant gegessen, in dem Lyla gekellnert hat. Wir kennen also seine Verbindung zu unseren zwei Vermissten. Und wenn er sie gefunden hat, kann es nicht schwierig für ihn gewesen sein, zwei Stricherinnen aufzugabeln. Die Frage, die wir uns stellen sollten, ist, woher er wusste, dass er genau diese Frauen aussuchen musste.“

„Was meinst du?“

Fennel warf weiter den Ball in die Luft. „Komm schon, Liv, denk doch mal nach. Die Prostituierten waren einfach. Die meisten dieser Frauen haben kein Zuhause, keine Familien, keinen festen Job. Es würde also niemandem auffallen, wenn sie verschwinden, und wenn doch, nun“, er sah sich um, „die Vermisstenstelle hat sich nicht gerade überschlagen, um sie zu finden. Er wusste, dass sie keine Priorität hätten. Jeder mit zwei intakten Gehirnzellen würde das kapieren. Aber eine College-Studentin würde man vermissen. Trotzdem hat er Lyla James ausgewählt. Keine Familie. Kein starkes soziales Netzwerk. Deshalb hat es eine ganze Woche gedauert, bis jemand sie als vermisst gemeldet hat.“

„Und wäre Nicky nicht gewesen, hätte auch niemand Abigails Verschwinden bemerkt.“ Als wir nach Bookers nächsten Verwandten gesucht hatten, waren wir nicht fündig geworden. Und da sie zuletzt nicht offiziell gearbeitet und von vornherein keine Festanstellung gehabt hatte, war da auch kein

Vorgesetzter, der sie als vermisst hätte melden können. „Verdammt, du bist genial."

„Ich weiß." Er fing den Baseball, beugte sich vor und legte ihn zurück in die kleine Halterung. „Und deshalb solltest du mich zum Abendessen einladen."

Ich legte den Kopf schief und sah ihn fragend an. „Hast du an ein spezielles Restaurant gedacht?"

„Das habe ich tatsächlich."

Zehn

„Die Modelagentur ist immer noch am vielversprechendsten." Ich spießte eine Avocadoscheibe auf und schob sie mir in den Mund. „Keith Richardson hat nicht bei Rogers and Stein gearbeitet, aber die Agentur arbeitet mit jeder Menge Freelancern zusammen. Hauptsächlich Fotografen. Und jeden Tag casten sie Dutzende von Frauen. Es wäre total schlüssig. Dort hat Keith vermutlich Jane kennengelernt."

Fennel stocherte in seinem Salat und ließ währenddessen den Blick unablässig durch das Restaurant schweifen. „Lyla hat hier gearbeitet. Das Lokal liegt nah genug an der Modelagentur, um Richardsons tägliche Abstecher in der Mittagspause zu rechtfertigen, selbst wenn er dort gearbeitet hätte, aber da sind immer noch viele Fragen offen. Du denkst vermutlich, dass er als Freelancer für sie tätig war und Jane Doe entweder schon als Model für die Agentur gearbeitet oder zumindest versucht hat, den Job zu bekommen."

„Im Moment können wir nur spekulieren. Hast du eine bessere Theorie?"

„Hast du dich mal umgesehen?“

Ich wandte den Kopf in alle Richtungen. Der Laden war nicht gerade fein und die Karte bot nur wenig Auswahl. Es war ein langweiliges Durchschnittsrestaurant. Manager und Models tranken gern, das wusste ich.

„Niemand bei Rogers and Stein hätte diesen Laden empfohlen. Ich meine, ich bezweifle sogar, dass sie überhaupt wissen, dass es dieses Restaurant gibt.“ Etwas draußen auf der Straße lenkte Brads Blick auf sich. „Vielleicht gehen wir die Sache ganz falsch an. Ich stimme dir zu. Richardson muss Dinge über die Frauen gewusst haben, die er entführt hat, und auch über sein Opfer, vorausgesetzt natürlich, dass er hinter den Entführungen steckt.“

„Ich halte es für wahrscheinlich.“

Brad nickte und fuhr mit seiner Erklärung fort. „Aber vielleicht war es nicht die Arbeit, die sie alle gemeinsam hatten. Nicky könnte etwas falsch verstanden haben. Sie wusste nicht einmal, dass Abigail seit einem Monat keinen Job hatte, also sollten wir nicht annehmen, dass sie weiß, wie Abigail und Keith sich kennengelernt haben.“

„Okay, und was bedeutet das für uns? Zurück an den Anfang?“

„Nicht unbedingt. Zwei der Opfer waren Prostituierte. Lyla hat hier gearbeitet. Und Abigail war ein bunter Hund, der jeden Job gemacht hat.“ Er nahm einen letzten Bissen und kaute. „Die Opfer müssen noch eine andere Gemeinsamkeit haben.“

„Wir sind es doch schon hundertmal durchgegangen. Die Vermisstenstelle auch. Niemand hat eine andere Gemeinsamkeit gefunden. Ich bin nicht mehr sicher, dass es überhaupt eine gibt. Und ohne mehr über Jane Doe zu wissen, können wir auch kein Persönlichkeitsprofil von ihr erstellen.“ Ich zog einen Stift aus meiner Tasche und griff nach einer sauberen Serviette. „Okay. Verwerfen wir alles, was wir nicht mit Sicherheit wissen.“

„Die Prostituierten sind tot.“

„Gut.“ Ich schrieb den Namen des Selbstmörders in die Mitte. „Keith ist mit Abigail Booker ausgegangen. Also bleibt sie auf der Liste. Er hat hier in diesem Restaurant gegessen, und zwar die ganze Woche vor Lyla James’ Verschwinden. Sie bleibt also auch. Und laut dem Bericht der Ballistik passt die Waffe, also hat er Jane Doe erschossen.“

„Und wir wissen, dass Laurel und Hardy sich als FBI-Agenten ausgegeben haben, in die Pathologie eingebrochen sind und die Leichen entwendet haben.“

„Jepp.“ Ich zog weiter Linien von den Namen zu den Beweismitteln, die wir bisher gefunden hatten. Da war die Waffe. Der gestohlene Van. Die kleine Schneekugel. Das goldene Armband mit dem Anhänger. „Laurel und Hardy hatten einen Akzent. Hat Emerson gesagt.“

„Sie könnten genauso gut aus Texas sein.“

„Oder aus Deutschland. Emerson war nicht besonders hilfreich.“ Ich sah auf mein Handy. Agent Peters hatte nicht mehr angerufen. Mac und das Tech-Team hatten sich aufgeteilt, um die Ereignisse in der Gerichtsmedizin und der Pathologie zu analysieren und dem FBI zu helfen, herauszufinden, wie die Diebe es geschafft hatten, den Van zu entwenden. Die Kameras hatten sie gefilmt, aber die beiden hatten gefälschte FBI-Ausweise gehabt. Wie waren sie an die herangekommen? „Wissen wir mit Sicherheit, dass das FBI uns nicht verarscht?“

Brad langte in seine Geldbörse. Da ich das Essen bezahlt hatte, ließ er ein Trinkgeld liegen. „Ich weiß gar nichts mit Sicherheit.“ Er nickte in Richtung Fenster. „Es ist ein schöner Abend. Gehen wir spazieren. Je nachdem, wie es läuft, fahren wir vielleicht noch in den Warehouse District und sehen uns an, wie Agent Peters vorankommt."

„Der Captain wird darüber nicht glücklich sein."

„Er muss es nicht erfahren." Fennel starrte weiter aus dem Fenster. Etwas hatte seine Aufmerksamkeit erregt.

Ich stopfte die Serviette in meine Tasche und griff nach meinem Handy. „Hast du eine Theorie?"

„Ich arbeite daran."

Wir verließen das Restaurant und schlenderten die Straße hinunter. Sie lag nur wenige Blocks von der Straßenecke entfernt, an der ich neulich Nacht zu Observierungszwecken gestanden hatte. Grayson hatte Sullivan und Loyola damit beauftragt, nach allem Verdächtigen Ausschau zu halten, während wir weg waren. Jetzt gerade war es zwar ruhig auf den Straßen, aber es war auch noch früh. An der nächsten Kreuzung bogen wir ab und vor dem Gemeindezentrum blieben wir stehen.

„Keines unserer Opfer hatte Geld. Sie lebten alle von der Hand in den Mund. Vielleicht brauchten sie Hilfe", überlegte Brad.

„Lyla kam gut zurecht."

„Sie war Studentin. Ich habe ihre Rechnungen gesehen. Die meisten ihrer Ausgaben wurden durch ein Studiendarlehen gedeckt. Was sie im Restaurant verdiente, ging für alle anderen Notwendigkeiten drauf und für das, was sie abseits der Schauspielkurse so trieb." Er las das Schild an der Tür. „Damit Richardson unsere Opfer als leichte Beute wahrnahm, musste er sehr aufmerksam sein oder die Frauen gaben diese Art von Information freiwillig preis."

„Was denkst du? Suppenküchen, Notherbergen, gemeinnützige Ärztezentren, sowas in der Art? Sie waren nicht wirklich bedürftig. Alle vier hatten eine gemeldete Adresse. Von Almosen waren sie nicht abhängig." Allerdings wusste ich nicht, wie verlässlich unsere Informationen bezüglich der zwei Prostituierten waren. „Und Lyla hat in einem Restaurant gearbeitet. Es ist vielleicht kein Nobellokal, aber bestimmt konnte sie sich Essen mit nach Hause nehmen, das übrig blieb."

Brad warf mir einen Blick von der Seite zu und deutete auf das Fenster. „Kostenlose Untersuchungen und Arztgespräche."

„Und?"

„Keine der vier hatte eine Krankenversicherung."

„Lyla könnte ins Ärztezentrum auf dem Campus gegangen sein." Aufgrund der strengen Datenschutzbestimmungen im Privatrecht war es viel schwieriger für uns, an Patientenakten zu kommen, also konnte ich nur mutmaßen.

„Sicher, wenn sie krank war oder für die Pille. Aber um im Laientheater mitzuspielen, hätte sie einen allgemeinen Gesundheitscheck gebraucht. Und da dieses Zentrum nicht weit von ihrem Arbeitsplatz und dem Gemeindetheater entfernt ist, in dem sie spielt, könnte sie stattdessen hier gewesen sein."

„Das ist aber schon sehr weit hergeholt, Fennel."

„Es kann nicht schaden, herumzufragen. Alles andere haben wir schon überprüft." Obwohl es spät war, stieß er die Tür auf. Ich machte ein langes Gesicht und fragte mich, warum das Gemeindezentrum nicht abgesperrt war. Als ob er meine Gedanken gelesen hätte, deutete Brad auf ein Schild. *AA-Treffen Raum 103.*

„Die werden uns nichts sagen." Das lag in der Natur der Anonymen Alkoholiker. Fragen zu beantworten, stand im krassen Gegensatz zu ihrer Anonymität.

„Klar werden sie das." Er grinste. „Du denkst ja

sowieso, dass ich ein Problem habe, also sollte ich wohl zu einem Treffen gehen, nur um sicherzugehen, dass es nicht so ist. Wenn es uns sonst nichts bringt, bist du danach wenigstens beruhigt.“ Er zwinkerte. „Und ich liebe es, dir zu beweisen, dass du im Unrecht bist.“

„Das hier ist eine richtig schlechte Idee“, murmelte ich, folgte Brad den Flur hinunter und trat hinter ihm in den Raum ein.

Das Treffen hatte vor vierzig Minuten begonnen, also schlichen wir leise hinein und setzten uns unauffällig auf zwei Plätze ganz hinten. Nachdem sie fertig waren, kam der Mann, der das Treffen leitete, zu uns. Er stellte sich als David vor und ruinierte damit schlagartig die Illusion wahrer Anonymität. Allerdings machte ich ihn nicht auf diese Heuchelei aufmerksam.

„Ich bin Brad. Das ist meine Partnerin Liv.“

„Willkommen“, sagte David und schüttelte uns die Hände, in dem Glauben, dass Brad und ich ein Paar wären. „Ich habe euch hier noch nie gesehen.“

„Es ist das erste Mal“, antwortete Brad.

„Geht ihr sonst zu einem anderen Treffen?“, fragte David.

„Nein.“ Brad sah mich an. „Wir sind spontan hergekommen. Liv sorgt sich, dass mein Alkoholkonsum außer Kontrolle geraten ist und wir versuchen, die Sache proaktiv anzugehen.“

„Wir sollten reden.“ David beäugte mich neugierig. „Nehmt euch Kaffee und Donuts.“

Ich warf Brad einen fragenden Blick zu. Das wäre die Gelegenheit, die anderen Anwesenden zu befragen, aber ich war mir nicht sicher, ob er bereit war, mit diesem David über ein potenzielles Problem zu reden, das er in Wahrheit wohl gar nicht hatte.

Tatsächlich hatte er mir versichert, dass alles okay

wäre, aber ich machte mir trotzdem Sorgen. Vielleicht hatte er ja doch ein Problem mit Alkohol und so könnten wir zwei Fliegen mit einer Klappe schlagen. Oder vielleicht machte ich mir nur viel zu viele Gedanken.

„Geh nur, Schatz. Hol dir einen Kaffee. Für mich auch, bitte." Brad nickte in Richtung Tisch. „Du weißt ja, wie ich ihn mag."

Ich schlurfte davon und beäugte die gut zwanzig Leute, die noch hier waren. Sie hatten sich in kleinen Zweier- und Dreiergrüppchen zusammengestellt und versteckten sich hinter ihren Kaffeebechern und Donuts. Sucht hatte viele Gesichter. Auch wenn das hier ein Treffen für Alkoholsüchtige war, konnte ich mir nur schwer vorstellen, dass nicht manche von ihnen auch andere Drogen ausprobiert hatten. Unabhängig davon war es erfrischend, Menschen zu sehen, die aktiv versuchten, ihre Leben besser zu gestalten und der Sucht keine Chance zu geben.

Ich lächelte zwei Frauen zu, während ich zum Tisch hinten im Raum ging. Dort nahm ich einen Papierbecher vom Stapel und goss Kaffee hinein. Als er fast voll war, beäugte ich die Süßstoffe.

„Pink, blau, gelb oder weiß?", fragte ein Mann und stellte sich neben mich. Er fischte gleich mehrere weiße Päckchen heraus, riss sie auf und kippte sie in einen Becher, bevor er sich einen glasierten Donut schnappte. Dann musterte er mich von Kopf bis Fuß. „Moment. Sag nichts. Lass mich raten. Blau?"

„Eigentlich hatte ich auf Braun gehofft."

Er legte die Stirn in Falten. „Braun?"

„Rohrzucker."

„Ah, eine Puristin." Er steckte sich den Donut in den Mund, um die Hand freizubekommen, und wühlte in der kleinen Schale, bis er vier Päckchen von ganz unten heraufholte. Nachdem er sie mir gereicht hatte, griff er wieder nach dem Donut. „Reicht das?“

„Auf jeden Fall. Danke.“

„Kein Problem.“ Er drehte sich mit dem Rücken zum Tisch und ließ den Blick durch den Raum schweifen. „Wurde langsam leer hier. Schön, ein paar neue Gesichter zu sehen. Ich bin übrigens Jesse.“

„Liv.“ Ich sah zu, wie ein paar weitere Leute gingen. „Sind doch gar nicht so wenige Leute hier. Wie viele kommen denn sonst zu einem Treffen?“

„Keine Ahnung. Dreißig. Fünfunddreißig.“ Er biss wieder von dem Donut ab. „Ich habe heute meine Medaille für neunzig Tage Abstinenz bekommen.“

„Herzlichen Glückwunsch.“

Er gluckste. „Ein Teil von mir würde es am liebsten mit ein paar Bier feiern. Ist das nicht verrückt?

„Nein, aber eine gute Idee ist es auch nicht.“

„Ja, ich weiß. Deshalb trinke ich angebrannten Kaffee und esse einen matschigen Donut.“ Er sah zu der fast leeren Schachtel. „Schnapp dir besser einen, bevor der Rest auch noch verschwindet.“

„Ich esse kein Getreide.“

„Das macht es sicher einfach, das Trinken aufzugeben. Was bleibt denn dann noch übrig? Wein?“

Ich zuckte mit den Schultern.

„Hängst du hier auch gelegentlich rum?“, fragte Jesse. „Ich mache oft freiwillige Arbeit für das Gemeindezentrum. Spenden sammeln, Kuchen verkaufen, solche Sachen.“

„Kann ich nicht behaupten.“

„Ich würde es wohl auch nicht tun, wenn das Gericht es nicht angeordnet hätte. Deshalb gehe ich auch zu den Treffen.“

Ich drehte mich zu ihm hinüber. „Kennst du Keith?“

Jesse kaute das letzte Stück seines Donuts und

wischte sich die Mundwinkel mit dem Daumen sauber. „Meinst du Tobias? Tobias Keith? Er arbeitet vorn am Empfang.“ Er griff nach einem weiteren Donut und musterte mein Gesicht.

„Vielleicht. Wie sieht er denn aus?“

„Er ist ungefähr so groß.“ Er deutete mit dem Donut in der Hand. „Dunkle Haare. Brille. Dünn, aber sehnig und muskulös wie ein Läufer. Nicht dünn wie einer, der krank ist. Oder dünn wie ein Süchtiger. Einfach dünn.“

„Das klingt nach ihm. Wie heißt er, sagtest du?“

„Tobias Keith. Du weißt schon, fast wie der Sänger. Früher habe ich ihn jedes Mal damit aufgezogen, wenn ich ihn gesehen habe.“ Jesse biss wieder ab und sprach mit vollem Mund. „Jetzt, wo du fragst, fällt mir auf, dass ich ihn seit ein paar Tagen nicht mehr gesehen habe.“

„Kommt er sonst zu diesen Treffen?“

„Nö. Er arbeitet nur vorn. Hast du von ihm erfahren, dass die Treffen jetzt hier stattfinden?“

Mein Hirn hinkte weiterhin zwei Schritte hinterher, was nicht gut war für einen Cop. „Du meinst, hier ist neu?“

Jesse lachte. „Ja. Wir haben erst vor acht Wochen hier angefangen. Früher bin ich immer zu den Treffen in der Kirche auf der siebten gegangen, aber die haben sie abgedreht. Deshalb hat das Gemeindezentrum angefangen, sie hier abzuhalten. Und da ich in der Gegend wohne, war klar, dass ich dabeibleibe.“ Er aß den Donut fertig und spülte ihn mit einem Schluck Kaffee hinunter.

„Wie lange arbeitet Tobias schon hier?“

„Weiß ich nicht.“

„Kennst du Lyla James?“

Meine Fragen weckten sein Misstrauen. „Wie lange bist du trocken?“

„Ähm“, ich überlegte, „meinen letzten Drink hatte ich vor dreieinhalb Wochen.“ Was nicht gelogen war. Ich trank eben nicht oft etwas. „Ein Tag nach dem anderen, richtig?“

Meine Antwort schien ihn zufriedenzustellen, denn Jesse sagte: „Ja, ich kenne Lyla. Jeder hier kennt Lyla. Sie hat jede freie Fläche in diesem Gebäude mit Plakaten ihres nächsten Auftritts zugepflastert.“ Er verdrehte die Augen. „Sie lebt wirklich in einer Traumwelt, wenn sie denkt, dass es irgendjemanden hier interessiert, aber sie ist fest davon überzeugt, dass es ihr Durchbruch wird. Armes Ding. Tut so, als würde sie auf dem Broadway spielen. Schnallt nicht, dass es ein einfaches Laientheater in einem beschissenen Gemeindesaal ist.“ Er hielt sich die Hand vor den Mund. „Tut mir leid, sowas sagt man nicht.“

„Was ist mit –“

Er leerte seinen Becher und warf ihn in den Mülleimer. „Ich verstehe schon. Du bist neu hier. Aber das hier sind die Anonymen Alkoholiker. Bei diesen Treffen geht es nicht um Klatsch und Tratsch und darum, mehr über andere Leute zu erfahren. Wenn du jemanden brauchst, um über deine eigenen Probleme zu reden, höre ich dir gern zu. Aber wenn nicht, muss ich jetzt los.“

„Klar, schon kapiert.“ Ich hielt die Päckchen mit Rohrzucker hoch. „Danke für die hier.“

Er nickte mir zu und ging dann zu einer Frau mit rabenschwarzen Haaren auf der anderen Seite des Raums.

Tobias Keith. Keith Richardson. Verdammt. Mein Hirn stand gefährlich auf der Bremse, so begriffsstutzig, wie ich gewesen war. Keith Richards. Toby Keith. Der Selbstmörder musste ein Musikfan gewesen sein. Vermutlich hatte er sich für besonders schlau gehalten, sich diese Pseudonyme einfallen zu lassen. Und seine gefälschten Ausweise hatten ihm noch einen zusätzlichen Kick verpasst. Aber das war nicht länger relevant.

Zuerst mussten wir sichergehen, dass Tobias derselbe Mann war, der sich vom Dach gestürzt hat. Dem Anschein nach war dies das Revier, in dem unser Entführer gewildert hatte. Wir würden Fragen stellen müssen, aber da der Rest des Gemeindezentrums bereits dunkel war, würde das bis morgen warten müssen.

Ich schüttelte eines der Zuckerpäckchen und riss es auf, bevor ich den Inhalt in meinen Becher kippte. Diese neuen Informationen machten mich auch ohne Zucker ganz zittrig und überdreht. Das Letzte, was ich jetzt brauchte, war Kaffee, aber Brad würde vielleicht einen wollen. Und jetzt, wo wir eine potenzielle Spur hatten, war es Zeit zu gehen. Ich schlenderte zurück zu Fennel, der immer noch mit David sprach.

„Hier, Schatz."

Brad nahm den Becher und schüttelte Davids Hand. „Danke für die Informationen."

„Kein Problem. Hoffentlich sieht man sich."

Brad sagte nichts. Er nickte nur und legte mir eine Hand auf den unteren Rücken, um mich zur Tür zu lotsen. Auf dem Weg hinaus griff ich mir einen Flyer von einem schwarzen Brett.

Als wir draußen waren, fragte ich: „Alles okay?"

„Wenn du mich das weiter fragst, fange ich noch an zu glauben, dass ich nicht okay aussehe." Er beäugte mich. „Sehe ich nicht okay aus?"

„Für mich siehst du okay aus."

„Nur okay?"

Ich bohrte ihm einen Ellbogen in die Rippen. „Angelst du nach Komplimenten?"

„Nach der Wahrheit." Neben einem geparkten Auto

blieb er stehen und betrachtete sein Spiegelbild in der Scheibe. „Denkst du nicht, dass ich gut aussehe?“

„Nicht das schon wieder.“ Ich zerrte ihn weiter. „Hast du bei dem Treffen irgendetwas Hilfreiches erfahren?“

„David hat nichts gesagt. Er wollte mir keine Namen regelmäßiger Teilnehmer nennen, aber ich glaube nicht, dass Lyla oder Abigail ein Alkoholproblem hatten. Ich werde Nicky fragen, wenn wir wieder mit ihr reden, aber sie hätte doch bestimmt etwas in die Richtung erwähnt. Außerdem neigen die meisten Süchtigen dazu, zu verschwinden, zu betteln, sich etwas zu leihen oder zu stehlen. Und das haben weder Lyla noch Abigail getan.“

„Lyla ist von Zeit zu Zeit verschwunden.“ Mir fiel ein, dass ihre Kollegin es erwähnt hatte. „Und Jesse hat sie erkannt. Allerdings von den Flyern.“ Ich reichte ihm den vom schwarzen Brett. „Möglicherweise war sie bei ein paar Treffen und er wollte ihre Anonymität wahren. Er nimmt die Sache sehr ernst.“

Nachdem ich meinen Partner auf den neuesten Stand gebracht hatte, fuhren wir in den Warehouse District, um uns anzusehen, welche Fortschritte die Bundesbehörde gemacht hatte. Wir brauchten ein Erfolgserlebnis. Auch wenn Brad und ich einiges darüber herausgefunden hatten, wo und wie Keith Richardson seine Opfer ausgewählt hatte, reichte es nicht. Wir brauchten mehr. Viel mehr. Immerhin wussten wir jetzt, wo wir nach Antworten suchen mussten.

Elf

„Sie haben gesagt, niemand würde die Leichen finden“, polterte er.

„Haben sie auch nicht.“

Er knallte seine Bürotür zu. Das fehlte ihm gerade noch, dass jemand etwas von dem Gespräch mitbekam. „Warum durchkämmen die Polizei und das FBI dann die Gebäude im Warehouse District?“

„Wegen des Vans.“ Oleg schenkte sich ein und seufzte tief. Der Alkohol wärmte sein Blut und er lehnte sich zurück und balancierte das Glas auf seinem Bein. „Sie haben uns gesagt, wir sollen das Navi deaktivieren, aber das FBI muss einen zusätzlichen GPS-Tracker eingebaut haben. Haben Sie das vergessen? Vielleicht haben Sie einen weiteren Fehler gemacht?“

Er fluchte. Auf das Satelliten-Tracking hatte er vollkommen vergessen. „Was werden sie finden?“

„Asche.“

„Mehr nicht?“ Er brauchte Gewissheit, jetzt mehr denn je. Einen Moment lang dachte er an seinen goldenen Fallschirm. Er könnte die Reißleine ziehen, das kleine Vermögen nehmen, das er angehäuft hatte, und abhauen. Er hatte Kontakte in Brasilien. Seine Käufer dort waren ohnehin viel nachsichtiger als die Russen. Sie könnten ihn verstecken oder beschützen, das würde er sich eine schöne Stange Geld kosten lassen. Er könnte von dort aus sein Geschäft neu aufziehen. Es wäre nicht ansatzweise so einfach, aber er könnte es schaffen. Schließlich hatte er immer noch genügend Freunde, die ihm dabei helfen würden.

„Reden Sie mit Dmitri. Er hat sich darum gekümmert, die Leichen zu entsorgen.“

Dmitri war ein Profi. Er hatte frühere Arbeiten des Mannes gesehen. Ein oder zweimal hatte er ihn angeheuert, wenn die Dinge außer Kontrolle geraten waren. Gelegentlich geschahen Unfälle. Potenzielle Käufer verstanden nicht immer die Regeln und die Konsequenzen. Und manchmal, wenn auch seltener, tanzten die Mädchen aus der Reihe und jemand musste sich um sie kümmern. Dmitri war immer der Mann für diese Fälle gewesen, und bisher war nichts davon zurückgekommen, um ihnen in den Hintern zu beißen.

„Alles klar. Danke.“

Oleg gluckste. „Nicht so schnell. Ihnen ist klar, dass mein Boss immer noch auf eine heiße Blondine wartet. Eine natürliche Blondine.“

„Ich habe es nicht vergessen.“

„Sie muss bis morgen bereit sein. Sie wissen ja, was passiert, wenn Sie nicht liefern.“

Er blätterte durch eine Akte auf seinem Schreibtisch. „Moment.“ Er trat auf den Flur hinaus. Wie üblich war im Büro viel los. „Vera, bring mir die Akte über Clarissa Berens. Ich muss mir etwas ansehen.“

„Mein Boss ist kein geduldiger Mann. Und Ihnen steht das Wasser schon bis zur Unterlippe“, sagte die Stimme am anderen Ende.

„Keith ist schuld. Er hat Ingrid entkommen lassen. Nach ihrer Flucht konnte ich nicht riskieren, sie zurückzunehmen. Ich weiß nicht, mit wem sie vielleicht geredet hat. Sie hätte alles gefährden können. Sie hätte den anderen zeigen können, wie sie es hinausgeschafft hatte.“ Als seine Assistentin mit der Akte kam, hielt er abrupt inne. Er nahm ihr die Mappe ab und lächelte ihr höflich zu. Sie erwiderte das Lächeln, ging hinaus und schloss die Tür hinter sich. „Können Sie Ihrem Boss die Situation nicht erklären? Er muss verstehen, dass es nicht meine Schuld war. Ich brauche mehr Zeit.“

„Er wird es nicht verstehen. Sie wissen, wie der Hase läuft.“

Er las in der Akte. Niemand würde Clarissa Berens vermissen. Das Mädchen lebte ein grauenvolles Leben, aber sie hatte einen großen Vorteil. Sie war von Natur aus blond. „Okay. Ich habe jemanden im Kopf, aber Sie müssen sie selbst aufgreifen. Sehen Sie zu, dass alles sauber abläuft.“

„Die Mädchen beschützen. Die Mädchen aufgreifen. Ich frage mich, wozu wir Sie überhaupt brauchen.“

„Wissen Sie was, vergessen Sie es. Ich kümmere mich darum. Sie wird an den üblichen Übergabeplatz geliefert. Er kann sich die Ware ansehen und kaufen, was ihm gefällt.“

„Sehr gut.“

Nachdem er aufgelegt hatte, ließ er sich in seinen Stuhl sinken. Er hatte eine Liste von Leuten, aber jetzt, wo die Polizei herumschnüffelte, wollte er niemanden davon beauftragen. Leider hatte er keine

Wahl mehr. Er kramte das Wegwerfhandy aus der untersten Schublade hervor und wählte eine Nummer.

* * *

„Detectives“, sagte Agent Peters und winkte uns durch die Absperrung, „ich hätte nicht erwartet, Sie beide heute Abend noch zu sehen.“

„Wir waren in der Gegend.“ Ich folgte Peters in eine leere Fabrikhalle, einen Flur entlang und in einen großen Raum, an dessen Decke ein riesiger Ventilator eine Überhitzung vermeiden sollte. „Woher wussten Sie, dass Laurel und Hardy hier waren?“

Peters sah mich fragend an. „Oh“, gluckste er, „schon kapiert.“ Im hinteren Bereich des Raums durchsiebten mehrere Männer mit blauen Ganzkörperanzügen und Latexhandschuhen bekleidet die Rückstände aus einem Verbrennungsofen. „Der Van hat an der Laderampe gehalten. Er blieb weniger als fünf Minuten, bevor er zurück zur Dienststelle gefahren ist.“

Fennel hockte sich hin und betrachtete die Asche und Knochenreste. „Wie lang für extra knusprig?“

„Dieser Ofen hat Zunder. Er wird heißer als ein Krematorium, also tippe ich auf weniger als eine Stunde.“ Der Kriminaltechniker deutete auf mehrere größere Knochenfragmente. „Die hier sind nicht gänzlich zu Asche zerfallen, also vermutlich sogar weniger.“

„Wo ist der Einschaltknopf?“, fragte Fennel.

„Haben wir untersucht. Keine Abdrücke.“ Peters sah sich in der verlassenen Anlage um.

„Sie haben sich aufgeteilt“, sagte ich. „Einer blieb hier. Der andere brachte den Van zurück. Haben Sie sich schon die Aufzeichnungen der Verkehrskameras durchgesehen?“

„Detective DeMarco, ich sagte doch, das Bureau würde seine Erkenntnisse mit Ihnen teilen. Und ich bin ein Mann, der zu seinem Wort steht.“ Peters zeigte auf mehrere Mitglieder des Spurensicherungsteams der Polizei. „Sobald wir etwas wissen, sind Sie die erste Person, die ich anrufe.“

„Okay. Wir stören Sie nicht länger.“

„Gute Nacht, Detectives.“

„Nacht“, erwiderte Brad. Als wir zurück beim Auto waren, fragte er. „Was denkst du, Partner?“

„Nichts Gutes.“

„Ich auch nicht. Die Leichendiebe wussten ganz genau, wie sie an sie herankommen und wo sie sie entsorgen konnten. Diese zwei Möchtegern-FBI-Agenten wissen eindeutig zu viel. Haben die Nummer zu gut geplant. Auf mich wirken sie wie professionelle Aufräumer.“

„Aber warum? Keith Richardson war schlampig. Er hat Jane Doe getötet, die Kugeln und die Patronenhülsen zurückgelassen, und er trug die Mordwaffe sogar am Körper, als er sich das Leben genommen hat. Wer würde so viel Aufwand betreiben, um die Spuren eines Mörders zu verwischen, wenn der Mörder längst tot ist und wir nicht einmal seinen richtigen Namen haben?“

„Genau das müssen wir herausfinden.“

Ich dachte darüber nach, was Brad gesagt hatte. „Der einzige Grund, warum jemand so unverhältnismäßig großen Aufwand betreiben würde, ist, dass er Keith Richardsons wahre Identität verbergen will. Irgendeine Idee, warum?“

„Nein, Liv.“

Während der restlichen Fahrt schwiegen wir. Unsere Gedanken und Theorien waren zu makaber, um sie in Worte zu fassen oder gar laut auszusprechen. Captain Grayson würde nicht glücklich darüber sein, dass wir einen Abstecher an den Fundort gemacht hatten, aber wir mussten ihn auf den letzten Stand bringen, egal, welche Konsequenzen uns drohten. Da ich schon mit dem Kopf in der Schlinge steckte, bot ich an, diejenige zu sein, die mit ihm redete.

Grayson schimpfte und drohte nicht. Er hörte zu, warf gelegentlich etwas ein, nahm den Hörer in die Hand und schickte mich schließlich nach Hause. Er wollte nicht, dass seine Detectives sich ausbrannten, solange es nichts zu tun gab. Die Spurensicherung arbeitete noch und alle Büros und Läden hatten geschlossen.

Ich gab den Befehl weiter und Fennel notierte sich, dass wir die Akten aus dem Gemeindezentrum brauchten. Morgen würden wir wohl dort anfangen, sofern Agent Peters nicht bis dahin die zwei Scheinagenten identifiziert hatte. Ich drehte meinen Computer ab und starrte auf die Korkwand. Fotos der vier vermissten Frauen starrten zurück.

„Wir werden euch finden“, versprach ich, aber die Worte klangen leer.

Als ich zu Hause ankam, wartete Emma schon auf mich. Seit Brad ihr von dem Vorfall auf dem Dach erzählt hatte, hatten wir nicht mehr geredet. Letzte Nacht war ich früh ins Bett gegangen, um sie zu meiden, wenn sie von der Arbeit nach Hause kam, und heute Morgen war ich aufs Revier gefahren, bevor sie aufgewacht war. Es war also an der Zeit, mich ihr zu stellen.

„Hey, Em.“ Ich schloss die Tür, schob den Riegel vor und hängte die Kette ein. „Wie war die Arbeit?“

Ihr Ton war kalt und hart. „Gut.“

„Cool.“ Ich schüttelte meine Schuhe ab und hängte meine Tasche in den Schrank, holte das Magazin aus meiner Waffe und legte beides auf den Küchentresen.

„Hast du schon gegessen?“

„Ja.“ Sie drehte den Fernseher ab und kam in die Küche. „Setz dich, Liv. Wir müssen reden.“

Ich setzte mich und fragte mich, ob ich meine Waffe außer Emmas Reichweite bringen sollte. Sie stellte sich auf die andere Seite des Tresens und starrte mich an.

„Du weißt, dass ich dich liebe, oder? Du bist meine Familie. Ich weiß nicht, wo ich ohne dich und deine Eltern jetzt wäre.“ Sie atmete tief ein und seufzend aus. „Aber solche Szenen wie neulich können wir nicht ständig haben.“

„Em, wenn es darum geht, dass Brad dein Essen genommen hat, das wird bestimmt nicht wieder vorkommen.“

„Es geht nicht ums Essen.“ Sie zog einen Hocker heraus und lehnte sich über den Tresen. „Es geht um das, was er gesagt hat. Um das, was passiert ist.“

„Es ist nichts passiert.“

„Lüg mich nicht an, Liv.“

„Es ist nichts passiert“, wiederholte ich und kämpfte gegen die aufkeimende Wut an.

„Brad war total neben der Spur. So habe ich ihn noch nie erlebt und das Einzige, was ihn so aus der Bahn werfen kann, ist, wenn dir etwas zustößt. Also erzähl mir deine Sicht der Dinge. Ich bin ganz Ohr. Ich habe gehört, was er gesagt hat und was du erwidert hast. Aber jetzt will ich die Wahrheit. Ich bin kein Cop. Ich bin nicht die Interne Revision. Und ich bin nicht dein Vater. Also sag mir, was passiert ist.“

„Ich gehe schlafen. Ich darf nicht über laufende Ermittlungen sprechen.“

„Komm mir nicht so.“ Sie versperrte mir den Weg zu meinem Schlafzimmer.

„Ich bin einem Kerl aufs Dach gefolgt. Er wollte sich umbringen. Ich habe versucht, ihn davon abzuhalten. Im Lauf des Gesprächs gestand er einen Mord. Er wollte, dass ich ihn töte, aber ich habe mich geweigert. Als ihm klar wurde, dass er in der Falle saß, riss er sich los und sprang."

„Das tut mir leid."

„Bist du jetzt glücklich?", fragte ich mit verbitterter Stimme.

Sie wollte mich umarmen, aber ich wich zurück. „Er hat auf dich geschossen, damit du das Feuer erwiderst. Scheiße. Das ist echt krank."

„Es spielt keine Rolle." Aber die Stimme in meinem Kopf widersprach. Warum hatte er mich nicht erschossen? Warum hatte er sich nicht gewehrt? Er wusste, dass ich ein Cop bin. Er hatte schon jemanden getötet, vermutlich viel öfter als nur einmal, also warum nicht mich? Auch wenn er sich schon aufgegeben hatte, warum hatte er mich nicht umgelegt, bevor er gesprungen war? „Er wollte sie gar nicht töten."

„Was?", fragte Emma.

Ich schüttelte den Kopf. „Nichts." Als ich mich an ihr vorbeischieben wollte, stemmte sie sich dagegen. „Emma, geh zur Seite. Ich bin nicht in der Stimmung. Ich bin hundemüde. Und stinksauer. Und jetzt gehe ich ins Bett."

„Krieg das jetzt nicht in den falschen Hals. Ich will nicht, dass du verletzt wirst, also kannst du solche Sachen nicht machen. Beim letzten Mal waren es eine Gehirnerschütterung und ein paar blaue Flecken. Jetzt schießt jemand auf dich. Täglich sterben Polizisten, Liv. Es ist nicht sicher. Du bist klug und talentiert. Du könntest etwas anderes machen. Egal, was. Warum willst du genau das tun?"

„Jetzt klingst du wie meine Mom." In diesem Moment fiel es mir wie Schuppen von den Augen. „Hat sie dich angerufen? Oder du sie?" Diesmal schaffte ich es an Emma vorbei, aber sie folgte mir in mein Zimmer. „Du solltest auf meiner Seite stehen. Du bist *meine* Freundin."

„Ich stehe auf deiner Seite. Das tue ich immer. Deshalb musste ich doch etwas sagen."

„Ich bin, wer ich bin. Und so war ich schon immer. Das wusstest du seit dem Tag, als wir uns kennengelernt haben. Ich bin die Tochter meines Vaters. Und meine Mom wird niemals verstehen, was ihn angetrieben hat oder was mich antreibt. Ich kann es doch selbst nicht erklären." Ich deutete aus dem Fenster. „Aber die Welt da draußen ist gnadenlos. Ständig passiert etwas. Und jemand muss etwas dagegen tun. Frauen werden entführt. Sie verschwinden einfach. Keiner weiß, was aus ihnen wird, aber wir versuchen, es herauszufinden, denn wenn wir es nicht tun, wird es immer so weitergehen. Mehr Frauen werden verschwinden. Mehr Menschen werden sterben. Mehr miese Scheiße wird passieren." Ich atmete zittrig ein. „Du bist Krankenschwester in der Notaufnahme, Herrgott nochmal. Du weißt, wovon ich rede. Du leistest deinen Beitrag und ich leiste meinen."

Emma hob die Hände. „Du hast recht. Aber heute Nacht habe ich zwei Schusswundenopfer verloren. Einer ist noch auf der Trage gestorben, der andere auf dem OP-Tisch. Ich will nicht, dass das eines Tages dir passiert. Verstehst du?" Sie schniefte und stürmte hinaus.

Ich seufzte. „Verdammt." Die Schlafzimmertür fiel lautstark ins Schloss. „Emma, es tut mir leid." Aber ich wusste nicht, ob sie mich hörte.

Nachdem ich beschlossen hatte, ihr Zeit zu geben, um sich zu beruhigen, duschte ich und schlüpfte in meinen Pyjama, der aus Shorts und T-Shirt bestand. Dann nahm ich meine Waffe vom Tresen, legte sie in meine Nachttischschublade und ging in die Küche, um mir einen heißen Kakao zu machen. Emma war vielleicht versessen auf gesunde Ernährung, aber zu einer Tasse heißem Kakao und den Resten von Moms Schokoladenkeksen würde sie nicht Nein sagen.

Ich hatte die Tassen und Kekse gerade auf einem Tablett angerichtet, als mein Handy klingelte. Ich griff danach und erkannte die Nummer des Reviers. „Detective DeMarco." Ich drehte die Herdplatte ab.

„Ich dachte, es würde Sie interessieren, dass wir gerade von einer weiteren Entführung erfahren haben", sagte Captain Grayson.

„Scheiße. Wann? Wo?"

„Ich schicke Ihnen die Adresse. Gerade eben. Jemand hat den Notruf gewählt. Diesmal gab es einen Zeugen. Das Opfer passt auf unser Profil. Blond, keine zwanzig. Streifenwagen suchen die Umgebung ab. Wir haben eine Fahndungsmeldung rausgegeben und durchkämmen die ganze Stadt nach dem Täter. Das gesamte Personal in Ruhezeit hat ab sofort wieder Dienst. Da es Ihr Fall ist, werden Sie und Fennel die Suche koordinieren."

„Danke für die Vorwarnung. Ich bin auf dem Weg." Ich rannte zurück in mein Zimmer, zog mich an, schnappte mir meine Ausrüstung und ließ Emma eine Nachricht auf dem Tresen. Wenn sie aus ihrem Zimmer kam, würden die Kekse wenigstens den Schmerz ein wenig lindern.

Zwölf

Er fluchte. Er hätte es selbst in die Hand nehmen sollen. Er hätte Clarissa anrufen, eine Lüge vorschieben und sie in eine dunkle Ecke locken sollen. Stattdessen hatte er einen hirnlosen Schmalspurganoven damit beauftragt. Ein weiterer Fehler. Noch mehr Patzer konnte er sich nicht erlauben. Es musste aufhören.

Er würde den russischen Käufer zufriedenstellen und einen Weg finden, die restliche Ware abzuverkaufen. Lokale Käufer mied er aus Prinzip, aber es wäre der schnellste und einfachste Weg, die Beweise loszuwerden. Jetzt, wo die Behörden das Netz enger zogen, war es zu gefährlich, die Ware nach Übersee zu verschiffen. Vielleicht würde in ein paar Monaten Gras über die Sache gewachsen sein und dann könnte er neu anfangen.

Sie klopfte und öffnete die Tür zu seinem Arbeitszimmer. Er lächelte ihr traurig zu und hob einen Finger, damit sie ihm noch eine Sekunde gab.

„Ich kümmere mich darum." Er legte auf.

„Hast du die Nachrichten gesehen?" Sie griff nach der Fernbedienung auf dem Schreibtisch und schaltete den Fernseher an. „Eine weitere junge Frau wurde entführt. Ich weiß nicht, was aus der Welt werden soll. Wie kann so etwas immer wieder passieren?“

„Ich weiß es nicht, Liebling.“ Er schlang seine Arme um sie und küsste sie, aber sein Blick blieb auf dem Bildschirm haften. „Haben sie einen Verdächtigen?“

„Vor ein paar Minuten haben sie eine Beschreibung des Wagens veröffentlicht.“ Sie deutete auf das Phantombild der Polizei. „Und sie wissen, wie das Mädchen aussieht, aber sie haben keinen Namen. Ist das nicht schrecklich?“

„Schrecklich, ja“, stimmte er zu, doch innerlich schäumte er vor Wut. In den Nachrichten war ein schlecht aufgelöstes Überwachungsvideo gezeigt und die Öffentlichkeit gebeten worden, die Polizei zu informieren, wenn sie den Wagen oder das Mädchen sahen oder andere Informationen beisteuern konnten. Er küsste seine Frau auf die Stirn. „Ich muss zur Arbeit. Wir haben alle Hände voll zu tun. Alle im Büro sitzen auf Nadeln. Die Frist rückt immer näher.“

Sie drückte ihn fester an sich. „Versprich mir, dass du gut auf dich aufpasst. Wer auch immer dafür verantwortlich ist, ist geisteskrank. In den Nachrichten sagen sie, der Täter ist bewaffnet und gefährlich. Und er könnte überall sein.“

„Ich werde vorsichtig sein.“ Er küsste ihre Nasenspitze und lächelte. „Ich liebe dich.“

„Ich liebe dich auch.“ Sie lachte. „Wie konnte ich nur das Glück haben, einen so wundervollen Mann zu finden, wo die Welt voller Psychopathen ist?“

* * *

„Was wissen wir bisher?“

Mac reichte mir ein Foto. Den dunkeln Ringen

unter ihren Augen und dem leichten Beben ihrer Hände nach zu schließen, war sie erschöpft. Das Einzige, was sie zu diesem Zeitpunkt noch antrieb, war der Energy Drink, den sie hielt. „Ihr Name ist Clarissa Berens. Neunzehn Jahre alt. Lebt auf der Straße. Keine Familie. Wenige Freunde. Sie ist in der Datenbank."

Ich las die Akte. Kavaliersdelikte. Diebstahl hauptsächlich. Mac griff nach ihrer Dose, aber ich kam ihr zuvor. „Geh nach Hause, Laura."

„Alle müssen mithelfen. Das weißt du. Es geht mir gut."

„Es geht dir nicht gut." Ich starrte sie über die Akte hinweg an. „Wie viele Herzinfarkte wegen Energy Drinks hatten wir letztes Jahr?"

Sie hob die Hände. Sie kannte die Antwort. Es war eine Eigenart von Mac, sich makabre Fakten zu merken. Ich hatte gehört, wie sie beim Pub-Quiz in der Bar gegenüber von unserem Revier ein paar sehr interessante Fakten zum Besten gegeben hatte. „Okay. Schon kapiert." Sie gab die Hoffnung auf, ihr flüssiges Koffein von mir zurückzubekommen.

„Fahr nach Hause. Schlaf ein bisschen." Ich zeigte auf die Uhr. „Du hast jetzt fast vierundzwanzig Stunden durchgearbeitet. Niemand wird es dir verübeln."

Fennel kam zu uns. „Soll dich ein Officer nach Hause fahren?"

„Nein. Sie sollen weiter nach dem Mädchen suchen." Sie sah uns beide an. „Wir werden diesen Kerl schnappen. Ich kann es spüren."

„Schwester Mary Catherine ist auf dem Weg", erklärte Brad. „Sie leitet das Obdachlosenprogramm der Kirche. Sie ist diejenige, die in der Zentrale angerufen und die Entführung gemeldet hat. Außerdem hat sie Clarissa anhand des Phantombilds in den Nachrichten identifiziert."

„Immerhin etwas." Aber nach allzu viel fühlte es sich nicht an. „Was ist mit dem Entführer?" Ich hatte mir das Überwachungsvideo unzählige Male angesehen, seit der Anruf eingegangen war. Unsere Nacht hatte am Tatort begonnen. Wir hatten mit ein paar Augenzeugen geredet, von denen die meisten ebenso Obdachlose waren, und die Gegend abgesucht. Die Beschreibung des Entführers und die Details rund um den Vorfall waren alles andere als hilfreich gewesen. „Irgendwas über ihn oder das Auto?"

„Sofern Keith Richardson kein Zombie ist, hat er Clarissa nicht entführt."

„Was du nicht sagst."

„Du bist müde und zickig."

Ich funkelte meinen Partner an. „Kannst du es mir verübeln?" Ich verschränkte die Arme vor der Brust und starrte auf die Memowand. Clarissas Foto hing nun neben Jane Does. „Ich bilde mir das nicht ein. Sie sehen sich ähnlich, oder?"

„Blond, jung, schlank." Er zuckte mit den Schultern. „Ehrlich, die sehen doch ganz offensichtlich minderjährig aus."

„Dann würdest du nicht versuchen, eine von ihnen in einer Bar aufzureißen?"

Brad nahm sich ein paar Sekunden, um über die Frage nachzudenken. „Bar würde bedeuten einundzwanzig oder älter, aber als Cop weiß ich es besser. Und als Mann finde ich keine der beiden attraktiv oder sexy. Sie sehen nicht alt genug aus. Viel zu jung sogar. Wie Kinder. Ekelhafter Gedanke."

„Manche Männer sind so."

„Ja, Psychopathen und Perverse. Und viele von denen sitzen für sehr lange Zeit ein."

Ich lachte sarkastisch. „Und doch laufen noch so viele mehr von ihrer Sorte auf der Straße rum." Ich dehnte meinen Nacken und hörte die Wirbel knacken und ploppen, aber so ganz konnte ich die Verspannungen nicht lösen.

Fennel trat hinter mich und bohrte seine Daumen in die Muskeln auf beiden Seiten meiner Wirbelsäule. „Du weißt ja, dass wir alle Pädophilen in der Gegend überprüft haben, aber das war eine Sackgasse."

„Sie sind nicht minderjährig." Ich ließ den Kopf hängen und stöhnte auf, als er einen Knoten genau zwischen Schulter und Nacken fand.

„Das weiß ich, aber Clarissa sieht aus wie fünfzehn. Es war richtig, sie zu überprüfen." Er wartete auf meinen nächsten Seufzer, bevor er seine Hände wegnahm. „Wer auch immer es war, ist nicht weit gefahren. Wir haben den Wagen nur an ein paar Ampeln gesehen, bevor er verschwunden ist. Die Prüfung der Nummernschilder ergab zwar einen Treffer, aber das Auto wurde vor zwei Wochen als gestohlen gemeldet."

„Haben die Kollegen den Besitzer gefragt?"

„Jepp. Er hat sie sogar sein Grundstück absuchen lassen. Ich denke nicht, dass er was damit zu tun hat." Brad trat näher an die Memowand. Ein großer roter Kreis auf einer Straßenkarte markierte den Bereich, in dem alle fünf Entführungen sich abgespielt hatten. Er zeichnete die Strecke, die das Auto zurückgelegt hatte, mit einem Stift ein. „Die Frauen werden irgendwo in diesem Gebiet festgehalten. Es muss so sein. Sonst hätten wir das Auto auf den Videos weiterer Überwachungskameras gesehen."

„Denkst du, er wird sie töten?", fragte ich. „Keith Richardson hat Jane Doe ermordet. Wir wissen nichts über die anderen, Lyla, Abigail, ..."

„Was hat Richardson zu dir gesagt?"

Ich zuckte die Achseln. „*Er* hat mich dazu gezwungen."

„*Er*. Denkst du, *er* ist derselbe Typ, der Clarissa entführt hat?“

„Nein.“

Fennel ging zum Schreibtisch und lehnte sich mit der Hüfte dagegen. „Warum nicht?“

„Angenommen, Richardson war nicht wahnhaft, dann hatte der Mann, der Jane Doe tot sehen wollte, einen Grund dafür. Wenn das Töten sein Hauptziel gewesen wäre, Spaß daran, Macht über sie, was auch immer, hätte er nicht Richardson beauftragt, es zu tun. Dann hätte er es selbst gemacht. Und Richardson wäre fein raus gewesen. Deshalb denke ich, wer auch immer Richardson gezwungen hat, Doe zu töten, hat dasselbe mit dem Kerl gemacht, der Clarissa entführt hat.“

„Und wir wissen, dass Richardson Abigail Booker in sein Auto gelockt hat, und seither ist sie verschwunden. Vielleicht hat er dasselbe mit Layla James gemacht. Vielleicht hat Richardson für irgendein krankes Dreckschwein Frauen gesammelt. Und aus irgendeinem Grund hat ihm Jane Doe nicht gefallen, weshalb er wollte, dass Richardson seinen Fehler korrigiert.“

„Und sich umbringt?“ Es klang verrückt, aber unter Schlafmangel stehend und ohne klare Hinweise musste ich zugeben, dass Brads Theorie gar nicht so schlecht war.

„Vielleicht war Versagen keine Option.“ Mein Partner deutete auf das unscharfe Foto eines maskierten Mannes, der Clarissa in den Kofferraum des Wagens warf. „Dieser Kerl ist möglicherweise Keith Richardsons Nachfolger oder das kranke Schwein, das Keith gezwungen hat, sich umzubringen.“

„Oder ein Fall, der überhaupt nichts mit unserem zu tun hat“, warf Captain Grayson ein. Eine Nonne stand hinter ihm und er stellte sie uns als Schwester Mary Catherine vor.

Wir führten sie ins Besprechungszimmer und schlossen die Tür, bevor wir ihr dafür dankten, dass sie angerufen hatte und vorbeigekommen war, um zu helfen. Die Kirche hatte seltsame Vorstellungen, wenn es darum ging, Menschen zu beschützen, aber wir konnten einen Priester nicht bitten, das Beichtgeheimnis zu umgehen.

„Ich kenne Clarissa", sagte die Nonne. „Ich habe versucht, sie dazu zu ermutigen, sich Hilfe zu suchen. Es gibt Notunterkünfte und andere Programme. Sie hätte nicht auf der Straße leben müssen. Sie hätte gar nichts allein tun müssen. Ich wünschte, sie hätte auf mich gehört."

„Was können Sie uns sonst noch über Clarissa sagen? Hatte sie Freunde? Familie? Irgendwen?", fragte ich.

„Clarissa ist eine Ausreißerin. Ich kann mich nicht erinnern, woher sie gekommen ist, aber als sie sechzehn war, ist sie von zu Hause weggelaufen. Sie wollte berühmt werden. Ein Star. Ich denke nicht, dass ihr Zuhause der liebevollste Ort war."

„Missbrauch?", fragte ich.

Die Nonne nickte. „Sie hat gespart, gestohlen und sich Geld geliehen, um es so weit zu schaffen, aber die Realität war nicht das, was sie sich erträumt hatte. Sie spart wie eine Kirchenmaus und geht zu jedem Vorsprechen, das sie finden kann. Ich habe versucht, sie zu einer Ausbildung zu überreden, aber sie will nicht hören. Sie bettelt auf der Straße und schläft in Herbergen und Notunterkünften. Die meiste Zeit hungert sie. Vor ein paar Wochen hat sie mir ihre neuen Portraitfotos gezeigt. Egal, welches Hindernis das Leben ihr in den Weg stellt, sie gibt nicht auf. Ich bete, dass das reicht, um sie durch diese Prüfung zu bringen.“

„Portraitfotos wofür?“, fasste Brad nach.

„Sie will Sängerin werden, aber sie hofft, in der Werbung Fuß fassen zu können, bis sie entdeckt wird. Sie hat gehört, dass Models in Wohnungen leben und viele wichtige Leute kennenlernen. Für ein Mädchen, das das Glück hatte, in den meisten Nächten eine freie Schlafkoje aus Blech zu haben, muss die Vorstellung von Arbeit, die ihr eine Wohnung finanziert, fantastisch klingen, egal wie viele Menschen darin schlafen.“

„Erkennen Sie diesen Mann?“ Ich hielt ihr ein Foto von Keith Richardson hin.

Schwester Mary Catherine nickte. „Ja, das tue ich. Sein Name ist Keith Boon.“

Brad schnaubte. „Dieser Hurensohn.“ Ich stieß ihn in die Rippen. „Verzeihung, Schwester.“

„Ich verstehe nicht“, sagte sie.

Ich nahm ihr das Foto aus der Hand. „Dieser Mann hat verschiedene Decknamen verwendet, die immer von berühmten Musikern stammen.“ Ich winkte mit der Hand ab. „Aber das ist nicht wichtig. Können Sie uns von Ihren Gesprächen mit ihm erzählen? Wann haben Sie ihn zuletzt gesehen? Kannte er Clarissa?“

„Zuletzt habe ich Keith am Samstag gesehen. Er arbeitet im Gemeindezentrum. Einmal pro Woche hält er bei der Kirche, um Spenden abzuholen. Kleidung, Decken, solche Sachen. Ich kann mir nur schwer vorstellen, dass er in eine Entführung involviert sein soll. Keith ist ein guter Mann. Er verrichtet die Arbeit unseres Herrn. Ich denke nicht, dass er Clarissa kennt. Wieso glauben Sie, dass er sie entführt haben könnte?“

„Wir wissen, dass er sie nicht entführt hat.“ Brad legte ein paar Fotos vor ihr aus. „Kennen Sie diese Frauen?“

Die Nonne ließ sich Zeit damit, jedes der Bilder zu betrachten. „Nein." Sie legte die Fotos von Jane Doe, Abigail Booker und Lyla James zurück.

„Ganz sicher?", fragte ich nach.

„Ja. Ich kenne sie nicht."

„Was ist mit diesen beiden?" Brad holte die Fotos der zwei vermissten Prostituierten heraus. Mary Catherine brauchte nicht lange, um zu nicken. „Das sind Yasmine und Tanya. Ich weiß nicht, ob das ihre echten Namen sind. Gebeutelte Seelen." Sie sah zu meinem Partner hoch. „Warum zeigen Sie mir ihre Bilder? Ich bin hergekommen, um zu helfen, Clarissa zu finden."

„Ma'am", sagte Brad, „diese Frauen wurden ebenfalls entführt. Wir glauben, dass derselbe Täter dafür verantwortlich ist. Alles, was Sie uns sagen können, könnte uns bei der Suche helfen."

Sie nickte und konzentrierte sich wieder auf Keith Richardson. Sie deutete auf das Hochglanzfoto. „Und Sie denken, Keith hat etwas damit zu tun?"

„Wir sichern uns nur in alle Richtungen ab. Was hat die Kirche mit dem Gemeindezentrum zu tun?", fragte Brad weiter.

„Wir arbeiten zusammen, um der Gemeinde zu helfen. Unsere Nachbarschaft ist keine schlechte Gegend. Es gibt wenige Gewaltverbrechen oder Bandengewalt, aber es ist eine arme Gegend. Wir versuchen, unseren Nachbarn zu helfen, indem wir dafür sorgen, dass sie genug zu essen und einen sicheren Platz zum Schlafen haben."

„Haben Sie Clarissa jemals ins Gemeindezentrum geschickt?" Brad warf mir einen Blick zu. Er war sicher gewesen, dass das Zentrum die Verbindung war, die wir suchten, und sobald Schwester Mary Catherine die Frage mit einem Nicken bejahte, sah ich den triumphierenden Blick in seinen Augen. „Darf ich fragen, warum?“

„Sie hatte sich die Hand an einer Glasflasche aufgeschnitten. Die Wunde infizierte sich, also habe ich sie in die gemeinnützige Klinik geschickt, die vom Gemeindezentrum betrieben wird.“ Die Nonne sah uns beide an. „Wissen Sie, wer Clarissa entführt hat und aus welchem Grund?“

Das Dezernat hatte versucht, die jüngsten Entführungen unter Verschluss zu halten, aber die Nonne könnte uns vielleicht weiterhelfen. Also erzählte ich ihr davon und wir verbrachten die nächste Stunde damit, uns jedes Detail und jeden seltsamen Vorfall zu notieren, an die sie sich erinnern konnte. Am Ende dankten wir ihr für ihre Zeit und ein Kollege in Uniform begleitete sie nach draußen.

Ich sah mir meine Notizen an. „Ich bin mir nicht sicher, dass das hilft.“

„Vermutlich nicht“, gab Fennel zu, „aber hoffen wir einfach, dass es nicht geschadet hat.“ Er wusste, dass wir unter Zeitdruck standen. Wir wussten nur nicht, wann die Zeit ablaufen würde. „Wir haben zwei wichtige Dinge herausgefunden. Erstens müssen wir uns das Gemeindezentrum genauer ansehen. Es scheint die Wurzel allen Übels zu sein.“

„Und zweitens?“

„Clarissa Berens wollte Model werden.“

„Also gut. Teilen wir uns auf. Dann sind wir schneller. Modelagentur oder Gemeindezentrum?“, fragte ich ihn.

„Ich bin schon die ganze Zeit scharf auf das Gemeindezentrum. Es gehört mir.“

„Gut. Ich werde mal nachsehen, ob Rogers and Stein schon fertig umgebaut haben. Und wenn nicht, kann ich ja meine Hilfe anbieten.“

Dreizehn

„Detective DeMarco.“ Ich zeigte meine Dienstmarke. „Ich muss mit einem Verantwortlichen sprechen.“

„Haben Sie einen Termin?“, fragte der Typ am Empfang. Er hätte selbst Model sein können, mit seinem hübschen Gesicht, dem gertenschlanken Körper und dem perfekt aufgetragenen Make-up. Kritisch musterte er mich. „Geht es um den Uniformenkatalog? Es wurde noch keine Entscheidung getroffen, Süße. Aber sie rufen dich an.“

Ich starrte ihn ungläubig an. „Sehen Sie diese Marke?“ Ich schob sie ihm förmlich ins Gesicht. „Ich bin nicht wegen eines Katalogs hier.“ Um meinen Worten Nachdruck zu verleihen, fuchtelte ich nun mit dem gerichtlichen Durchsuchungsbefehl vor seiner Nase herum. „Und jetzt will ich mit einem Verantwortlichen sprechen. Also heben Sie den Hörer ab und rufen Sie Ihren Boss her.“

„Is’ ja gut“, schnaubte er und griff zum Hörer. „Mr. Crenshaw, ein Detective von der Polizei ist hier. Soll ich die Rechtsabteilung informieren?“ Er schenkte mir ein zuckersüßes Lächeln. „Natürlich. Ich bringe sie zu Ihnen.“ Immer noch mit dem albernen Lächeln auf den Lippen stand er auf. „Mr. Crenshaw hat jetzt Zeit für Sie.“

Auf dem Weg durch die Gänge spähte ich in einige Räume. Die Dame unten in der Lobby hatte nicht gelogen, was den Umbau anging. Plastikplanen und Staub bedeckten die meisten Oberflächen. Ein paar Arbeiter installierten neue Lampen in einem Zimmer. Trotz des herrschenden Chaos konnte ich erkennen, dass die Einrichtung klaren und reduzierten Linien folgte. Moderne Akzente rundeten das Konzept ab. Es sah aus wie jedes andere exklusive Büro, auch wenn es sich in einer nicht besonders exklusiven Nachbarschaft befand.

„Hier wären wir.“ Der Rezeptionist blieb vor einer Tür stehen.

„Danke.“

Er bedachte mich mit einem weiteren falschen Lächeln und ich fragte mich, ob man ihm einen Zuschlag für Zickigkeit bezahlte. Provokant schlenderte er an mir vorbei zurück zum Empfang. Ich klopfte an die offene Tür, vermutlich aus Gewohnheit, und trat ein.

„Guten Morgen.“ Eine Hand stützte ich auf meine Hüfte, um die Dienstmarke an meinem Gürtel zu betonen. „Ich bin Detective DeMarco.“

„Detective“, sagte Mr. Dale Crenshaw, Leiter der PR-Abteilung, und stand auf. „Geht es um den Lärm? Oder die Genehmigungen? Ich habe alle Unterlagen hier.“ Er deutete auf einen Stapel auf seinem Schreibtisch.

„Nein, Sir. Ich habe nur ein paar Fragen zu Ihren Mitarbeitern.“ Ich wusste nicht genau, in welche Kategorie Aushilfen und Models fielen, aber der Begriff Mitarbeiter schien mir weit genug gesteckt zu sein, um auch sie mit einzubeziehen.

„Bitte“, meinte er und deutete auf den Stuhl vor seinem Tisch. „Geht es um die Zwangsvorladung? Wir haben uns an die Anordnung des Gerichts gehalten.“

„Das ist erfreulich. Ich bin hier, um nachzuhaken. Wir haben noch ein paar Fragen.“

„Wir?“

„Die Polizei.“

„Natürlich.“ Er lehnte sich in seinem Stuhl zurück und führte die Fingerspitzen beider Hände vor der Brust zusammen, bevor er damit auf mich deutete. „Soll ich meinen Anwalt anrufen?“ Seine Augen blitzten auf. Es war eindeutig ein Witz, aber ich war nicht in der Stimmung dafür.

„Mr. Crenshaw, ich brauche ein paar Informationen. Mir ist bewusst, dass Rogers and Stein mit Aushilfen zusammenarbeitet.“

„Gelegentlich.“ Er öffnete eine Schublade und zog eine Mappe heraus. „Hier ist unser Vertrag mit A La Carte Hires. Sie stellen uns Assistenten, Rezeptionisten, äh“, er blätterte durch die Seiten, „Handwerker und technische Hilfskräfte zur Verfügung, wenn wir welche brauchen.“

„Erzählen Sie mir von Ihren Fotografen und Rekrutierern.“

Er gluckste. „Wir sind hier nicht bei der Army. Wir haben ein paar Talentscouts, aber nach Bedarf oder wenn wir auswärts fotografieren, stellen wir Freelancer an. Unsere Talentscouts sind fest und in Vollzeit angestellt. Diese Arbeit geben wir nicht ab, damit die Auswahl immer nach denselben Kriterien abläuft.“

Ich betrachtete die goldene Plakette hinter seinem Tisch. Es war eine Auszeichnung für das Empowerment von Frauen. „Sind Ihnen irgendwelche Probleme bewusst?“

„Welche Art von Problemen?“

„Beschwerden über sexuelle Belästigung, Stalking oder unangemessenes Verhalten am Arbeitsplatz."

„Ich weiß, wir leben in einem neuen Zeitalter, Detective DeMarco. Geht es um einen konkreten Vorfall?"

„Beantworten Sie einfach die Frage."

„Mir wäre nichts bekannt. Rogers and Stein fährt eine Nulltoleranzpolitik. Sollte ein solches Thema aufkommen, würden wir sofort reagieren."

„Erzählen Sie mir vom Auswahlprozess."

Beinahe hätte er gelacht. „Suchen Sie etwa einen gut bezahlten Nebenjob?"

„Sir", sagte ich ernst. „Wenn Sie so nett wären."

„Je nachdem, was der Kunde für seine Kampagne benötigt, schreiben wir ein Casting aus, sofern wir keine passende Person in unserem Katalog haben. Andere Agenturen werden auch kontaktiert. Sie schicken uns dann mögliche Kandidatinnen oder Kandidaten. Wir sehen sie uns an. Wenn jemand alle Kriterien erfüllt, laden wir die Person ein. Machen vielleicht ein paar Fotos für unsere Kunden. Mehr ist es nicht."

„Veranstalten Sie auch offene Castings?"

„Manchmal." Als ihm klar wurde, worauf ich hinaus wollte, rückte er freiwillig mit der Information heraus. „Wir nehmen uns dafür ein paar Stunden Zeit. Die Leute kommen mit Portraitfotos und Lebenslauf. Ein Team sieht sich die Unterlagen sofort an. Wenn uns gefällt, was wir sehen, bitten wir sie, zu warten. Wenn nicht, schicken wir sie nach Hause. Diejenigen, die warten, werden fotografiert und eingestuft und warten dann auf ihren ersten Auftrag."

„Was passiert mit den persönlichen Daten, die Sie dabei sammeln?"

„Die werden vernichtet. Rogers and Stein nimmt das Datenschutzgesetz sehr ernst." Sichtlich genervt von den vielen Fragen, versuchte Crenshaw es erneut. „Worum geht es eigentlich?“

„Rogers and Stein wurde während einer Ermittlung erwähnt. Ich muss nur alle Eventualitäten abklären.“ Mit einem Griff in meine Jackentasche holte ich ein paar Fotos heraus. „Erkennen Sie eine oder mehrere dieser Personen?“

Während er die Fotos betrachtete, beobachtete ich ihn. Bei den Bildern von Abigail Booker und Keith Richardson zuckte er nicht mit der Wimper. „Ich denke nicht.“

„Haben Sie in letzter Zeit ein offenes Casting für junge, blonde Frauen veranstaltet?“

„Dafür bin ich nicht zuständig. Einen Moment. Ich finde es heraus.“ Er verließ das Büro und ich warf über die Schulter einen Blick zur Tür.

Eine Durchsuchung ohne Gerichtsbeschluss durchzuführen, war illegal, aber alles, was mit freiem Auge erkennbar war, zählte nicht. Die Dokumente auf seinem Schreibtisch waren arbeitsbezogen und enthielten Details über Abfindungen, Leistungsberichte und Mitarbeiterbeschwerden. Ich sah mir die Beschwerdeliste durch, aber es ging dabei großteils um nicht bezahlte oder falsch abgerechnete Stunden. Wie Crenshaw gesagt hatte, lag ihm keine Beschwerde wegen sexueller Belästigung oder Schlimmerem vor. Und wenn doch, dann lag sie nicht auf seinem Schreibtisch. Auf den Wänden hingen Bilder von Rogers and Steins erfolgreichsten Modelkampagnen. Ihre Models warben für Luxusuhren, Sonnengläser und Mode. Als ich mich zur Seite wandte, fiel mein Blick auf das Etikett der Jacke, die hinter der Tür hing. Ich hörte Schritte, trat schnell ans Fenster und starrte hinaus.

„Schrecklich, nicht wahr?“

„Was?“, fragte ich und drehte mich um.

„Die Aussicht. Einfach fürchterlich.“ Er hielt mir einen Zettel hin. „Diese Information ging an die anderen Agenturen raus. Laut HR wurde der Aufruf auch auf unserer Website gepostet.“

Ich sah aufs Datum. Vor zwei Wochen hatte Rogers and Stein die Bude voll mit jungen, straffen Blondinen gehabt. „Was bringen diese Aufträge ein? Kommt der Kunde für die Verpflegung und Nächtigung der Models auf?“

„Das ist unterschiedlich. Der größte Anreiz ist, dass sie die Produkte behalten dürfen, für die sie werben. Kleidung, Handtaschen, Sonnenbrillen.“

„Ist das immer so?“ Clarissa könnte sich nur fürs Modeln interessiert haben, um die Luxusartikel ins Pfandhaus zu bringen.

„Das hängt vom Kunden ab. Wir haben einen Schrank hinten im Lager, in dem wir alles aufbewahren, was übrig bleibt. Es ist eine nette Belohnung für die harte Arbeit.“

„Und die angeblichen Model-Wohnungen? Sind das nur Gerüchte?“

„Nein, aber nicht jedes Model wohnt in einer unserer Wohnungen. Die sind eigentlich für Modeschauen und andere spezielle Anlässe wie die Fashion Week reserviert.“

„Ich verstehe.“

„Detective, ich habe zu arbeiten. Kann ich sonst noch etwas für Sie tun?“

„Nur noch eine Sache. Wissen Sie, ob eine dieser Frauen bei diesem Casting war?“ Ich reichte ihm Fotos von Jane Doe und Clarissa Berens.

Er sah sie sich an und legte die Stirn leicht in Falten. „Wissen Sie, wie sie heißen?“ Er hielt das Foto von Clarissa hoch. „Sie kommt mir bekannt vor. Als hätte ich sie gerade erst gesehen.“

„Waren Sie bei dem Casting anwesend?“

„Nein.“

„Diese Frau konnten wir noch nicht identifizieren.“ Ich zeigte auf Jane Doe. „Aber die andere ist Clarissa Berens.“

„Ach.“ Er setzte sich wieder hin und tippte ihren Namen in das Textfeld einer Suchmaschine. „Sie wurde letzte Nacht entführt. In den Nachrichten zeigen sie seit heute Morgen ihr Foto und nennen ihren Namen. Deshalb sind Sie hier. Aber Sie haben schon vor ein paar Tagen Einsicht in unsere Kartei verlangt ...“ Er sah von dem anderen Foto auf. „Miss Berens war nicht die Erste, oder?“

„Nein. Wo waren Sie, als Rogers and Stein das Casting abhielt?“

„Auf der Hochzeit von Freunden.“ Er musste den Blick auf meinem Gesicht gesehen haben. „Ich schreibe Ihnen die Namen auf.“

„Danke.“

Er notierte etwa ein Dutzend Namen und die dazugehörigen Telefonnummern und reichte mir den Zettel. „Miss Berens arbeitet nicht für uns. Wir haben ihre Daten nicht in der Kartei. Ich weiß nicht, ob sie an diesem Tag hier war. Tut mir leid, dass ich Ihnen nicht helfen kann.“

Ich legte meine Visitenkarte vor ihm auf den Tisch. „Wenn Ihnen noch etwas einfällt, zögern Sie nicht.“

„Werde ich nicht.“

Bevor ich ging, sprach ich mit mehreren anderen Angestellten von Rogers and Stein, aber niemand erkannte die Frauen oder Keith Richardson. Vielleicht logen sie mich alle an, aber ich hatte keine handfesten Beweise dafür, dass die Opfer jemals einen Fuß in diese Agentur gesetzt hatten. Bisher hatten wir nur Gerüchte und Spekulationen. Andererseits konnte ich mir nicht vorstellen, dass eine Nonne lügen würde. Clarissa wollte Model werden. Ich wusste nur nicht, ob das hieß, dass sie zu einem Casting bei Rogers and Stein gegangen war oder ihr Glück bei einer anderen Agentur versucht hatte.

Auf meinem Weg zurück zum Revier grübelte ich. Mac hatte ich nach Hause geschickt, weil sie am Ende ihrer Kräfte gewesen war, aber Fennel und ich waren auch schon viel zu lang im Dienst. Nichts ergab mehr Sinn, aber vielleicht lag es daran, dass ich keinen klaren Gedanken mehr fassen konnte. Nachdem ich an einer Saftbar gehalten und zwei grüne Smoothies zum Mitnehmen bestellt hatte, fuhr ich zurück aufs Revier. Hoffentlich hatte Brad mehr Gück gehabt.

„DeMarco", sagte der Kollege am Empfang, „FBI Agent Peters ist hier, um Sie zu sehen. Ich habe ihn in einen der freien Verhörräume gebracht. Ich dachte, Sie wollen vielleicht etwas Privatsphäre haben."

„Finden Sie das witzig?"

„Was meinen Sie nur?", fragte er verschmitzt.

„Seien Sie nett", warnte ich ihn. „Wir brauchen Peters' Hilfe."

Ich stellte die Smoothies ab und öffnete die Tür zum Verhörraum. Peters stand in einer Ecke, die Hände in den Hosentaschen. Er nickte zu einer Akte auf dem Tisch.

„Ich dachte, ich bringe sie vorbei. Tut mir leid, Detective. Ich wünschte, ich hätte bessere Nachrichten."

Ich nahm die Akte und lehnte mich mit der Hüfte gegen den Tisch. Die DNS-Proben, die sie den verkohlten Knochen entnommen hatten, waren identisch mit jenen, die in der Datenbank der Gerichtsmedizin Jane Doe und Keith Richardson zugeordnet worden waren.

„Wie ist das passiert?", fragte ich.

Peters seufzte. „Ich wünschte, ich wüsste es. Wir haben alles geprüft. Die FBI-Büros sollten eigentlich sicher sein, speziell der Fuhrpark und die Tiefgarage. Die einzigen Personen mit Zugang sind unsere Agenten."

„Jemand in Ihrem Büro spielt ein falsches Spiel. So klingt es für mich zumindest."

„Wir haben alle Aufzeichnungen überprüft. Ihr Team hat unsere Aufzeichnungen überprüft. Die zwei Eindringlinge haben sich mit einem Ausweis Zugang zur Garage verschafft. Er war gefälscht. Andrew Savage, das ist der Name, der darauf stand. Nur arbeitet bei uns kein Agent mit diesem Namen."

„Hätte nicht jemand den Namen prüfen sollen, bevor er ihm den Schlüsseln für den Van aushändigt?"

„Ich weiß nicht, Detective. Wenn Sie die Asservatenkammer betreten wollen, rufen die Kollegen dort dann Ihre Dienstmarkennummer und Ihren Namen im System ab, um sicherzugehen, dass Sie wirklich die Person sind, die Sie zu sein behaupten?"

„Schon kapiert."

Peters' Handy klingelte und er warf einen Blick aufs Display, bevor er den Anruf ablehnte. „Ich dachte nur, ich sage es Ihnen. Die Tech-Leute, mit denen ich geredet habe, meinten, Andrew Savage und sein Partner, wie auch immer sie sich gerade nennen, haben dieselbe Taktik benutzt, um in die Pathologie zu gelangen und die Leichen zu stehlen. Die beiden haben einen enormen Aufwand betrieben, nur um Beweise zu vernichten. Dafür hätten sie keinen FBI-Van oder einen gefälschten FBI-Ausweis gebraucht. Und sich als Bundesagent auszugeben, ist ein Kapitalverbrechen. Eines, das wir ihrer langen Liste an Straftaten hinzufügen werden, also wieso sollten sie sich die Mühe machen?"

„Das ist eine gute Frage." Leider hatte ich keine Antwort darauf.

„Nur ein Gedankenanstoß.“ Sein Handy klingelte wieder. „Entschuldigen Sie mich.“ Diesmal hob er ab. „Hi, Schatz. Alles in Ordnung?“

Während er redete, las ich mir die Berichte durch und betrachtete die Standbilder der Kameras. Die beiden Leichendiebe mieden Kameras. Sie waren vorsichtig. Sie waren mit dem Grundriss des FBI-Büros vertraut, was bedeutete, dass sie sich dort umgesehen hatten, bevor sie den Van gestohlen hatten. Ich sah zu Peters und fragte mich, ob die beiden vielleicht FBI-Agenten waren, die nur vorgegeben hatten, andere FBI-Agenten zu sein.

„Mache ich. Ich liebe dich auch.“ Er legte auf. „Tut mir leid. Meine Frau macht sich Sorgen.“

„Kann ich verstehen.“ Ich blätterte durch die letzten beiden Seiten. „Diesem Bericht zufolge haben sie sich aufgeteilt, nachdem sie die Leichen abgeladen hatten. Einer blieb, um sie zu verbrennen, während der andere den Van retournierte.“

„Ja. Der Schlanke brachte den Van zurück und spazierte zum Nebeneingang hinaus. Den Kopf hielt er dabei gesenkt. Unser Team schafft es hoffentlich, eine Spiegelung seines Gesichts in einem Fenster oder auf einer glatten Oberfläche zu finden, aber bisher ohne Erfolg.“

„Und was ist mit dem anderen? Wie konnte er uns entkommen?“

„Eine Kamera in der Nähe hat einen Mann, auf den die Beschreibung passt, beim Einsteigen in ein Auto gefilmt. Es ist dasselbe Auto, mit dem Clarissa Berens entführt wurde, aber er ist nicht ihr Entführer. Der FBI-Schwindler war stärker gebaut als der Mann, der Clarissa entführt hat. Trotzdem bin ich mir sicher, dass dieselbe Crew hinter den gestohlenen Leichen und der Entführung steckt. Director Kendall hat uns aufgetragen, eng mit Ihnen zusammenzuarbeiten.

Lassen Sie es mich wissen, wenn wir irgendwie helfen können."

„Wir müssen das Auto finden."

„Peters nickte. „Wird erledigt."

Vierzehn

Peters hatte ein paar hervorragende Fragen gestellt. Wieso sollte jemand einen FBI-Van entwenden, nur um zwei Leichen aus der Pathologie zu stehlen? In diesem Moment wurde mir klar, dass die Diebe befürchtet hatten, ihr gefälschter Ausweis würde einer genauen Prüfung nicht standhalten. Die billigen Anzüge und Sonnenbrillen hatten bestimmt geholfen, aber anders als in der Dienststelle des FBIs, wo Agenten kamen und gingen, hätte man am Empfang der Gerichtsmedizin die korrekten Papiere verlangt, bevor man ihnen Beweise ausgehändigt hätte. Und Papiere hatten die Diebe nicht – nicht einmal das richtige Aktenzeichen. Sie wären also bei der Gerichtsmedizin sofort aufgeflogen, wenn der diensthabende Mitarbeiter beim FBI angerufen hätte, um ihre Identitäten zu überprüfen. Der Van war nötig gewesen, um ihren Auftritt glaubwürdiger zu machen. Aus keinem anderen Grund hätten sie einen solchen Aufwand betrieben. Sie mussten überzeugt gewesen sein, dass sie nicht auffliegen würden. Vielleicht hatten sie sogar gedacht, der Van würde ihre Spuren restlos verwischen, weil die Polizei annehmen würde, dass das FBI den Fall übernommen hatte. Schließlich hätte es unter anderen Umständen gereicht, den Mörder zu identifizieren und Beweise für seine Schuld zu finden, um eine Ermittlung zu beenden. Und bei dem starken Rückstau in der Gerichtsmedizin hätte niemand die Leichen vermisst und wir hätten nie etwas bemerkt.

„Was ist das?“, fragte Brad und beäugte den Becher auf seinem Tisch.

„Frühstück.“

Fennel nippte daran und leckte sich über die Lippen. „Ananas, Banane und noch etwas.“

„Mango.“

„Danke, Liv. Du bist die Beste. Ich nehme all die schrecklichen Dinge zurück, die ich über dich gesagt habe.“

Ich musterte ihn eingehend. „Wie ist es denn gelaufen?“

„Ich musste mir einen Gerichtsbeschluss beschaffen. Wir werden nicht mehr wissen, bis er ausgestellt ist.“ Er nahm noch einen Schluck von dem Becher und klopfte mit den Fingern auf seinen Schreibtisch. „Die Tinte sollte gerade trocknen.“

„Hast du etwas herausgefunden?“

„Ich habe noch einmal mit David Hennen geredet. Er leitet nicht nur die AA-Meetings. Er organisiert alle Programme des Gemeindezentrums. Und er war nicht gerade erfreut darüber, dass wir ihn neulich hinters Licht geführt haben.“

„Er wird sich schon einkriegen.“

„Jedenfalls hat er Keith Richardson als Tobias Keith identifiziert. Keith hat gemeinnützig am Empfang gearbeitet. Er machte Botengänge, beantwortete Fragen und sagte den Leuten, die reinkamen, wo sie hin mussten.“

„Klingt riskant. Immerhin kannten sie ihn in der Kirche als Keith Boon."

„Ich vermute, dass Schwester Mary Catherine und David Hennen nicht in denselben Kreisen verkehren."

„Hatte Keith Zugang zu privaten Informationen?"

„Wäre möglich. Er hat auch die Formulare für das gemeinnützige Ärztezentrum verwaltet, denn das wird vom Gemeindezentrum finanziert. Es befindet sich in einem separaten Gebäude, einem Anbau, genau genommen, aber in Wahrheit ist es zwei Türen weiter. Und David sagte, dass Keith alle Botengänge für jeden dort erledigt hat. Er war auch der Trainer für ein paar Gruppen der Jugendliga. Basketball, Volleyball und", er kniff die Augen zusammen und versuchte sich an den dritten Sport zu erinnern, „ich glaube Badminton. Aber um in einem Team zu spielen, muss man alle möglichen Informationen angeben. Nahe Angehörige, elterliche Einverständniserklärung, diese Dinge."

„Für einen Mörder war Keith richtig nett", sagte ich sarkastisch.

„Oh, ja. Ein wahres Goldstück." Fennel trank mehr von seinem Smoothie. „In der Jugendliga spielt man bis zum einundzwanzigsten Geburtstag. Vielleicht waren Abigail oder Lyla irgendwann in einem der Teams. Ich denke immer noch, dass das Gemeindezentrum der Schlüssel zu der Frage ist, warum er es auf genau diese Frauen abgesehen hatte."

„Aber es erklärt nicht, warum du einen Gerichtsbeschluss für die Akten des Ärztezentrums brauchst."

„Dazu komme ich gleich." Fennel stellte den Becher hin. „David sagte, Yasmine, Tanya und mehrere andere Stricherinnen gingen in das Ärztezentrum, wenn sie etwas brauchten. Wir wissen, dass Lyla Flyer für ihre Auftritte ans schwarze Brett gehängt hat, und die Schwester hat uns erzählt, dass sie Clarissa ins

Ärztezentrum geschickt hat, um ihre Hand untersuchen zu lassen. Die einzigen beiden, die wir noch nicht mit dem Gemeindezentrum in Verbindung bringen konnten, sind Jane Doe und Abigail Booker. Trotzdem klingt es vielversprechend. Ich denke, wir haben das Jagdrevier dieses Raubtiers gefunden."

Ich hob meinen Becher. „Prost."

Brad stieß mit mir an. „Wir brauchen Kaffee."

Oder Schlaf, dachte ich. Aber keiner von uns wollte das laut aussprechen, solange Clarissa vermisst wurde. Seit ihrer Entführung waren acht Stunden vergangen. „Wir müssen das Auto finden. Und die Frau. Je länger sie verschwunden bleibt, umso schwieriger wird es, sie noch aufzuspüren."

„Ich weiß. Und sie könnte uns zu den anderen führen."

Ich gab Brad die Informationen weiter, die Agent Peters vorbeigebracht hatte. „Jeder verfügbare Officer und FBI-Agent sucht nach dem Auto und nach Clarissa. Das Auto, mit dem sie entführt wurde, konnte zuvor im Warehouse District lokalisiert werden. Es war Hardys Fluchtwagen."

„Und wir wissen, dass es zwei Wochen vor diesem Tag als gestohlen gemeldet wurde. Hardy ist der Fette, oder? Er muss es gestohlen und bis zu dem Tag, an dem er es brauchte, versteckt haben."

„Was bedeuten würde, dass die Sache von langer Hand geplant war." Mir gefielen die Gedanken nicht, die mir in den Sinn kamen. „Ich weiß, dass die Gegend schon abgesucht wurde, aber ich kann nicht hier rumsitzen. Ich muss etwas tun."

„Geh schon", sagte Fennel. „Ich warte hier auf den Gerichtsbeschluss. Aber Liv. Pass auf dich auf."

Doch weit kam ich nicht. Stattdessen erstarrte ich vor der Memowand zur Salzsäule. Der rote Kreis und die Kreuze auf der Karte sprangen mir ins Auge.

„Warte mal. Gehen wir die Karte noch einmal durch." Ich löste sie von der Wand. „Alles, was wir brauchen, ist hier. Wir sehen es nur nicht." Ich wusste nicht, ob das stimmte, aber ich wusste auch nicht, wo ich sonst suchen sollte. Tatsächlich war ich darauf angewiesen, dass die Antworten hier zu finden waren. Clarissa und die anderen Frauen waren genauso darauf angewiesen.

„Ich rufe die Kameraaufzeichnungen ab." Fennel tippte ein paar Befehle in seinen Computer.

Das Auto, mit dem Clarissa entführt wurde, hatte hinter dem Lagerhaus im Warehouse District gestanden. Hardy war dort geblieben, um sicherzugehen, dass die Leichen bis zur Unkenntlichkeit verbrannten. Danach war er zur Hintertür hinausgegangen, hatte eine Plane von dem Auto gezogen und war davongefahren.

Ich ließ das Video von vorn abspielen. Wir hatten es bisher nicht abgerufen, weil wir nicht gewusst hatten, wo wir suchen sollten, aber das hatte sich dank Agent Peters geändert. Jetzt sah ich zu, wie das Arschloch die Tür öffnete und den Wagen kurzschloss.

„Der Anlasser ist defekt", stellte Fennel fest.

„Ja, aber das hat ihn nicht davon abgehalten, den Motor doch noch zum Laufen zu kriegen." Das Auto fuhr aus dem Aufnahmefeld. „Folge ihm."

„Ich versuche es." Fennel tippte wild auf seiner Tastatur und rief Dutzende kleine Kästchen auf, die Verkehrspunkte im Umfeld der Lagerhalle überwachten. Wir sahen zu, wie das Auto den Warehouse District verließ, ein paar Nebenstraßen nahm, wendete und schließlich verschwand. „Moment mal." Er drückte auf Pause und zeichnete die Strecke auf unserer Karte ein. „Ein paar Stunden später wurde das Auto hier gefilmt." Er zeigte auf eine Stelle ganz in der Nähe. „Aber der Fahrer ist jetzt ein anderer. Sieh mal.“ Er deutete auf das Bild eines viel schlankeren Mannes. Der Kerl ließ den Motor laufen, stieg aus, lief zu Clarissa und zerrte sie von der Straße.

„Er muss ihr gefolgt sein. Sie war nur ambulant im Ärztezentrum. Wieso haben wir sonst keine Videos von dem Auto? Wo sind die toten Zonen?“

Brad öffnete eine Karte, auf der die Positionen aller Verkehrskameras verzeichnet waren, und griff nach einem Stift. „Hardy muss irgendwo hier untergetaucht sein. Und dieser andere Typ hat sich den Wagen geschnappt und sichergestellt, dass wir ihn nicht sehen können.“

Ich betrachtete die vier Häuserblöcke und prüfte die Positionen der Kameras. „Was ist mit hier und hier?“

„Keine Kameras.“

Ich schnappte mir Jane Does Akte von meinem Schreibtisch. „Hier wurde sie gefunden. Aber wie sie dorthin kam, sehen wir auf keiner der Kameras.“

„Das ist ziemlich nah. Ich würde sagen, dieselbe Nachbarschaft.“

„Es ist ein riesiges schwarzes Loch mitten in unserer Ermittlung.“ Mir gefielen die toten Zonen nicht. Böse Dinge geschahen dort. Frauen wurden ermordet. Komplizen verschwanden. Entlang einer der toten Zonen reihte sich ein Bürogebäude ans andere, und dazu zählte auch jenes, in dem Rogers and Stein seine Agentur hatte. Ganz rechts außen in dieser Zone befand sich das Gemeindezentrum und am anderen Ende entdeckte ich die Monthly Stay Condos. „Irgendwo in diesem Raster sind die Leichendiebe und unsere vermissten Frauen.“

Fennel pfiff. „Streifen haben die gesamte Gegend durchkämmt und die Bewohner befragt. Niemand hat etwas gesehen oder gehört. Von dem Auto fehlt jede Spur. Und anhand der Verkehrskameras wissen wir, dass es zurück in die tote Zone gefahren und nie wieder aufgetaucht ist.“

„Was denkst du, wo sie sind?“

Brad drückte noch ein paar Tasten. „Es gibt hunderte Kameras in der Stadt, aber viele Bereiche werden nicht von ihnen erfasst. Durchaus vorstellbar, dass sie einen Weg hinausgefunden haben.“

„Während die gesamte Stadt nach ihnen sucht? Das bezweifle ich. Sie hätten erst das Tatfahrzeug loswerden und sich ein neues besorgen müssen. Aber wo haben sie das erste versteckt?“

Während Fennel alle Straßen und Gassen einzeichnete, die sie als Fluchtroute hätten benutzen können, suchte ich die Gegend nach Garagen und Lagerhäusern ab, einfach nach allem, was groß genug war, um ein Auto darin zu verstecken. „Kincaid weiß, wie man ein Auto verschwinden lassen kann.“

Brad hob den Blick und sah mich besorgt an. „Axel Kincaid?“

„Ja.“

„Den überlasse ich dir.“ Fennel ging zurück an seinen Computer und sah immer wieder zu mir, neugierig, ob ich den Hörer tatsächlich in die Hand nehmen würde.

Es war nicht allzu lange her, dass ich Kincaids Club infiltriert hatte, in der Hoffnung, genug zu finden, um den früheren Autodieb, der sich nun einen ehrlichen Geschäftsmann schimpfte, vor Gericht zu bringen. Wir waren nicht gerade im Guten auseinandergegangen. Trotzdem war Axel um einiges netter zu mir als viele andere Kriminelle, die ich in der Vergangenheit verhaftet hatte. Aber auch das änderte nichts daran, was passieren würde: Ihn um Hilfe zu bitten, wäre wie ein Zündholz in einen Kerosintank zu werfen. Am Ende würde das Ding in die Luft gehen.

Das Tischtelefon klingelte und Fennel hob ab. Er

hörte konzentriert zu. „Wie kritisch?“, fragte er und stellte auf Lautsprecher.

„Medizinische Unterlagen sind streng vertraulich. Der Richter sieht keinen Grund, warum Sie Zugriff darauf bräuchten“, sagte ADA Winters.

„Brauchen wir nicht. Ich muss nur wissen, ob die vermissten Frauen in diesem Zentrum behandelt wurden oder andere Dienste in Anspruch genommen haben, die das Gemeindezentrum anbietet.“

„Das kann ich herausfinden. Das Zentrum kann die beiden Fragen mit Ja oder Nein beantworten, aber das wars.“

„Soll mir recht sein. Danke.“ Brad legte auf. „Ich kümmere mich darum. Willst du weiter nach dem Auto suchen?“

„Wieso nicht.“ Ich unterdrückte ein Gähnen. „Viel Glück.“

Fünfzehn

Ich gab meiner Erschöpfung die Schuld, vielleicht auch meiner Verzweiflung. Vor dem Spark zu stehen, ging gegen jedes einzelne meiner Prinzipien. Im Tageslicht sah der Nachtclub nicht nach viel aus, aber es war nach drei, also war Axel vermutlich hier und bereitete sich auf die kommende Nacht vor.

Die Eingangstür war abgeschlossen, also drückte ich auf die Taste für die Gegensprechanlage. Einen Moment später fragte eine vertraute Stimme, was ich wolle.

„Hey Rick. Ich bins, Liv. Ist Mr. Kincaid da?“

„Ich sehe nach.“

Rick musste nicht nachsehen. Kincaid war ganz sicher da. Wenn nicht, würde Rick nämlich an der Eingangstür stehen. Was er tatsächlich klären musste, war, ob Axel mit mir reden wollte. Ich machte mir keine großen Hoffnungen. Wenn ich umsonst hergekommen wäre, würde ich nach Hause fahren und mich ein paar Stunden hinlegen. Captain Grayson hatte es ohnehin angeordnet und versprochen, auch

Brad nach Hause zu schicken, sobald er zurück aufs Revier kam. Der Captain erwartete nicht, dass wir noch funktionierten, wenn wir an der Sechsunddreißig-Stunden-Grenze kratzten. Clarissa war fort und aktuell machte es keinen Unterschied, ob zwei Cops mehr oder weniger nach ihr suchten.

Die Tür ging auf und Kincaid stand vor mir. Er trug ein zerknittertes, weißes Hemd und Anzughosen. Keine Krawatte. Kein Sakko. Sein Haar war zerzaust und ich fragte mich, ob oben in seinem Loft eine Frau auf ihn wartete.

„Detective“, sagte er und seine Stimme passte zum Eisblau seiner Augen, „ich wusste, dass unsere Wege sich wieder kreuzen würden. Welches Verbrechen willst du mir denn diesmal anhängen, hm?“

„Gar keins.“ Die nächsten Worte waren wirklich, wirklich schmerzhaft für mich. „Ich brauche deine Hilfe.“

„Klingt interessant.“ Er lehnte sich gegen den Türrahmen und verwehrte mir den Zutritt zum Club.

„Ich muss wissen, wie man ein Auto verschwinden lässt.“

Er gluckste. „Keine Ahnung.“

„Hast du die Nachrichten gesehen? Eine Frau wurde entführt. Seit Mittag spielen sie die Aufzeichnung der Überwachungskamera in Dauerschleife.“

„Ich war nicht wach.“

„Sie berichten schon die ganze Nacht darüber, seit es passiert ist. Bitte, Axel. Ich muss nur wissen, wo ich nachsehen muss.“

„Die Aufzeichnungen der Verkehrskameras hast du dir angeschaut?“

Ich nickte.

„Aber auf einmal war das Auto weg?“

„Genau.“

„Private Garagen, Parkhäuser und dergleichen. Lagerhallen und Container. Parkplätze mit Unterständen. Unter Brücken."

„Haben wir alles überprüft."

„Mit dem richtigen Team und den nötigen Geräten, könnte man in zwei Minuten die Nummernschilder tauschen und das Auto umlackieren. Bist du sicher, dass es nicht direkt vor deiner Nase steht?"

„Aufgefallen wäre mir nichts."

Er griff nach der Tür. „Ich habe nichts gehört, Detective. Aber ich melde mich, falls mir etwas zu Ohren kommt."

„Es ist keine Luxuskarre. Ich bezweifle, dass es zu dir durchdringen würde."

„Du würdest dich wundern." Für einen flüchtigen Moment wirkte er besorgt. „Du siehst richtig mies aus. Hau dich aufs Ohr." Dann schloss er die Tür.

„Schönen Dank auch." Ich schlurfte zurück zu meinem Wagen. Kincaid hatte mir nichts gesagt, was ich nicht bereits wusste. Auf der Heimfahrt fragte ich mich, wieso ich überhaupt zu ihm gegangen war. „Du weißt ganz genau, warum", sagte ich laut, als ich die Treppe hochging. „Weil du sie finden musst. Sie alle. Also reiß dich zusammen, DeMarco." Als ich fertig war, mich selbst zu motivieren, schloss ich die Tür auf.

Die Kekse standen noch auf dem Tresen und der Teekessel auf dem Herd. Emma war also noch sauer. Ich schüttete das Wasser in die Spüle, stellte den Kessel zum Abtropfen auf das Gitter und warf mich auf mein Bett.

Für ein paar kostbare Stunden vergaß ich alles. Nur gönnte mir mein Unterbewusstsein diesen Luxus nicht allzu lange. Während ich schlief, verarbeitete es alles, was ich herausgefunden und was Kincaid zu mir gesagt hatte. Langsam öffnete ich die Augen und drehte mich zum Wecker hinüber. Fast sieben. Ich hatte mich nicht einmal umgezogen. Meine Marke hing noch an meinem Gürtel. Wenigstens hatte ich meine Waffe abgelegt und die Schuhe abgestreift.

„Steht es direkt vor meiner Nase?“, murmelte ich. Ich stand auf, putzte mir die Zähne und kämmte mir die Haare, bevor ich nachsah, ob ich neue Nachrichten hatte. Fennel hatte nicht angerufen und das Revier auch nicht, was bedeutete, dass sie nichts gefunden hatten. „Verdammt.“

Ich setzte mich an den Küchentresen, kaute an einem aufgeweichten Keks und starrte aus dem Fenster. Wir kannten die Marke und das Modell. Diese Dinge konnte niemand ändern, aber alles andere schon.

Gedankenverloren packte ich die übrigen Kekse ein und griff nach meinen Schlüsseln. Wir übersahen etwas. Clarissa war nun seit neunzehn Stunden verschwunden. Laut der Statistik waren die ersten vierundzwanzig Stunden entscheidend. Wir hatten fünf Stunden, bis unsere Chancen, sie zu finden, drastisch sanken. Und danach könnte sie zu einem weiteren Foto werden, das auf unserer Memowand hing. Das durfte ich nicht zulassen. Ich wusste nur nicht, was ich tun sollte.

Ich fuhr seit fast zwei Stunden durch die Gegend, als Fennel anrief. Er konnte auch nicht schlafen. Wir mussten Clarissa finden. Also beschlossen wir, uns zu treffen, und ich parkte auf der höchsten Etage des Parkhauses. Seit ich losgefahren war, hatte ich jeden Winkel abgesucht und nach der Art von Versteck Ausschau gehalten, wie Kincaid sie erwähnt hatte. Alle anderen Officers vor mir hatten bereits dasselbe getan, aber vielleicht hatte Axel recht. Vielleicht hatten sie das Auto tatsächlich umlackiert und die Nummernschilder getauscht. Verdammt, womöglich hatten sie sogar eine neue FIN eingelasert.

Streifen hatten auf der Suche nach dem Tatfahrzeug alle Werkstätten abgeklappert, aber es blieb verschwunden. Jeder Officer und jeder Detective, den ich kannte, hatte seine verdeckten Informanten kontaktiert, in der Hoffnung, dass sie etwas wüssten, aber auch das hatte nichts gebracht. Uns blieben also zwei Möglichkeiten. Entweder, das Auto war auf einem Privatgrundstück versteckt, oder es war hier. Irgendwo.

Bis Brad ankam, hatte ich die untersten vier Etagen abgesucht. Der zivile Cruiser hielt neben mir und er ließ das Fenster herunter. „Hey, Liv. Wo parkst du?“

„Ganz oben.“

„Okay. Ich bin gleich zurück.“ Er fuhr an mir vorbei, während ich die letzte Reihe von Autos überprüfte und dann um die Ecke ging, um mir die nächste Etage vorzuknöpfen. Der Aufzug klingelte und mein Partner kam heraus. Er kratzte sich den Dreitagebart. „Hat Grayson dir nicht aufgetragen, die restliche Nacht freizunehmen?“

„Ich konnte nicht schlafen.“

„Ich auch nicht.“

Während wir unsere Überprüfung fortsetzten, erzählte Fennel mir, was er herausgefunden hatte. Yasmine, Tanya und Clarissa hatten in den letzten sechs Wochen das Ärztezentrum aufgesucht. Yasmine war nur einen oder zwei Tage vor ihrem Verschwinden dort gewesen. Und Lyla hatte im Gemeindezentrum beim Schauspielunterricht mitgeholfen, der im Vormonat angeboten worden war.

„Was ist mit Abigail und Jane Doe?“

„Ich habe Jane Does Foto herumgezeigt, aber niemand redet. Alle haben mich postwendend zurück zu David geschickt. Ich bin mir nicht sicher, ob sie

Angst oder Respekt vor ihm haben, aber ich habe ein ungutes Gefühl bei ihm.“

„Hattest du das beim AA-Treffen auch schon?“

„Ganz besonders da. Kam er dir nicht total unauthentisch vor? Als würde er sich zu sehr bemühen oder …“, Brad schüttelte den Kopf, als könne er so einen Gedanken freisetzen, „als ob er seine Nüchternheit auf sie alle übertragen wollte oder sowas. Keine Ahnung.“

„Irgendwie schon.“ Ich versuchte, mich zu erinnern, aber ich hatte mich mehr darauf konzentriert, mir die Gesichter einzuprägen und Namen zu merken, als David zuzuhören.

„Ich weiß nicht, aber ich traue ihm nicht. Ich glaube, dass er mehr weiß, als er zugibt. Mehrere Einheiten überwachen das Gemeindezentrum und eine weitere hat den Auftrag, David zu beschatten. Wir warten also ab, was passiert. Das Gemeindezentrum hat keine Aufzeichnungen über Abigail Booker. Wir wissen immer noch nicht, wo sie und Keith sich kennengelernt haben. Wir wissen nur, dass sie sich kannten, aber selbst das spielt keine Rolle mehr.“

„Sag das nicht.“ Ich stieß ihm gegen die Schulter. „Haben wir uns Nicky schon genauer angesehen? Könnte sie involviert sein?“

„Sie hat keine Vorstrafen, aber unter diesen Umständen ist es schwierig, sie als Verdächtige auszuschließen.“

„Lassen wir sie auch observieren, nur für den Fall.“

„Ja, einverstanden.“ Brad kümmerte sich darum, denn er hatte ein besseres Auskommen mit der Zentrale, und ich prüfte die letzten paar Autos. „Willst du mir vielleicht verraten, was du zu finden hoffst?“

„Ich bin zu Axel Kincaid gefahren. Da er ein Autodieb ist, müsste er doch wissen, wie man ein Auto versteckt. Er hat gesagt, das Auto könnte neu lackiert und die Nummernschilder ausgetauscht worden sein. Also prüfe ich jedes Auto, das zu Marke und Modell passt." Ich seufzte. „Ich wüsste nicht, was ich sonst tun könnte."

Wir verließen das Parkhaus und setzten unsere Suche auf der Straße fort. Irgendwann führte diese uns zu den Monthly Stay Condos. Ein blauer Viertürer stand mittig in einer Reihe von Autos. Es war dieselbe Marke und auch dasselbe Modell wie der Wagen, der für Clarissas Entführung benutzt worden war. Ich warf einen Blick durch ein Fenster, konnte im Inneren aber nichts Interessantes ausmachen. Brad prüfte die FIN in der Windschutzscheibe, aber sie passte nicht zu dem Wagen, der als gestohlen gemeldet worden war.

„Die kann man am leichtesten ändern", sagte ich. FINs befanden sich an drei Positionen in einem Fahrzeug – auf der Konsole hinter der Windschutzscheibe, an der Innenseite der Tür und hinten am Fahrgestell.

Brad zog seine Jacke aus, breitete sie auf dem Boden aus und legte sich darauf. Mit seiner Taschenlampe in der Hand prüfte er den Rahmen. „Hier ist sie verrostet. Ich kann nichts erkennen."

„Denkst du, das war Absicht?"

„Kann ich nicht sagen." Brad rappelte sich auf, klopfte den Schmutz von seiner Jacke und zog sie wieder an. „Motels führen doch Aufzeichnungen über die Fahrzeuge ihrer Gäste, oder? Wieso prüfen wir nicht, ob das Nummernschild zur FIN passt, fragen drinnen nach dem Namen des Besitzers und klären ab, ob die Daten zusammenpassen? Das wäre am einfachsten."

„Okay."

Ich sah mir das Motel an. Den Lichtern in den

Zimmern nach zu schließen, war es zumindest zur Hälfte gebucht. Ich fragte mich, ob die Frauen, denen ich beim letzten Mal begegnet war, immer noch hier wohnten. Diesmal hatte ich zwar keinen Grund, an ihre Tür zu klopfen, aber mein Bauchgefühl schlug Alarm. Ich griff nach meinem Handy, rührte mich aber nicht von der Stelle.

„Kommst du, Liv?“

„Ja, gleich. Ich will nur hier draußen noch etwas überprüfen.“

„Brauchst du Verstärkung?“

„Nein, eigentlich wäre es sogar besser, wenn wir beide ein wenig auf Abstand bleiben.“

„Was hast du vor?“

„Weiß ich noch nicht genau.“

„Sag es mir, wenn du es herausgefunden hast. Am besten, bevor du etwas Saudummes tust.“

Ich lachte. „Wer – ich?“

Er warf mir einen nur allzu vertrauten Blick zu.

„Ich denke darüber nach.“ Ohne auf Brads sarkastische Antwort zu warten, machte ich mich auf den Weg zu den Automaten im ersten Stock.

Das Motel verfügte über eine Vielzahl von Apartments. Im Hauptgebäude gab es innenliegende Flure, aber zu den Zimmern auf der ersten Etage, die auf den Parkplatz hinausgingen, gelangte man über einen Gang im Freien. Drinnen war es dunkel und ich hörte nichts. Vielleicht waren die Frauen ausgegangen oder wohnten gar nicht mehr hier.

Das Weinen war das Einzige, was mich hellhörig gemacht hatte, aber es war keine Seltenheit, dass Frauen weinten. Die Welt war rau und gnadenlos. Menschen weinten. Das Leben ging weiter. Mein Blick wanderte zurück zu dem Wagen und ich wählte die Nummer der Zentrale und wartete in der Leitung auf den Namen des Besitzers. Die FIN passte zum

Kennzeichen, welches auf einen Nathan Lence registriert war.

„Sonst noch etwas, Detective?“

„Vermutlich nicht, aber wenn sich das ändert, melde ich mich.“ Höchstwahrscheinlich stand im Gästeverzeichnis der Name Nathan Lence und mein Verdacht würde sich als weitere Sackgasse herausstellen. Als ich zurück in die Lobby ging, sah ich auf die Uhr. Uns blieben weniger als zwei Stunden, um Clarissa zu finden, und meine letzte verbleibende Hoffnung schwand gefährlich schnell.

Wir wussten immer noch nicht, warum gleich mehrere Frauen entführt worden waren, aber wir tippten auf Menschenhandel. Solange keine weiteren Leichen auftauchten, ergab dieses Szenario am meisten Sinn. Die Opfer würden wohl kaum vermisst werden. Aber jemand vermisste Abigail und genügend Menschen war aufgefallen, dass Lyla verschwunden war. Die Krönung war Clarissa Berens’ Entführung gewesen.

Jetzt waren wir ihnen auf der Spur. Wenn es sich um einen Ring von Menschenhändlern handelte, würden sich seine Mitglieder in alle Winde zerstreuen. Und ich glaubte nicht, dass wir genug in der Hand hatten, um sie aufzustöbern. Der einzige Mensch, der uns hätte helfen können, war vom Dach gesprungen und seine Überreste waren gestohlen worden. Wieder einmal ertappte ich mich dabei, wie ich darüber grübelte, auf wie viele verschiedene Arten dieser Fall bisher schiefgegangen war. Keith Richardsons wahre Identität könnte die Wende in diesem Fall bringen. Ich wusste nicht, wie oder warum, aber ich wusste, dass es so war. Wir brauchten ein Wunder.

Sechzehn

„Hat er sich die Ware angesehen?", fragte er. Die Polizei suchte frenetisch nach Clarissa Berens. Sie setzten alle Hebel in Bewegung, ließen nichts unversucht. Er musste sie so schnell wie möglich loswerden. Der Russe hatte gesagt, er wolle eine Blondine. Hoffentlich gefiel sie ihm, dann wäre er das Problem mit einem Schlag los.

„Er war nicht interessiert. Zu heiße Ware. Er wollte kein Risiko eingehen."

„Hat er ein paar der anderen mitgenommen?"

„Drei."

„Scheiße", fluchte er, „nur drei."

„Was soll ich mit dem Rest machen, Boss?"

„Bring sie zum Auktionshaus. Sie haben zu viel gesehen. Sie wissen zu viel. Wir müssen sie auf die eine oder andere Art loswerden. Wenn die Polizei sie in die Finger kriegt, sind wir am Arsch."

„Und die im Stall?"

Er blieb in seinem Auto sitzen und beobachtete die Ereignisse draußen. „Ich rede mit Ivan. Ingrid war schlau und ist entkommen, aber der Rest von ihnen scheint nicht zu kapieren, in welcher Lage sie sich befinden. Das soll so bleiben. Da sie ihren Verwendungszweck noch nicht durchschaut haben, sollten wir das Spiel erst einmal weiterspielen. Sie alle gleichzeitig rauszugeben, würde die Mädchen nur stutzig machen. Also behalten wir sie noch ein wenig länger und lassen eine nach der anderen gehen. Sie werden denken, dass sie nicht gut genug waren, um ausgewählt zu werden. Sie werden nie erfahren, was für ein riesiges Glück sie hatten."

„Was soll ich mit Clarissa machen?"

„Ist sie noch im Haus?"

„Ja."

Er glitt tiefer in seinen Sitz und sah zu, wie die zwei Detectives sich auf dem Parkplatz des Motels umsahen. Sie sollten nicht hier sein. So nah. *Keith, du verfluchter Hornochse,* dachte er.

Wenn sie seinen Stall fanden, würde er die Mädchen allesamt umbringen müssen. Es wäre die pure Verschwendung von Geld, Zeit und Menschenleben. „Clarissa bringst du zuerst weg. Und nimm ein anderes Auto. Die Bullen suchen nach dem alten. Lass es beim Haus. Ich schicke ein Team, das sich darum kümmert. Hat der Russe seine Männer abgezogen?"

„Nein. Dmitri und Yuri bewachen immer noch das Haus."

„Okay. Sag ihnen, dass mein Team auftauchen wird. In der Zwischenzeit bringst du die Mädchen zum Auktionshaus. Und zwar eines nach dem anderen. Stell sicher, dass dir niemand folgt. Die Cops sind überall."

„Ja, Sir."

* * *

„Nathan Lence", sagte Brad.

„Auf den Namen ist das Auto registriert." Ich rieb mir die Stirn. „Wir werden sie nicht rechtzeitig finden."

Fennel ging voran, zurück zu den Autos. „Fahren wir zurück aufs Revier und analysieren, was wir wissen."

„Ja, okay." Wir hatten weder das Auto noch die Frauen gefunden. Die Hoffnungslosigkeit der Situation kroch in meine Seele und gesellte sich zu meiner deprimierten Grundstimmung. Egal, was wir taten, es war umsonst.

Fennel blätterte die Akte durch, las sich die Verhörprotokolle durch, prüfte Aussagen, um herauszufinden, ob jemand gelogen hatte, oder ob das, was stimmte, uns in die richtige Richtung wies. Ich konzentrierte mich darauf, herauszufinden, wer hinter der ganzen Sache steckte. Wir wussten, dass Keith die Opfer gekannt hatte. Da er der letzte Mensch war, der mit Abigail gesehen worden war, war er vermutlich ihr Entführer, vermutlich auch Lylas. Und er hatte Jane Doe ermordet. Aber ein anderer Mann zog im Hintergrund die Fäden und er hatte eine ganze Crew.

Ich starrte auf die Phantombilder der zwei Leichendiebe. Sie hatten sich Zutritt zur FBI-Garage und zur Pathologie verschafft, und wer wusste schon, wo sie noch überall gewesen waren. Und ein dritter Mann hatte Clarissa Berens auf offener Straße entführt. Das ergab fünf Verdächtige, die eine Rolle bei den Entführungen gespielt hatten. Das Tatfahrzeug hatten wir noch nicht gefunden und der FBI-Van war mittlerweile gereinigt worden.

Vielleicht hatten die Kollegen von der Spurensicherung etwas in der Pathologie gefunden. Ich verließ das Büro und erkundigte mich nach ihren

Fortschritten. Obwohl ich Mac nach Hause geschickt hatte, lief ihr Computer und ihre Notizen lagen offen auf ihrem Tisch. Ein Kollege der Cyberabteilung hatte für sie übernommen.

Es dauerte nicht lange, bis ich den Bericht aufgerufen hatte. Darin stand, dass die Kameras im Innenbereich der Gerichtsmedizin gehackt worden waren. So hatten die Männer gewusst, wann es sicher war, sich Zutritt zu verschaffen. Vermutlich hatten sie nicht damit gerechnet, dass Dr. Emerson auftauchen würde, aber ihn mit einer erfundenen Geschichte abzuspeisen, dürfte nicht schwer gewesen sein.

„Ist wirklich irgendjemand so naiv?“, fragte ich, als ich an meinen Schreibtisch zurückkehrte. „Die Leichen sind weg. Die Diebe kannten die Sicherheitsvorkehrungen und wussten, wie sie sie umgehen konnten. Vielleicht hatten sie doch Hilfe von einem der Mitarbeiter?“

„Du denkst doch nicht, dass Dr. Emerson etwas mit der Sache zu tun hat?“ Brad spielte mit dem Gedanken. „Er wüsste, welche Arten von Verbrechen und Opfern die niedrigste Priorität haben. Aber was hätte er davon? Mord? Menschenhandel? Wir waren in seinem Haus. Dort leben nur er, seine Frau und ihre beiden Katzen. Ich gehe davon aus, dass er nichts zu verbergen hat.“

„Es könnte nicht schaden, uns zu vergewissern.“ Da er ein Regierungsbeamter war, war es nicht allzu schwierig, Emerson zu durchleuchten. Er besaß ein kleines Vermögen. Er hatte keinen Grund, sich etwas dazuzuverdienen, und ich konnte keine Auffälligkeiten in seinen Finanzen erkennen. Seine Frau war Professorin für Biologie an jener Universität, an der Lyla James studiert hatte, aber das war die einzige Verbindung, die ich zwischen dem Leiter der Gerichtsmedizin und unseren vermissten Frauen herstellen konnte. Alles sah so aus, als hätte er keinen großen Anreiz, junge Frauen zu entführen, sofern er nicht ein sadistischer Perverser war. Und das war durchaus denkbar.

Angewidert wandte ich mich wieder unserer Memowand zu. Da ich Clarissa nicht lokalisieren konnte, musste ich den Mann identifizieren, der sie entführt hatte. Mein Versagen nagte an mir, unentwegt und gnadenlos. Dutzende Streifen suchten die Stadt nach dem Auto und den Frauen ab. Wie war es möglich, dass wir immer noch kaum etwas herausgefunden hatten?

Mein Tischtelefon klingelte und ich nahm den Hörer ab.

„Der Wagen steht in Tremont. Beeilt euch."

„Wer spricht?", fragte ich, aber der Anrufer hatte schon wieder aufgelegt. „Ich muss sofort wissen, wer mich angerufen hat." Ich sah mich im Großraumbüro um. Ein paar Uniformierte starrten mich an. „Finden Sie es raus. Sofort."

„Was ist denn los?", fragte Fennel mich.

„Der Wagen steht in Tremont. Los, los."

Ich hatte keine Ahnung, wer der Anrufer gewesen war, aber ich wusste, dass er die Wahrheit gesagt hatte. Wir rasten in die Nachbarschaft. Keine Sirene. Kein Blaulicht. Wir wollten den Entführer nicht verschrecken. Zwei Einheiten warteten in der Nähe, bereit, einzuschreiten oder die Gegend abzuriegeln.

„Dort." Ich deutete auf die Stelle und Brad parkte schräg hinter dem PKW. Die Nummernschilder passten zu dem Kennzeichen des gestohlenen Fahrzeugs. Ich stieß die Tür auf und zielte mit meiner Waffe auf das Auto. Brad tat dasselbe und wir umkreisten es in entgegengesetzte Richtungen. Konzentriert spähte ich erst auf die Vordersitze, dann auf die Rückbank. „Gesichert."

Fennel, der Handschuhe trug, öffnete die Fahrertür und zog an dem Hebel, der die Heckklappe aufspringen ließ. „DeMarco?“

„Sie ist nicht hier.“ Ich steckte meine Waffe weg. „Verfluchte Scheiße.“

Der Wagen stand in einer kleinen Privateinfahrt und wurde teilweise von einem Lattenzaun und Mülltonnen verdeckt. Ich wollte gar nicht darüber nachdenken, wie viele Einheiten daran vorbeigefahren waren und ihn übersehen hatten. Fennel trat an die Motorhaube heran und legte die Hände darauf.

„Ist noch warm.“

Das ließ mich aufhorchen und ich griff nach meiner Waffe. Brad benutzte Handsignale und wir teilten uns auf, um das Grundstück abzusuchen. Wenn die Motorhaube noch warm war, konnte das Auto noch nicht lange hier stehen. Vielleicht war der anonyme Anrufer ihm hierher gefolgt oder der Entführer hatte selbst angerufen, um vor uns zu prahlen. Wie dem auch sei, es war mir egal. Ich hoffte einfach, dass Clarissa irgendwo hier war.

Ich bewegte mich zur Eingangstür, während Brad sich auf den Weg zur Gebäuderückseite machte. Die Tür war verschlossen, also versuchte ich es an den Fenstern, konnte aber nichts erkennen.

„Liv“, flüsterte Fennel und bedeutete mir, zu ihm zu kommen.

Ich schlich um die Hausecke und folgte meinem Partner an die Rückseite. Die Eingangstür unbewacht zu lassen, war nicht klug, aber wir waren nur zu zweit.

„Oben.“ Er deutete auf ein Fenster.

Ich hob den Blick. Die Vorhänge wehten sanft vor und zurück, aber ich sah niemanden. Da die Fenster hier unten auch alle mit Vorhängen verhangen waren, konnten wir nicht sehen, was sich im Inneren abspielte. Ich behielt das Haus im Auge, während

Brad den Geräteschuppen ganz hinten auf dem Grundstück überprüfte. Die Tür ließ sich öffnen, aber darin war niemand.

„Leer", flüsterte er und kehrte zu meiner Position zurück.

Fennel und ich liefen geduckt los, die Köpfe eingezogen, und arbeiteten uns von Deckung zu Deckung vor. Ein Zweig blieb in meinen Haaren hängen, also steckte ich meinen Pferdeschwanz hinten in meinen Kragen, als wir durch die Büsche schlichen. An der Hintertür hielt Brad inne und lauschte auf Geräusche aus dem Haus.

Er versuchte, den Türknauf zu drehen, aber er gab nicht nach. Trotzdem. Wenn der Motor noch warm war, musste jemand hier sein. „Ich höre nichts." Er trat vor ein Fenster und starrte hinein. Kopfschüttelnd machte er dasselbe beim anderen Fenster, bevor er zurück zur Tür kam. „Vielleicht hat er den Wagen hier abgestellt und ist mit einem anderen weitergefahren. Wir sollten auf Verstärkung warten. Geh und bewach den Eingang."

Doch bevor ich mich bewegen konnte, hörte ich von drinnen einen gedämpften Schrei. Ich griff nach meinem Funkgerät und informierte die ankommenden Einheiten, dass wir das Haus von der Rückseite betraten und sie die Vorderseite sichern mussten. Sie würden in einer Minute hier sein, aber der Frau, die drinnen geschrien hatte, blieb vielleicht nicht so viel Zeit.

Fennel holte mit einem Bein Schwung und trat die Tür ein. Er zielte nach rechts oben, ich folgte ihm und richtete meine Waffe nach links unten. Die Tür führte in einen schmalen Flur. Das erste Zimmer, an dem wir vorbeikamen, war das Wäschezimmer. Es war leer.

Fennel bewegte sich weiter hinein. Am Ende des Flurs presste er sich mit dem Rücken an die Wand und spähte um die Ecke. Als er niemanden sah, betrat er zügig und mit erhobener Waffe das Wohnzimmer. Ich wandte mich in die entgegengesetzte Richtung.

Ein weiterer Schrei ertönte, aber ich konnte nicht sagen, woher er gekommen war. Angespannt stürmte ich ins Schlafzimmer und gab mich beim Eintreten als Detective zu erkennen, doch auch dieser Raum war leer. Wo war sie?

Ein Knarren über uns ließ uns abrupt innehalten. „Treppe", rief Fennel und rannte quer durchs Wohnzimmer zur Treppe.

„Ich bin direkt hinter dir." Ich sah in allen Ecken des Schlafzimmers nach und folgte ihm dann zur Treppe. Wir hatten keine Ahnung, mit wie vielen Personen wir es zu tun hatten, aber wir wussten, dass sich jemand im oberen Stockwerk aufhielt.

Die Eingangstür flog nach innen auf und Fennel und ich sprangen auseinander und suchten Deckung. Drei uniformierte Beamte stürmten ins Haus, während ein vierter den Rammbock verstaute. Ich hielt meine Marke hoch und gab ihnen einen schnellen Lagebericht.

Eine zweite Treppe, die nach unten führte, fiel mir ins Auge. Die Frau könnte im Keller sein. Jetzt, wo wir zu sechst waren, konnten wir uns gut aufteilen. Zwei Kollegen nahmen die Treppe nach unten, der andere Officer und sein Partner bewachten das Erdgeschoss und stellten sicher, dass niemand durch die Eingangstür fliehen konnte.

Ich klopfte Brad auf die Schulter und er ging voran ins obere Stockwerk. Der erste Schuss war so laut, dass alles, was danach kam, sich anhörte, als wäre es in eine dicke Schicht Watte gepackt. Drei weitere Schüsse wurden schnell hintereinander abgefeuert. Einer davon schlug über meinem Kopf in die Wand ein und ich ließ mich zu Boden fallen. Ich zielte in die

Richtung, aus der geschossen wurde, aber aus diesem Winkel konnte ich niemanden erkennen. Der Dreckskerl musste sich in dem Zimmer am oberen Treppenabsatz verstecken.

„Polizei, Waffe fallen lassen“, rief Fennel. Weitere Schüsse hallten durchs Haus und Geräusche eines Handgemenges mischten sich in den Pausen darunter. Wir waren nicht die Einzigen unter Beschuss.

Als Reaktion wurde auch auf uns wieder das Feuer eröffnet. Wir mussten von der Treppe herunter. Sollten wir uns nach oben vorkämpfen oder nach unten zurückziehen? Denn andere Optionen hatten wir nicht. Eine Kugel von unten ließ den Handlauf zersplittern und ich wich mit einem rettenden Sprung zurück.

Der Rückzug nach unten war nun auch keine Option mehr.

„Bist du getroffen?“, fragte Fennel.

„Nein, alles klar.“ Ich drückte auf die Sprechtaste meines Funkgeräts. „Schüsse auf Officer abgefeuert. Alle verfügbaren Einheiten, wir brauchen Verstärkung.“

„Halt mir den Rücken frei.“ Fennel hechtete die übrigen Stufen hinauf.

Als er oben ankam, duckte er sich und presste sich an die Wand. Dann gab er mir ein Zeichen und ich rannte die Treppe hoch, den Kopf eingezogen und die Waffe im Anschlag. Ich huschte an der offenstehenden Tür vorbei und zwei weitere Kugeln verfehlten mich nur knapp.

„Polizei“, rief ich. „Sie sind umzingelt. Werfen Sie die Waffen auf den Boden und kommen Sie mit erhobenen Händen heraus.“

Als Antwort flog der Türrahmen in die Luft, Holz splitterte in alle Richtungen und ich presste mich in die dunkle Ecke, als er einen Kugelhagel auf uns abfeuerte. So viel zur Kooperationsfreudigkeit des Schützen.

„Wo bleibt die übrige Verstärkung?“, murmelte Fennel. Ein Blick nach unten und er sah, dass die Kollegen sich in den schmalen Flur am Fuß der Treppe kauerten.

Ich bedeutete Brad, zu warten, und griff nach einer der Wandlampen, die den Flur säumten. Behutsam schraubte ich eine der Glühbirnen heraus und zwang mich, ruhig und flach zu atmen. „Bereit?“

Fennel nickte und ich warf die Glühbirne in den Raum. Der Schütze wirbelte herum und schoss. Mein Partner rannte in das Zimmer und warf sich auf den Mann.

„Achtung!“, kam die Warnung von unten.

Ich hatte nicht einmal Zeit, die Information zu verarbeiten, bevor mehrere Kugeln in die Wand einschlugen. Mit einem Sprung rettete ich mich in die Ecke und ließ mich bäuchlings auf den Boden fallen. Die Schüsse verhallten, doch im selben Moment brach im Erdgeschoss ein Feuer aus. Glas zerbarst und die Wände bebten, als Schreie und ein animalisches Knurren den ohrenbetäubenden Kugelhagel ablösten.

„Angreifer auf dem Boden“, rief ein Officer von unten.

Ich rappelte mich auf, sprintete durch den Flur und stürmte in das Schlafzimmer, meinem Partner hinterher. Fennel hatte dem Schützen das Gewehr entrissen und es zur Seite geworfen, doch der Kerl hatte ihn im Schwitzkasten.

„Lassen Sie ihn los“, beorderte ich mit bedrohlich ruhiger Stimme.

Das unerwartete Kommando kostete den Angreifer eine Schrecksekunde, die Fennel nutze, um ihn rückwärts gegen die Zimmerwand zu stoßen. Der Griff des Mannes um seine Kehle lockerte sich und Brad rammte ihm einen Ellbogen in den Kiefer, drehte sich um und versetzte ihm einen rechten Haken gefolgt von einer Faust an die Schläfe. Der Kerl ging zu Boden und Fennel griff nach seinen Handschellen. Die Wand neben wir war von Kugeln durchsiebt, aber sie stammten nicht von einem Gewehr. Ich konnte nicht genau sagen, wie viele Schüsse ich gehört hatte, aber es musste eine zweite Waffe geben, und folglich wohl auch einen zweiten Schützen.

„Alles klar bei dir?“, fragte ich.

Fennel nickte und legte dem Wichser Handschellen an. „Erdgeschoss?“

„Weiß ich nicht.“

„Wir müssen hier fertigmachen und zusehen, dass wir nach unten kommen.“

Während Fennel den Verdächtigen abklopfte, bewegte ich mich vorwärts, um den Raum abzusuchen. Wir befanden uns im Hauptschlafzimmer. Ich beäugte die drei geschlossenen Türen. Mit der Waffe in der Hand stieß ich vorsichtig die erste auf. Dahinter befand sich ein begehbarer Kleiderschrank. Ich blickte hinein, aber er war leer.

Gerade, als ich nach dem nächsten Türknauf greifen wollte, flog die Tür mit solcher Wucht auf, dass mir die Waffe aus der Hand geschleudert wurde. Ein riesiger, bulliger Typ warf sich auf mich. Der Kerl sah aus wie ein Linebacker auf Steroiden, so massig und schwer war er. Ich wollte mich bücken, um nach meiner Waffe zu greifen, aber es war zu spät. Der Bär stürzte sich auf mich.

Er kickte die Waffe weg, bevor ich sie erwischen konnte, schlang seine riesigen Pranken um meinen Hals und hob mich in die Luft. Ich wehrte mich und trat in alle Richtungen aus, aber seine Finger zogen sich nur enger um meine Luftröhre zusammen. Als Nächstes versuchte ich, haltsuchend meine Beine um ihn zu schlingen, aber er hielt die Arme weit ausgestreckt, so dass ich ihn nicht erreichen konnte.

„Fennel“, röchelte ich. Wieder trat ich nach dem Mann, in der Hoffnung, seinen Griff zu lockern, indem ich seine Eier erwischte. Leider drehte sich mein Angreifer zur Seite, so dass meine Tritte ins Leere gingen. Mein Fuß streifte lediglich seinen Oberschenkel und er würgte mich weiter.

Ich konnte nicht atmen. Mir wurde schwindelig. „Dreckschwein.“ Ich trat wieder und wieder nach ihm und versuchte verzweifelt, seine Finger um meine Kehle zu lösen.

„Lassen Sie sie los“, warnte Fennel ihn. „Ich sagte, loslassen.“

Ich konnte mich nicht umdrehen, um meinen Partner anzusehen, aber dass er nichts unternahm, bedeutete zweifellos, dass er keine freie Schusslinie hatte. Und er würde nichts riskieren. Mein Angreifer hatte vor, mich als lebendes Schutzschild zu benutzen.

Er sagte etwas in einer Sprache, die ich nicht verstand, und nickte dann mit dem Kinn zur Tür.

„Das wird nicht passieren, Freundchen“, erwiderte Brad nur.

Das Arschloch drückte seine Finger noch fester zusammen und ich versuchte, ihm die Augen auszukratzen. *Denk nach, Liv.* Der Pfefferspray an meinem Schüsselbund fiel mir ein und ich fischte in meiner Tasche danach, im selben Moment, als Brad auf ihn zustürzte. Der Linebacker hielt mich mit einer Hand in der Luft, während er Fennel mit der anderen in den begehbaren Kleiderschrank stieß. Dieser Typ war unglaublich, aber die Ablenkung lieferte mir die perfekte Gelegenheit. Ich packte den Pfefferspray und sprühte ihn in sein Gesicht. Er ging augenblicklich in die Knie und zerrte mich noch mit sich zu Boden, doch seine Hände lösten sich bereits von meiner Kehle und mit letzter Kraft wuchtete ich ihn auf den Bauch.

„Unten bleiben“, befahl Fennel und hielt seine Waffe auf den Kerl gerichtet. „Gehts dir gut, Liv?“

„Ging mir nie besser“, presste ich zwischen zwei Hustern hervor und wich zurück, um der Pfefferwolke zu entkommen. „Leg ihm Handschellen an.“ Ich hob meine Waffe auf, richtete sie auf meinen Angreifer und sah zu, wie ihm Tränen übers Gesicht liefen.

Fennel nahm die Handschellen von meinem Gürtel und ließ sie um die Handgelenke des Kerls einrasten. Weitere Schüsse direkt vor der Schlafzimmertür ließen uns hochfahren. „Wie viele sind denn noch da draußen?“

Zwei Männer starrten uns mit finsteren Mienen an. Der eine, der Brad angegriffen hatte, spuckte meinem Partner auf die Schuhe und einen Moment lang glaubte ich, Brad würde ihm Manieren einprügeln.

„Wo sind die Frauen?“, fragte ich.

Der, den ich mit Pfefferspray besprüht hatte, rieb sich das Gesicht an der Schulter und funkelte zu mir hoch. Wieder sagte er etwas in der Fremdsprache. Obwohl ich die Worte nicht verstand, entging mir ihre Bedeutung nicht.

„Du verficktes Arschloch“, gab ich zurück.

Er lachte und bedachte mich mit einem kampflustigen Blick.

„Für sowas haben wir keine Zeit“, schaltete Brad sich ein.

Ich öffnete die dritte Tür, unsicher, was ich dahinter finden würde. Sie führte in ein leeres Badezimmer. Das Fenster war zu klein, als dass einer der Kerle hindurchgepasst hätte, und als ich mich zügig darin umsah, entdeckte ich weder Waffen noch andere Fluchthilfen. „Wir werden sie hier drinnen sichern."

„Wird reichen müssen." Fennel kettete die beiden Männer mit weiteren Handschellen an ein Rohr, um sie an der Flucht zu hindern.

Von draußen verbarrikadierten wir die Tür mit einem Bücherregal, nur um sicherzugehen, dass sie nicht abhauten oder wieder das Feuer auf uns eröffneten. Vermutlich würde es nicht lange an Ort und Stelle bleiben, aber bis wir die Lage unter Kontrolle hatten und Verstärkung eintraf, würde es seinen Zweck erfüllen.

In der Zwischenzeit waren die letzten Schüsse verhallt. Ich hatte Angst herauszufinden, was die Stille zu bedeuten hatte, und rannte aus dem Zimmer und die Treppen hinunter, Fennel dicht auf meinen Fersen. „Oben ist alles gesichert", rief ich dem Officer zu, der neben der Treppe auf dem Boden zusammengesackt war. Er sah nicht besonders gut aus. „Sind Sie getroffen?"

„Alles okay. Er hat meine Weste erwischt."

Brad kniete sich neben ihn. „Wie viele sind es? Wo sind sie? Woher sind sie gekommen?"

„Draußen. Sie waren schneller mit ihren Waffen als wir. Vier Männer." Der Officer wollte sich aufrappeln und stöhnte. „Tony hat zwei erledigt. Die anderen sind da runter."

„Okay. Das wird wieder. Bleiben Sie hier sitzen." Fennel sah sich um, während ich in der Zentrale anfragte, wo die Verstärkung blieb. Bevor ich eine Antwort erhielt, trafen zwei weitere Streifenwagen mit heulenden Sirenen und blinkendem Blaulicht ein. Fennel sah zu den eintretenden Officers hoch. „Er wurde angeschossen. Ich weiß nicht, wo sein Partner ist. Sichert dieses Stockwerk und seid auf alles vorbereitet. Zwei haben wir oben im Bad angekettet und eingeschlossen.“

Bis Fennel damit fertig war, Anweisungen zu verteilen, befand ich mich schon auf dem Weg die Treppe hinunter, die plötzlich vor einer Stahltür endete. Das Schloss war aufgebrochen worden und die Tür stand einen Spalt offen. Ein weiterer Schrei gellte durch die Luft und ich verschaffte mir mit der Schulter Zutritt.

Siebzehn

Kugeln flogen in meine Richtung und wieder rettete mich ein Sprung zur Seite. Der Officer zu meiner Rechten nutzte die Gelegenheit, um den Angreifer links mit zwei Schüssen niederzustrecken. Der Mann ging in die Knie und gab mit seinem Sturmgewehr ein paar Schüsse ab, als seine Muskeln sich ein letztes Mal anspannten, bevor er reglos liegenblieb. Er war tot.

Der zweite Angreifer wich schrittweise in die Dunkelheit des Kellers zurück. „Bleibt, wo ihr seid“, verlangte er und drückte den Lauf seiner Waffe in den Brustkorb einer verängstigten, rothaarigen Frau.

„Ganz ruhig“, sagte ich. „Legen Sie einfach die Waffe weg und lassen Sie die Frau gehen. Wir werden Ihnen nichts tun, aber Sie müssen sie gehen lassen.“

Der Officer zu meiner Linken hatte sich hinter einem Tisch versteckt, der an der Wand stand. Er kroch ans untere Ende und spähte um die Ecke. Bevor ich ihn davon abhalten konnte, feuerte er einen Schuss ab. Dieser verfehlte sein Ziel und flog über den Kopf des Angreifers hinweg.

„Feuer einstellen!“, rief ich, aber es war zu spät.

Der Angreifer verlor die Nerven. Er schoss und lief zu einer zweiten Treppe, die ich bisher nicht bemerkt hatte. Die zwei Kollegen kannten keine Gnade. In Zeitlupe konnte ich zusehen, wie ihre Kugeln ihn durchsiebten und sein Blut auf die Wände spritzte. Ich setzte mich in Bewegung, eilte zu der Frau. Sie keuchte und zuckte auf dem Boden.

„Gesichert.“

Ich hörte das Wort zwar, doch es war die geringste meiner Sorgen. Der Officer, der überhastet geschossen hatte, verschwand die andere Treppe hoch. Ein paar Sekunden später kehrte er zurück. „Gesichert.“

„Sie braucht Hilfe. Ist der Krankenwagen schon da?“, fragte der andere Officer. Er kniete neben mir nieder und untersuchte die Wunde der Frau.

„Noch nicht.“ Ich ließ meinen Blick durch den Kellerraum gleiten. „Haben wir sicher alle erwischt?“, fragte ich.

„Ja“, erwiderte der zweite Officer. „Hier ist alles gesichert. Wie sieht es oben aus?“

„Weitere Einheiten suchen gerade alles ab.“ Ich hielt die Hand der Frau und spürte, wie sie zitterte. „Sie sind jetzt sicher. Alles wird gut werden. Können Sie mir sagen, wie Sie heißen?“ Als ich jedoch einen Blick auf die Wunde warf, war ich nicht so sicher, ob alles gut werden würde.

Sie hatte die Augen vor Angst weit aufgerissenen und das Zittern wurde unkontrolliert, vermutlich ausgelöst von den Schmerzen oder ihrer Panik. „Ma-ma-martha.“

„Ist schon gut, Martha. Ich bin Liv“, sagte ich, während der Kollege ihren Puls fühlte. „Sie sind jetzt in Sicherheit. Versuchen Sie, mit mir zu atmen. Ganz ruhig. Ein und aus. So wie ich.“ Ich zeigte es ihr vor, obwohl ich mich gerade alles andere als ruhig fühlte.

„Die an-anderen." Wenn ich die Hyperventilation nicht stoppen konnte, würde sie ohnmächtig werden. „Sie müssen ihnen helfen. Sie sind nicht sicher. Er wird", sie schnappte mehrmals nach Luft, „sie verlagern."

„Andere Frauen?"

Sie nickte und stöhnte, als der Cop fester gegen die Schusswunde in ihrem Bauch drückte. Vielsagend sah er mich an. Ihr Leben hing am seidenen Faden.

„Wo sind sie?"

Sie zuckte unerwartet. „Er hat sie entführt. Uns alle. Hat uns gefunden. Versprechungen gemacht. Lügen. So viele Lügen."

„Wer ist er? Wie heißt er? Wie sieht er aus?" Ich drückte ihre Hand und hoffte, ihr damit ein wenig Kraft zu geben. „Bleiben Sie bei mir, Martha."

Ihr Atem stockte und sie starrte zur Tür. Als ich mich umdrehte, stand dort mein Partner, stocksteif neben der Treppe, die Waffe auf die geöffnete Tür gerichtet. Bis das gesamte Haus gesichert war, wussten wir nicht, wer sich sonst noch hier herumtrieb, und wir würden kein Risiko mehr eingehen. Diese Arschlöcher waren uns bereits einmal zuvorgekommen. Ein zweites Mal würde ihnen das nicht gelingen.

Ich drehte den Knopf an meinem Funkgerät und drückte die Sprechtaste. „Alles gesichert?"

„Noch nicht. Wir haben ein paar Geheimräume gefunden. Suchen sie jetzt ab. Haltet durch", war die Antwort.

Uns lief die Zeit davon. Martha lief die Zeit davon. „Such den Lichtschalter, Fennel. Schalten wir die Lampe an. Sobald das Haus gesichert ist, brauchen wir die Sanitäter hier unten."

Fennel fuhr mit der Hand an der Wand entlang

und fand den Schalter. Eine einfache Glühbirne hing an einer kaputten Halterung von der Decke, doch sie erhellte den ganzen Raum. Auf dem Boden in der Ecke, zu einem Häufchen Elend zusammengerollt, lag ein Mädchen, zart und zerbrechlich. Sie war wohl ein paar Jahre jünger als ich und sie war tot. Die zweite Treppe führte am hinteren Ende des Raums nach oben und der andere Officer positionierte sich davor. Die Wände und der Boden waren voller Blut. Verächtlich betrachtete ich die zwei toten Schützen.

„Martha, hey, wie viele Frauen hat er entführt?“, fragte ich.

„Sechs“, sagte sie und schluckte. „Sechs hier unten. Er hat eine nach der anderen mitgenommen. In Clubs. Zu Treffen. Aber immer sechs.“ Sie zitterte und ihre Augen wurden feucht. Obwohl es hier unten aussah wie in einer Szene aus einem Horrorfilm, half das Licht, ihre Angst ein wenig zu lindern und weiter mit mir zu reden. Zumindest hoffte ich das. Denn wenn wir Pech hatten, hatte sie zu viel Blut verloren und uns blieb nicht viel Zeit.

„Erzählen Sie mir von dem Mann. Wie heißt er? Wie hat er ausgesehen? Wohin hat er Sie gebracht?“

„Sie nennen ihn Mr. X. Er –“ Ihr Kopf kippte nach hinten und ihre Augen verloren jeden Fokus.

„Martha, bleiben Sie bei mir.“

Das unkontrollierte Zucken verschlimmerte sich. „Sie hat einen Krampfanfall“, sagte der Cop neben mir. „Halten Sie ihren Kopf.“

„Fennel. Wir können nicht länger warten. Ihr bleibt keine Zeit.“

Mein Partner setzte sich in Bewegung und rannte die Stufen hoch. Bis das Haus vollständig gesichert war, durften die Sanitäter nicht herein, aber Brad würde einen Weg finden. Oder er schnappte sich ihre Ausrüstung und half Martha selbst. Er würde sie retten. Sie musste einfach durchkommen.

„Finden Sie etwas, das wir benutzen können", trug ich dem Officer auf. „Handtücher, Decken, irgendwas."

Er stand auf und sah sich um. „Ich sehe nichts." Dann hielt er inne. „Hier drüben liegen leere Spritzen und eine Nadel steckt im Arm des toten Mädchens. Denken Sie, Martha hat eine Überdosis?" An seinen Kollegen gewandt, sagte er: „Hol das Narcan."

Ich schob Marthas Ärmel hoch, um ihre Armbeugen nach Einstichwunden abzusuchen. „Was zum Teufel haben diese Arschlöcher mit diesen Frauen gemacht?"

Marthas Krampfanfall endete abrupt, aber sie verlor das Bewusst sein. Ihre Atemzüge waren nun flach und abgehackt, als wäre sie ein Fisch an Land, und ihr Puls wurde schwächer. Wir waren drauf und dran, sie zu verlieren.

„Ich weiß es nicht, aber wir wussten nicht einmal, dass er sie in seiner Gewalt hatte. Und fünf weitere Frauen fehlen." Meine Augen wanderten zu dem toten Mädchen in der Ecke. Martha hatte sechs gesagt, aber nach meiner Rechnung waren es acht. Ich wollte gar nicht darüber nachdenken, wie hoch die Zahl noch steigen könnte.

Schwere Schritte näherten sich der Treppe und ich zog meine Waffe. Fennel tauchte im Türrahmen auf, mit einer blauen Tasche um die Schulter, auf der das Zeichen der Rettung prangte. Er kniete sich neben uns und prüfte ihre Atmung und ihren Puls. Dann hob er eines ihrer Augenlider und schüttelte den Kopf. Ich bemerkte, wie sich seine freie Hand zu einer Faust ballte.

„Ist es ein Durchschuss?", fragte Fennel und der Kollege tastete ihren Rücken ab.

„Ja."

Fennel blinzelte. „Okay."

Ich rückte zur Seite und ließ Brad arbeiten. Wir hatten auf der Akademie alle dasselbe Ersthelfertraining durchlaufen, aber da Brad Ex-Militär war und Kampferfahrung hatte, wusste er auch ein paar Dinge über Schusswunden. In diesem Moment war er ihre einzige Hoffnung.

Ich übernahm die Wache an der Tür. Einen Moment später kam der andere Kollege mit dem Narcan-Spray zurück. Da Martha Einstichlöcher aufwies, geweitete Pupillen hatte und von einem Krampfanfall gebeutelt worden war, konnten wir nicht ausschließen, dass sie eine Überdosis Drogen verabreicht bekommen hatte. Aber ich hasste auch den Gedanken, wie schmerzhaft die Schusswunde für sie gewesen wäre, wenn sie nicht Unmengen an Drogen im Blut hätte. Einen Moment lang wünschte ich mir, Emma wäre hier. Sie wüsste, was zu tun war.

Das Funkgerät krächzte. „Das Haus ist gesichert."

„Schickt die Sanitäter. Eine Frau wurde verletzt. Schusswunde im Bauchraum, mögliche Überdosis", gab ich zurück.

Die Sanitäter brauchten nicht lang, um Martha auf eine Trage zu verlagern. Blitzschnell hatten sie sie die Treppe hochgetragen und in den Krankenwagen verladen. Ich schickte ihnen einen Streifenwagen hinterher. Aufgrund der Ereignisse würde Martha unter Polizeischutz stehen, bis wir Mr. X und den Rest seiner Crew von Arschlöchern gefunden hatten, die dafür verantwortlich waren.

Der Officer, der sich eine Kugel eingefangen hatte, saß hinten in einem zweiten Krankenwagen und wurde verarztet. Die Kugel hatte seine schusssichere Weste nicht durchbrochen, aber ein hässlicher Bluterguss war bereits dabei, sich auszubreiten. Den würde er ein paar Tage lang spüren.

Ich starrte auf das Auto. Es fühlte sich an, als hätten wir im Haus mehrere Stunden unter Beschuss gestanden, dabei waren nur ein paar Minuten vergangen. Weitere Einheiten kamen an und ich fasste die Lage für sie zusammen und erteilte Anweisungen.

Bis ich mich umdrehte, begleiteten uniformierte Kollegen die zwei Männer heraus, die wir im Badezimmer angekettet hatten. Fennel folgte ihnen. Sie redeten nicht. Vielleicht sprachen sie kein Englisch oder vielleicht taten sie nur so, als würden sie uns nicht verstehen. Was auch immer sie vorhatten, es würde unsere Arbeit, Antworten aus ihnen herauszubekommen, um einiges erschweren.

„Liv", sagte Brad und machte einen Schritt auf mich zu, gerade als ein lauter Knall die Stimmen durchbrach, „runter!" Noch während er das Wort aussprach, warf er sich auf mich und rollte sich mit mir zur Seite ab, so dass wir Schutz hinter dem Heck eines der Streifenwagen fanden. Hinter uns auf dem Boden lag einer der zwei Schützen. Die Kugel hatte ihn genau zwischen den Augen getroffen. Der Officer, der an seiner Seite gewesen war, stand erstarrt da, mit Blut und Gehirnmasse bespritzt. Zum Glück war er nicht getroffen worden.

„Alle Mann runter!", beorderte Brad. Seine Augen suchten die umliegenden Hausdächer ab. „Sieht jemand den Schützen?"

Ich hob den Blick und suchte frenetisch. Ein weiterer Schuss fiel. „Dort." Ich deutete in die Richtung, gerade als der Scharfschütze seine Waffe zurückzog und sein Versteck verließ. „Ich sehe ihn."

Achtzehn

Er starrte durch das Zielfernrohr des adaptierten Jagdgewehrs. Die Polizei würde es als Sturmgewehr bezeichnen, aber bisher hatte er es nur verwendet, um ein paar Zehnender und mehrere Gänse zu erlegen. Er hätte erwartete, dass es sich anders anfühlen würde, Menschen zu erschießen, aber seltsamerweise tat es das nicht.

Er richtete den Lauf aus und korrigierte nach Links. Es zählte nur eine einzige Sache: er durfte keinen Cop umlegen. Es wäre sein Todesurteil und eine Grenze, die er nicht überschreiten würde.

Er gab einen zweiten Schuss ab. Diesmal war es Dmitri, der zu Boden ging. Er suchte die Fläche vor dem Haus ab. Ein Krankenwagen war bereits mit einer der Frauen losgefahren. Dagegen konnte er im Moment nichts unternehmen. Der zweite Krankenwagen war noch da. Seine Leute waren offenbar nicht schlau genug gewesen, nicht auf Cops zu schießen. Vermutlich wurden deshalb nicht mehr seiner Leute in Handschellen abgeführt. Tatsächlich sah er keinen einzigen von seiner eigenen Crew, nur die zwei Russen.

Der weibliche Detective zeigte auf ihn. Sie und ihr Partner verschwanden über die Straße und suchten Deckung entlang der Häuser. Hoffentlich waren alle, die die Polizei zu ihm führen könnten, tot.

Er hob sein Gewehr, hängte es sich um die Schulter und stieg die Außenleiter hinunter. Die Polizei war nur einen halben Block entfernt und näherte sich mit jeder Sekunde. Er durfte keine Zeit verschwenden. Sie kamen, um ihn zu holen.

Er griff in seine Tasche und mithilfe der Fernsteuerung startete er den Motor und sperrte den Wagen auf. Unten angekommen, sprang er hinein, legte den Gang ein und fuhr aus der Parklücke. Als er dabei zusah, wie die zwei Detectives im Rückspiegel kleiner und kleiner wurden, wünschte er, er hätte die Sache selbst in die Hand genommen. Wenn er sich um Ingrid gekümmert hätte, anstatt Keith zu schicken, um es zu tun, wäre nichts von alldem hier passiert.

Stattdessen stand sein Leben auf dem Kopf. Er hätte vor Stunden nach Hause fahren sollen, anstatt sich auf dem Parkplatz des Motels auf die Lauer zu legen, aus Angst, die Cops könnten zurückkommen. Er wusste, dass sie es tun würden, also hatte er den Polizeifunk auf seinem Handy abgehört. Wäre er nicht so paranoid gewesen, das zu tun, hätte er nie erfahren, dass sie auf dem Weg nach Tremont waren. Er hätte Dmitri und Yuri nicht erschießen müssen, aber den beiden hatte er ohnehin nie vertraut. Sie hätten ihn auf Anweisung des Russen an die Bullen verpfiffen.

Immerhin hatte er jetzt die Lage im Griff. Er musste nur noch die letzten Vorkehrungen für die Auktion treffen. Er hatte genügend Partys geschmissen, um zu wissen, dass der Unterhaltungsfaktor der Schlüssel war. Er wollte jede

Menge Ablenkungen, nur für den Fall, dass einer oder mehrere der potenziellen Käufer sich als Undercover-Cops herausstellten – oder als opportunistische Konkurrenten. Die Ware würde er hinten in Käfigen verwahren, und die Bieter würde er nur einzeln zu ihnen führen, um sie zu begutachten. Stille Auktionen waren immer am besten, denn so konnte er den Informationsfluss steuern. Nichts würde mehr schiefgehen. Dafür würde er sorgen.

* * *

„Fuck." Fennel trat mit voller Wucht gegen eine Mülltonne, als der Wagen davonbrauste. Er nahm sein Funkgerät und informierte alle Einheiten über den schwarzen SUV, der Tremont in westlicher Richtung verließ. Dann forderte er Luftunterstützung an, aber sofern nicht ein Hubschrauber bereits in der Gegend war, wäre es ein Wunder, wenn sie den schwarzen SUV in der Stadt ausmachen könnten.

Ich sah mich in der Parklücke um, in der der Wagen geparkt hatte, konnte aber nichts Auffälliges entdecken. Auch auf dem Dach hatte der Sniper nichts zurückgelassen. Mehrere Uniformierte kamen zu uns und riegelten den Tatort ab. Die Spurensicherung würde alle Hände voll zu tun haben, und doch glaubte ich nicht, dass sie irgendetwas Hilfreiches finden würden.

„Alles klar bei dir?", fragte ich, als wir zurück zum Haus gingen.

„Nein. Bei dir?"

„Nicht wirklich. Ich kann kaum einen klaren Gedanken fassen." Ich starrte auf die Szene, die sich uns bot. Von den sechs Männern, die das Feuer auf uns eröffnet hatten, war nur noch einer am Leben, und so, wie er aussah, könnte sich auch das jeden

Moment ändern.

„Wer auch immer dafür verantwortlich ist, er wollte keine Zeugen zurücklassen. Er hat seine eigenen Männer erschossen."

„Bist du sicher, dass er sein Ziel nicht verfehlt hat?", fragte ich. „Du hast mich aus dem Weg geschoben."

Fennel schüttelte den Kopf. „Er hat nicht auf uns geschossen. Sondern auf die Männer." Brad kniff die Augen zusammen und starrte in die Ferne, während er in Gedanken die Flugbahn der Kugel nachverfolgte. Er stöhnte leise. „Bist du sicher, dass es dir gut geht, Liv?"

Ich nickte. Gut möglich, dass ich im Weg gestanden hatte. Hätte Brad nicht so schnell reagiert, könnte ich jetzt auch tot auf dem Bürgersteig liegen. Wenigstens hatten wir Martha hinausbringen können und kein Polizeibeamter war ernsthaft verletzt worden. Es war nur ein kleiner Sieg, aber wenn ich ihn mir nicht vor Augen führte, würde ich wahnsinnig werden.

Immer noch trudelten weitere Einheiten ein, einschließlich des Sondereinsatzkommandos, das sich sofort daran machte, die Nachbarschaft abzusuchen und alle Bewohner im Umkreis zu befragen. Viele der Nachbarn waren aus ihren Häusern gekommen, um zu sehen, was los war. Uniformierte sperrten die Straße ab und hielten sie in sicherem Abstand.

Fennel ging zurück ins Haus. Auch wenn die Kollegen von der Spurensicherung viel zu tun hatten, mussten wir weitermachen. Clarissa hatten wir immer noch nicht gefunden und uns lief die Zeit davon. Nach allem, was wir gerade erlebt hatten, war mir klar, dass wir sie wohl kaum noch lebend finden würden.

„DeMarco", rief mein Partner, „das musst du sehen."

Ich folgte Brad in den Keller. Er kniete neben der

toten Frau und hielt eine blutverschmierte Schlüsselkarte hoch.

Ich las den Namen, der darauf stand. *Monthly Stay Condos*. „Wir müssen nochmal hinfahren.“ Nachdem ich mir Handschuhe übergestreift hatte, suchte ich ihre Taschen nach persönlichen Gegenständen oder einem Ausweis ab, aber natürlich trug sie nichts dergleichen bei sich. „Denkst du, er hat sie von dort entführt?“

Fennel schluckte. „Ich weiß es nicht. Aber es ist das dritte Mal, dass uns dieser Fall zu diesem Motel bringt. Es muss einen Zusammenhang geben.“

„Detectives“, rief ein Kriminaltechniker von der versteckten Treppe herüber, „das werden Sie sehen wollen.“

„Das bezweifle ich“, murmelte ich.

Brad sah auf den Leichnam hinab. „Tut mir leid“, flüsterte er.

Er nahm einen tiefen Atemzug und erhob sich. Ich kannte sein Ritual und rüstete mich für das, was jetzt kam. Fennel ging voran die andere Treppe hinauf. Ein Officer stand an der Seite und betrachtete schweigend die Szene. Die Treppe führte direkt in einen Raum.

„Es gibt keinen anderen Zugang“, sagte der Techniker. „Nur diese Treppe.“

Verdreckte Schlafsäcke und alte Decken säumten den Boden. Beim Anblick einer Vielzahl von Halterungen an den Wänden drehte sich mir der Magen um. Brad berührte mit der Schuhspitze das Ende einer dicken, rostigen Kette.

„Das ist nur einer. Wir haben vier weitere gefunden.“

Ich kniete mich hin und entdeckte persönliche Habseligkeiten – eine Haarbürste, ein Amulett, einen Taschenspiegel. „Hier wurden sie festgehalten. Sie waren Gefangene.“ Mir wurde übel. „Aber jetzt sind sie nicht hier.“

„Nein“, stimmte Brad zu.

„Wir werden das Grundstück von Leichenspürhunden absuchen lassen“, sagte der Techniker.

Ich nickte. Brad sah mich an. Wir hatten die meisten Räume im Haus gesehen und gehört, was Martha gesagt hatte. Nichts deutete auf einen geisteskranken Entführer hin. Nein, wir hatten es mit Menschenhändlern zu tun, was dieses Haus zu einer Art Umschlagplatz machte. „Konnten wir einen der Angreifer identifizieren?“

„Wir arbeiten daran“, sagte der Kriminaltechniker. „Sie hatten natürlich keine Ausweise bei sich. Die Seriennummern ihrer Waffen wurden abgeschliffen, vermutlich illegal gekauft und nicht registriert.“

„Was ist mit dem Wagen draußen?“, fragte ich.

Der Mann zuckte mit den Schultern.

„Danke“, sagte Fennel, bevor ich weitere Fragen stellte, die der Mann nicht beantworten konnte. „Wir wollen alles hier eingetütet und beschriftet haben. Jedes Staubkörnchen muss analysiert werden.“

„Ja, Sir.“

„Komm, Liv.“ Brad nickte zur Tür. „Sehen wir uns die übrigen Zimmer an.“

Ich sah, wie seine Hände zitterten. Der Wagen, den wir gesucht hatten, hatte uns hierhergeführt. Leider hatte er uns nicht zu Clarissa geführt. Ich hoffte, dass etwas hier im Haus es tun würde.

Wir fingen oben an, wo wir die zwei Angreifer eingesperrt hatten. Das Schlafzimmer war leer. Keine Kleidung. Nichts. Die Spurensicherung würde alles nach Fingerabdrücken absuchen und alle Fasern und Rückstände analysieren, die sie fanden, aber ich machte mir keine Hoffnungen.

Im Badezimmer lagen ein paar Toilettenartikel

verstreut und als ich den Schrank unter dem Waschbecken öffnete, fand ich einen Vorrat an Make-up, Rasierern, Rasierschaum und Haarprodukten. „Sie wollten, dass die Frauen hübsch aussehen." Ich rieb mir den Nacken. Ein Mann lag tot in der Einfahrt. Sein Kumpel, der Mann, der mich angegriffen hatte, war in kritischem Zustand. Und obwohl ich ihm während unseres Kampfes noch den Tod an den Hals gewünscht hatte, hoffte ich nun, dass er überlebte. Wir brauchten Antworten.

Fennel stieß eine Serie von Flüchen aus. „Was denkst du, wie lange sie dieses Spiel schon hier treiben?"

„Monate, vielleicht länger." Bei der Vorstellung wurde mir schlecht. Meine Wangen zuckten und ich kämpfte mit aller Gewalt dagegen an, dass mir die Galle hochkam. „Ich brauche mal frische Luft. Kannst du allein hier fertigmachen?"

„Klar." Er sagte noch etwas, aber ich konnte es nicht hören, so laut rauschte das Blut in meinen Ohren.

Auf dem Weg die Treppe hinunter stieß ich mit zwei Leuten von der Spurensicherung zusammen. Schnell fasste ich für sie zusammen, was sie oben vorfinden würden.

„Sie sollten sich das Erdgeschoss ansehen", sagte einer von ihnen. „Alles eingesaut."

„Und gehen Sie unbedingt auch in den Keller", fügte der andere hinzu. „Das reinste Blutbad da unten. In wie viele Schießereien waren Sie hier verwickelt, DeMarco?"

„In zwei, wenn man die draußen nicht mitzählt. Hier und im Keller. Fragen Sie die anderen Officers, was im Erdgeschoss passiert ist. Sie werden es Ihnen sagen können." Ich schob mich an ihnen vorbei und eilte ins Freie, lief über die Straße und starrte auf den

Horizont. Wir steckten knietief in der Scheiße und das war erst die Spitze des Eisbergs.

Neunzehn

Die Fingerabdrücke der sechs Angreifer waren ausgewertet. Russen und Ukrainer. Interpol hatte eine Akte für jeden von ihnen und sie wurden europaweit in Verbindung mit Menschenhandel und Schmuggelei gesucht.

Ich starrte auf ihre Polizeifotos. Yuri Paunovic. Er hatte versucht, Brad den Kopf abzureißen. Dann der Typ, der mich attackiert und versucht hatte, mich zu ersticken. Dmitri Barkhoff. Er war Hardy. Dr. Emerson hatte gesagt, er habe nur mit Laurel gesprochen, nicht mit Hardy. Also wusste ich nicht, ob der Wichser Englisch sprach. Dmitri hatte sich geweigert, auf Englisch mit uns zu reden, aber das könnte Absicht gewesen sein. Eine Taktik, um sich Zeit zu erkaufen. Sobald das Krankenhaus uns grünes Licht gab, würde ich Antworten aus ihm herausbekommen. Egal, wie.

Ich sah mir auch die anderen Fotos an, aber Laurel war nicht dabei. Von ihm fehlte weiterhin jede Spur. Vielleicht war er der Scharfschütze. Geschnappt zu werden, war nie Teil des Plans. Die Männer, die uns im Haus angegriffen hatten, wollten uns vielleicht nur solange wie möglich hinhalten, damit der Scharfschütze und seine Kumpel mit den Frauen davonkommen konnten. Aber als sie es nicht geschafft hatten, uns auszuschalten, hatte der Scharfschütze stattdessen alle Zeugen umgelegt. Für diese Dreckskerle war Versagen keine Option und meine Gedanken wanderten zu Keith Richardson. Mr. X musste ein sadistisches Stück Scheiße sein. Wir mussten schnell sein, bevor die Zahl der Toten weiter stieg.

„Mac", rief ich quer durch unser Großraumbüro, „konntest du rausfinden, wer mir den Tipp gegeben hat?"

Sie schüttelte den Kopf. „Wir haben die Nummer des Anrufers. Ein nicht registriertes Wegwerfhandy. Wurde vor ein paar Monaten in einem anderen Bundesstaat gekauft. Kein Glück bei den Überwachungskameras und einen Ausweis musste er auch nicht vorzeigen."

„Verdammt."

„Denkst du wirklich, einer dieser Schwachköpfe hat dich absichtlich hingelockt? Wieso sollten sie sich selbst die Polizei ins Haus holen, nach allem, was passiert ist?"

„Ich weiß es nicht. Vielleicht hat einer von ihnen plötzlich festgestellt, dass er ein Gewissen hat, oder vielleicht ist der Anrufer ein Schlüsselzeuge, der weiß, wo die Frauen sein könnten. Egal. Ich muss mit ihm reden."

„Hast du schon versucht, die Nummer anzurufen?", fragte sie. Keine große Hilfe.

„Kein Anschluss unter dieser Nummer. Vermutlich hat er die Simkarte zerstört und das Handy entsorgt. Konntest du es nicht lokalisieren?"

Sie runzelte die Stirn. „Mist, du hast recht. Tut mir

leid.“ Sie hatte alle Hände voll damit zu tun, Identitäten zu überprüfen und die Überwachungssysteme der Nachbarn nach Hinweisen auf Mr. X und die vermissten Frauen abzusuchen.

Während ich auf eine Antwort von ihr wartete, suchte ich die Ergebnisse der Spurensicherung zu dem Wagen heraus, mit dem Clarissa entführt worden war. Er war auf Fingerabdrücke untersucht worden. Im Kofferraum waren drei verschiedene Sätze gefunden worden, von denen einer mit Clarissa Berens übereinstimmte. Ich wusste sofort, dass die anderen beiden zu anderen Opfern gehörten. Das Innere des Wagens war gereinigt worden, so dass die Spurensicherung nur ein paar einzelne Haare auf dem Fahrersitz gefunden hatte, deren Länge und Farbe zu Dmitri passen könnten. Der Wagen würde uns nicht zu Clarissa führen oder Mr. X aufhalten. Wieder hatten wir nur wertvolle Zeit verschwendet.

Im Haus kamen sie nur langsam voran. Ich rieb mir übers Gesicht und griff nach meinem Kaffeebecher. Mühevoll schluckte ich das, was übrig war, und stöhnte, als die Muskeln in meiner Kehle sich zusammenzogen. Als ich mich zuletzt im Spiegel angesehen hatte, war ein anfänglicher Bluterguss zu erkennen gewesen. Mittlerweile musste er sich voll entfaltet haben. Ihn Emma und meinen Eltern zu erklären, würde ein Spaß werden. *Konzentrier dich, Liv*.

„Hast du deinen Bericht fertig?“, fragte Fennel mich, als er zu seinem Schreibtisch zurückkehrte.

„Ja. Du?“

„Fast.“ Er klickte mit seiner Maus. „Martha ist noch im OP.“ Eine grüblerische Dunkelheit hatte sich in seinen Blick gelegt.

„Hey“, setzte ich an, aber eigentlich wusste ich nicht, was ich sagen sollte. „Du hast getan, was du konntest.“

„Wir müssen diese Typen finden. Sie haben Martha unter Drogen gesetzt und als das zu lang gedauert hat, haben sie sie einfach erschossen. Und die andere Frau haben sie auch mit einer Überdosis umgebracht. Sie wollten einen sauberen Schlussstrich ziehen.“

„Kennen wir schon Marthas Nachnamen? Oder den Namen der anderen Frau?“

Brad schüttelte den Kopf und versuchte, sich die Gefühle, die in ihm tobten, nicht anmerken zu lassen. „Sie haben keine Akte über sie, also haben die Fingerabdrücke uns keinen Schritt weitergebracht. Wir gleichen sie aktuell gegen das ZVER ab. Vielleicht haben wir Glück, aber vermutlich sind die Frauen allesamt Ausreißerinnen oder Obdachlose, die am Rande der Gesellschaft leben. Niemand hat sie als vermisst gemeldet. Ich habe schon mit der Vermisstenstelle und dem FBI gesprochen. Wir wissen nicht, wer sie sind, weil niemand bemerkt hat, dass sie fehlen.“ Frustriert saugte er Luft in seine Lungen. „Wie beschissen ist das eigentlich?“

„Dieser ganze Fall ist total beschissen.“ Ich schlug mit der Hand gegen die Wand und stürmte den Flur hinunter. Ich konnte die vermissten Frauen nicht finden. Ich konnte den Vorgängen da draußen kein Ende setzen. Nicht allein. Ich brauchte Antworten. Eine Spur. Ein Wunder. Irgendetwas Brauchbares. Und nur Dmitri konnte es mir geben. Wir brauchten ihn lebendig. Er musste einfach am Leben bleiben. Einen anderen Weg gab es nicht.

Nachdem ich die Taste am Getränkeautomaten etwa zehn Mal so fest gedrückt hatte, als würde ich jemandem ein Auge ausstechen wollten, versetzte ich dem Kasten einen saftigen Tritt. Endlich fiel die Dose Mineralwasser mit einem lauten *Plonk* ins Ausgabefach.

„Ich würde damit warten, die zu öffnen“, warnte Agent Peters mich. „Sie sollten die Kohlensäure sich erst setzen lassen, sonst explodiert die Dose.“

„Da wäre sie nicht die Einzige.“ Ungeduldig klopfte ich auf die Oberseite. „Was machen Sie eigentlich hier?“

„Die Fingerabdrücke, die Sie durchs System gejagt haben, haben bei uns einen Treffer ausgelöst. Das FBI wurde daraufhin angewiesen, Dmitri Barkhoff zu verhaften.“

„Stellen Sie sich hinten an. Und viel Glück, wenn Sie ihn verhören wollen. Seine Prognose ist düster.“

Peters lehnte sich gegen den Tisch im Pausenraum und betrachtete mich durchdringend. „Was ist mit dem Scharfschützen? Was können Sie mir über ihn sagen?“

„Er hat Yuri Paunovic mit einem einzigen Schuss getötet. Fast hätte er dasselbe auch mit Dmitri gemacht, aber Officer Gallo konnte eingreifen.“

„Nicht schnell genug.“

Wütend funkelte ich Peters an. „Sie waren nicht dabei. Sie wissen nicht, wie es war.“

„Wieso sagen Sie mir nicht, wie es war?“

„Steht alles in meinem Bericht. Vielleicht, wenn Sie ganz nett darum bitten, lässt jemand aus der Chefetage Sie einen Blick reinwerfen.“ Ich versuchte, mich an ihm vorbeizuschieben, aber er blockierte die Tür. „Was wollen Sie von mir, Agent Peters?“

„Wir arbeiten zusammen an diesem Fall, DeMarco. Sie haben einen Menschenhändlerring aufgedeckt und das ist etwas, wofür das Bureau besser ausgerüstet ist. Die Männer, die auf Sie alle geschossen haben, stammen aus Osteuropa. Ich habe schon mit ein paar anderen Nachrichtendiensten gesprochen. Sie schicken uns ihre Akten.“

„Toll.“

„Ich bin hier, um zu helfen."

„Weiß ich, aber das bringt die Frauen, die sie ermordet oder verkauft haben, auch nicht zurück."

„Dann sagen Sie mir, was ich tun kann", sagte Peters hartnäckig.

„Ich wünschte, ich wüsste es. Wir müssen die Frauen identifizieren. Wenn wir dahinterkommen, wann und wo sie entführt wurden, bringt uns das vielleicht einen Schritt näher an den Drahtzieher heran."

„In Ordnung."

„Und fragen Sie Mac nach dem anonymen Anrufer. Ihn zu identifizieren, könnte uns helfen, herauszufinden, was hier vor sich geht."

Peters nickte und ich ging hinaus. „Eine letzte Sache noch, Detective." Ich blieb stehen und drehte mich um. „Gute Arbeit." Peters sagte die Worte ohne jeden Sarkasmus, auch wenn sie sich trotzdem sarkastisch anfühlten.

„Sagen Sie mir das, wenn wir Clarissa und die anderen gefunden haben und diese kranken Schweine bekommen, was sie verdienen."

Er hob seine Hand an seine Kehle und nickte in Richtung meines Blutergusses. „Hat einer Sie erwischt?"

„Dmitri."

„Erstaunlich, dass er es lebend aus dem Haus geschafft hat. Sieht ziemlich schlimm aus. Hat sich das schon ein Arzt angesehen?"

„Es geht mir gut."

„Sehen Sie zu, dass es so bleibt."

Bevor ich etwas erwidern konnte, ging Peters. Es war besser so. Ich musste mich dringend abreagieren und obwohl er versuchte zu helfen, sah der FBI-Agent in meinen Augen heute aus wie der perfekte Boxsack. Verdammt. Ich musste hier raus, bevor ich noch etwas tat, was ich später bereuen würde.

Ich sprach kurz mit dem Captain und kehrte an meinen Schreibtisch zurück. „Ich halte es hier keine Minute länger aus. Egal wie, aber ich muss dringend den Kopf freikriegen und mich sammeln."

Fennel nickte. „Geht mir genauso. Ich zahle."

„Ich glaube nicht, dass das eine gute Idee ist."

„Tja, ich schon." Fennel griff nach seiner Jacke und sah sich im Büro um. „Fälle wie dieser ziehen sich oft über Wochen und Monate. Wir werden ihn nicht in einer Nacht lösen, egal, wie sehr wir uns genau das wünschen. Wenn wir nicht genügend Pausen einlegen, brennen wir uns aus. Vielleicht ist es sogar schon soweit. Und nach allem, was heute passiert ist, müssen wir irgendwo Dampf ablassen. Sie werden uns anrufen, wenn sie uns brauchen."

„Deshalb müssen wir einen klaren Kopf bewahren."

„Den haben wir aktuell aber nicht." Wo er recht hatte, hatte er recht. „Komm schon. Was willst du denn stattdessen tun?" Noch ein Punkt für ihn.

„Gut. Aber wir übertreiben es nicht. Dieser Fall hat uns schon zu viel abverlangt. Ich kann mir nicht um noch mehr Dinge oder Menschen Sorgen machen. Du behauptest ständig, dass du kein Problem hast. Jetzt kannst du es mir beweisen."

Brad gluckste. „Ich habe viele Probleme, Liv, aber mit dir ein Glas zu trinken ist definitiv keins davon."

Zwanzig

Nach ein paar Gläsern teilten Brad und ich uns ein Taxi. Der Fahrer setzte ihn ab und ich änderte meine Meinung und ließ mich statt zu Emmas Wohnung zum Krankenhaus fahren. Ich war eindeutig nicht in der Verfassung zu arbeiten, aber nach Hause konnte ich einfach nicht. Ich musste die Sache mit meiner besten Freundin ins Lot bringen und außerdem wollte ich sehen, wie es Martha ging.

Stundenlang saß ich im Wartezimmer der Notaufnahme. Zur Abwechslung war nichts los und ich wählte einen unauffälligen Platz in der hinteren Ecke unter dem Fernseher. Während ich den Lokalnachrichten lauschte, erlaubte ich mir, die Augen zu schließen. Aufgrund der Uhrzeit wechselte das Programm von einer Dauerwerbesendung zu den frühmorgendlichen Nachrichten. Mein Kopf kippte nach vorn und ich drehte mich zur Seite und drückte meine Wange gegen die Wand.

Martha lag auf der Intensivstation. Sie wollten ihr die Zeit geben, sich zu erholen und ihre Kräfte zu sammeln, bevor sie einen weiteren Operationsversuch wagten. Ich wusste nicht, wie ihre Chancen standen, aber ich verabscheute den Teil meines Gehirns, der sich wünschte, er hätte sich mehr angestrengt, Antworten aus ihr herauszubekommen, bevor sie das Bewusstsein verloren hatte. Sie könnte die Einzige sein, die die anderen Frauen retten konnte, und jetzt war es dafür vielleicht zu spät.

Dmitris Zustand war auch nicht besser. Er hatte auf dem OP-Tisch einen Herzstillstand erlitten. Sie hatten ihn zwar wiederbeleben können, aber er würde so schnell keinen Piep von sich geben. Vielleicht nie wieder. Die Ärzte hatten ihn in künstlichen Tiefschlaf versetzt, und dort würde er bleiben, bis sie sich darüber klar waren, wie sie seine Verletzungen am besten behandeln sollten.

Immerhin hatten alle Cops den Angriff überlebt. Die Spurensicherung hatte vier Sturmgewehre, drei Flinten und sechs Handfeuerwaffen gefunden. Wir waren in der Minderheit gewesen, weniger Cops und weniger Waffen, und trotzdem hatten wir überlebt. Während ich auf dem Drahtseil zwischen Schlaf und Wachsein balancierte und immer wieder in die eine oder andere Richtung kippte, fragte sich mein unruhiger Geist, wie wir so viel Glück haben konnten und die entführten Frauen nicht.

„Liv“, sagte Emma und stieß mich sanft an, „was tust du hier?“ Sie sah auf und deutete zu der Schwester, die hinter dem Aufnahmeschalter saß. „Jen sagt, dass du seit Stunden hier sitzt. Polizeischutz findet üblicherweise vor dem Zimmer des Patienten statt, nicht im Wartezimmer. Also, was ist los?“

Ich richtete mich auf, meine Muskeln steif und schmerzhaft. „Es tut mir leid, Em.“

„Hast du was getrunken?“

„Jepp."

Sie lachte. „Macht Sinn. In keinem anderen Zustand würdest du dich jemals entschuldigen. Willst du eine Anti-Kater-Infusion?"

„Nein. Ich bin nicht betrunken. Und einen Kater habe ich auch nicht, glaube ich. Ich fühle mich einfach nur beschissen, aber es tut mir wirklich leid. Auch wenn ich nicht vorhabe, etwas daran zu ändern."

Emma zupfte einen Zweig aus meinem Pferdeschwanz. „Will ich es wissen?"

„Nein." Trotzdem erzählte ich ihr alles, was ich sagen konnte. „Ich will nicht mit dir streiten. Und ich will auch nicht, dass du dir Sorgen machst oder Angst hast."

„Willst du das hier wirklich machen, nach dem Tag, den du offensichtlich hattest?", fragte sie.

„Nein. Ich will es besser machen. Ich will sie finden. Ich muss." Ich drehte mich auf meinem Stuhl herum und sie beäugte den Bluterguss in der Form von Dmitris Fingern. „Egal was passiert."

„Okay. Bleib hier sitzen." Sie ging zum Aufnahmeschalter und sprach mit Jen. Dann kam sie zurück und setzte sich wieder neben mich. „Ein Taxi kommt gleich. Es bringt dich nach Hause. Du brauchst Schlaf. Versuch es mit heißen Kompressen. Ich habe welche, die man in die Mikrowelle legen kann. Sie sind in der obersten Schublade meiner Kommode und eine Tube Arnikasalbe liegt im Badezimmer. Muss ich einen Hausbesuch machen oder ist Brad in einem besseren Zustand als du?"

„Er hat auch mit einem Kerl gekämpft, aber ihm geht es gut." Ich zuckte die Achseln. „Mir auch."

„Tu nur ein einziges Mal in deinem Leben, was ich sage, Liv." Sie umarmte mich. „Geh schlafen."

„Da ist noch etwas." Ich biss mir auf die Lippe. Es war nicht der richtige Zeitpunkt, aber ich musste es ihr sagen. „Ich habe mit dem Captain gesprochen. Bis wir diesen Fall gelöst haben, bleibe ich näher am Geschehen."

„Du gehst wieder undercover?"

„Es ist hauptsächlich Überwachungsarbeit. Wir müssen die Augen offenhalten."

„Gut, aber zuerst fährst du trotzdem nach Hause und schläfst eine Runde. Ja?"

„Okay, Em." Ich seufzte und spürte, wie sich eine Last von meinen Schultern löste. „Aber nur, wenn du mir versprichst, dass du meiner Mom nichts davon erzählst."

Widerwillig streckte sie die Hand aus. „Deal."

Nach ein paar Stunden Schlaf ging es mir nicht besser, aber immerhin ging es mir auch nicht schlechter. Ich packte eine Tasche und fuhr aufs Revier. Der Parkplatz war voll mit FBI-Fahrzeugen. Das war nie ein gutes Zeichen. Ich schnappte mir die zwei Becher aus der Halterung und ging hinein. Im Besprechungsraum tummelten sich Anzugträger und Leute unseres Teams. Was auch immer hier los war, es würde genauso nett werden wie eine Wurzelbehandlung.

Fennel lehnte an einem Tisch. Ich trat ein und reichte ihm einen Becher. „Du siehst etwa so gut aus, wie ich mich fühle", sagte er. Dann warf er einen Blick auf den Becher. „Ich habe dir auch Kaffee mitgebracht. Steht auf deinem Schreibtisch."

„Nicht Kaffee. Emmas Heilmittel gegen Kater."

Er verbarg sein Grinsen hinter dem Becher. „Ihr habt euch versöhnt."

Ich ignorierte den Kommentar. „Was ist hier los?", fragte ich im Flüsterton.

„Ressortübergreifende Taskforce. Peters wollte nicht, dass wir allein den ganzen Spaß haben." Er nippte an seinem Becher und nickte dann zu dem

Mann, der das Briefing gab.

Nachdem Dmitri als einer der zwei Männer identifiziert worden war, die einen FBI-Van aus der Garage der lokalen Dienststelle gestohlen hatten, waren er und sein Partner auf die Fahndungsliste des FBI gesetzt worden und natürlich wollte das Bureau nun einen aktiven Part bei den Ermittlungen übernehmen. Außerdem hatten wir es mit Menschenhandel zu tun, einem Verbrechen, das sich auf dem internationalen Parkett abspielte. Da jedoch auch mehrere Morde begangen worden waren, würden wir den Fall nicht kampflos an die Bundesbehörde abgeben. Dafür steckten wir mittlerweile zu tief drin. Ohne unsere Arbeit hätte das FBI nie von den Vorgängen dieses Menschenhändlerrings erfahren.

„Die Identität des Mannes, der vom Dach gesprungen ist, kennen wir aktuell genauso wenig wie jene der Frau in der Gasse. Wir haben ihre Akten an die europäischen Behörden übermittelt. Vielleicht wissen sie etwas, was wir nicht wissen“, sagte der Agent, der das Meeting leitete.

„Was ist mit den Schützen von gestern?“, fragte Officer Roberts. „Was wissen wir über sie?“

„Wir haben Akten über sie. Die Details finden Sie in Ihren Infomappen, aber so viel sei gesagt: Wir gehen davon aus, dass sie für einen Menschenhändlerring arbeiten, der in Osteuropa agiert. Zum jetzigen Zeitpunkt konnten wir nur einen Mann ihrer Crew identifizieren, einen gewissen Oleg Vorshkovich. Er und Dmitri Barkhoff sind die beiden Männer, die die Leichen aus der Pathologie gestohlen haben. Die Fahndung nach Oleg läuft.“

„Denken Sie, er ist unser Sniper?“, fragte ich.

Der Agent zuckte mit den Schultern. „Ich möchte nicht spekulieren.“

„Was haben Sie sonst noch?“, setzte Grayson nach. „Und bitte, spekulieren Sie ruhig.“

„Aktuell haben wir keine weiteren Namen. Unsere Kontakte in Übersee ermitteln. Hoffentlich können sie uns helfen, eine lokale Verbindung zu finden.“

„Und die Frauen?“, konnte ich mich nicht zurückhalten.

Der Agent richtete seinen Blick auf mich, antwortete aber nicht. „Wie ich bereits sagte, ermitteln wir. Das FBI ist in der Lage, sich um diesen Fall zu kümmern.“

Captain Grayson drehte sich um und sah mich an. Seine Augen huschten zur Tür und ich wusste, dass ich meine Antworten nicht in diesem Meeting erhalten würde. Zum Glück dauerte es nicht mehr viel länger. Unsere hauseigenen Teams würden die größte Hilfe in dieser Taskforce darstellen. Abgesehen davon wurde der Rest von uns aufgefordert, sich wieder seiner Arbeit zu widmen. Nun, die meisten von uns.

Nachdem das Meeting beendet war, führte der Captain uns in sein Büro und schloss die Tür. „Das Krankenhaus lässt uns nicht zu Martha Evans oder Dmitri Barkhoff, solange sie in kritischem Zustand sind.“

„Sind sie denn bei Bewusstsein?“, fragte ich. Vielleicht konnte Emma für uns ein paar Gefallen einfordern.

„Nein.“ Grayson rieb sich das Kinn und starrte durch die Jalousien. „Die Tote im Keller war eine weitere junge Frau aus der Gegend. Schwester Mary Catherine hat sie erkannt, aber ihren Namen kennt sie nicht. Ich habe das Foto auch an die Kriminalabteilung übermittelt. Dort wurde sie als Claudia Arroyo identifiziert. Sie war eine ihrer geheimen Informantinnen.“

„Wie ist das möglich?“, fragte ich. „Ich dachte, sie

wäre nicht vorbestraft. Ihre Fingerabdrücke haben keinen Treffer im System ergeben."

„Sie wurde nie offiziell angeheuert. Detective Lazar hat es gemacht wie früher." Grayson sagte nicht viel, aber da er der Partner meines Vaters gewesen war, wusste ich, dass er es nicht mochte, wenn Cops Abkürzungen nahmen. „Lazar hatte sie verhaftet, einen Bericht geschrieben und ihre Daten aufgenommen, und dann praktischerweise alles davon verloren, als sie zustimmte, für ihn zu arbeiten. Seither führte er sie als geheime Informantin. Ich habe mir ihre Akte angesehen, aber darin steht nichts, was uns helfen könnte, sie zu identifizieren. Er schwört, dass sie es ist, und wir haben keinen Grund, daran zu zweifeln."

„Über wen hat sie ihm Informationen beschafft?", fragte Fennel.

„Örtliche Zuhälter und Clubs, in denen Mädchen arbeiten. Ihre Tipps führten zu Verhaftungen, bei denen andere Dinge ans Licht kamen. Von dem, was ich gesehen habe, hat sie sich ein hübsches Taschengeld dazuverdient. Als sie vor sechs Monaten verschwand, dachte Lazar, sie hätte genug zusammengespart, um sich ein neues Leben aufzubauen. Er dachte, deshalb hätte er sie nicht mehr gesehen."

„Denken Sie, dass sie schon damals entführt wurde?", fragte ich. „Sind diese Arschlöcher seit einem halben Jahr in unserer Stadt aktiv und wir haben nichts davon bemerkt?"

„Ich weiß es nicht." Grayson sagte nichts, als Agent Peters draußen vorbeiging. „Wie dem auch sei, ich habe Lazar über die Monthly Stay Condos befragt, aber die Kriminalabteilung weiß nichts über dieses Motel. Keine Auffälligkeiten. Aber wie ich DeMarco schon gestern gesagt habe, müssen wir es überprüfen, da das Opfer einen Schlüssel hatte. Ich habe bereits ein paar Beamte hingeschickt, um die Mitarbeiter zu befragen. Niemand hat Claudia Arroyo erkannt und in ihren Aufzeichnungen findet sich keine Buchung auf ihren Namen."

„Was ist mit Barzahlung?", fragte Fennel. „Als ich mit dem Rezeptionisten geredet habe, hat er deutlich gemacht, dass sie niemals Namen nennen."

„Aus diesem Grund werden wir das Motel auch überwachen." Grayson sah mich an. „Danke, dass Sie sich freiwillig gemeldet haben, Liv."

Fennel sah mich komisch von der Seite an, als der Captain wieder schwieg, sobald ein paar weitere FBI-Agenten auftauchten. „Was ist los, Captain?"

Grayson senkte die Stimme. „Etwas stimmt nicht. Diese zwei Ostblock-Arschlöcher spazieren in die FBI-Dienststelle und stehlen einen Van, aber dort will man nichts davon mitbekommen haben. Dann, als wir es endlich schaffen, einen der Pisser zu identifizieren, will das FBI plötzlich mit uns zusammen ermitteln. Das stinkt doch zum Himmel." Grayson dachte zweifellos, dass es einen Maulwurf gab.

„Was sollten wir Ihrer Meinung nach tun?", fragte Fennel.

„Bleiben Sie dran." Er sah mich an. „Sind Sie sicher, dass niemand im Motel Sie für einen Cop hält?"

„Ziemlich sicher. Fennel und ich waren zusammen dort, aber während er Fragen gestellt hat, habe ich mich umgesehen."

„Gut. Nehmen Sie sich ein Zimmer. Ich weise Ihnen ein Assistenzteam zu. Wir haben zwar zu wenig Leute, aber das hier ist wichtig."

„Was ist mit der Verbindung zum Gemeindezentrum? Sollen wir da auch dranbleiben?", wollte Fennel wissen.

Grayson suchte nach etwas in den Unterlagen auf seinem Tisch. „Beamte warteten heute Morgen draußen, als sie ihre Türen öffneten. Claudia Arroyo war nie dort. Wir haben sogar die Aufzeichnungen des Ärztezentrums geprüft, aber sie war keine ihrer Patientinnen. Behalten Sie das Zentrum im Auge, aber aktuell konzentrieren wir uns darauf, den Scharfschützen, die vermissten Frauen und Oleg Vorshkovich zu finden. Und ich glaube nicht, dass wir sie im Gemeindezentrum finden werden."

„Alles weist darauf hin, dass die Frauen von internationalen Kriminellen entführt wurden. Keith Richardson, oder wie auch immer er heißen mag, war aber weder Russe noch Ukrainer. Er war aus der Gegend. Und hatte es auf diese Frauen abgesehen. Wir wissen, dass er im Gemeindezentrum gearbeitet und sich in der Nachbarschaft herumgetrieben hat. Vielleicht haben es die Russen gleich gemacht. Das Gemeindezentrum war vielleicht nicht ihr einziges Jagdgebiet, aber es könnte das Epizentrum sein", überlegte ich laut.

„Keith hat die Frauen vermutlich eingepackt und an Dmitri und seine Kumpel geliefert. Aber irgendjemand, vielleicht einer der Europäer, hat Keith gezwungen, Jane Doe zu töten. Und jetzt, wo wir auch noch die Tote im Keller gefunden haben und angesichts Marthas Zustand, würde ich sagen, wer auch immer Keith zu seinem Sprung in den Tod getrieben hat, gehört zu diesem Menschenhändlerring", fügte Fennel hinzu. „Wir müssen denjenigen nur finden und verhören. Das hier ist immer noch unser Fall, es sind immer noch unsere Verdächtigen. Wir sind es, die sie fast umgelegt hätten. Was zum Teufel hat das FBI damit zu tun?"

„Nicht das Geringste", antwortete Grayson. „Greifen Sie auf alle Ressourcen zu, die Sie brauchen, aber halten Sie es unter Verschluss, so gut Sie können. Ich will nicht, dass Agent Peters oder sein Team sich in unsere Observierung einmischen, bis wir wissen, womit wir es zu tun haben.“

„Sie vertrauen ihnen nicht?“, fragte ich.

„Ich wünschte, ich könnte es. Aber Vertrauen muss man sich verdienen. Wir werden ja sehen, wie es läuft.“

Einundzwanzig

Ich schob meine Marke in meine Hosentasche, kämmte mir mit den Fingern die Haare glatt und frischte mein Make-up auf. Mac hatte sich ins Zeug gelegt, um mir in Windeseile eine neue Cover-Identität zu verschaffen. Und das Dezernat hatte mir eine Prepaid-Kreditkarte ausgehändigt, die auf meinen neuen Decknamen ausgestellt war. Hoffentlich war genug Geld darauf, um die Mindestaufenthaltsdauer von zwei Wochen zu bezahlen.

Brad kam in die Umkleide. „Was hast du vor?"

„Ich versuche, nicht wie ein Cop auszusehen."

„Das weiß ich. Aber ich meine, warum hast du mir gestern nicht von deinem hirnrissigen Plan erzählt?"

„Es ist kein Plan. Es ist eine Observierung."

Brad nahm meine Mascara in die Hand. „Mir war nicht klar, dass man sich aufbrezeln muss, um ein Motel zu überwachen." Er legte das Röhrchen wieder hin. „Spucks aus, DeMarco."

„Nach unserem Gespräch mit dem Captain habe ich ein paar Leute angerufen. Wie es der Zufall will, hat

Rogers and Stein ein paar Zimmer im Motel gemietet.“

„Gut nachvollziehbar, bei allem, was wir über Modelagenturen und Clarissas Hoffnungen und Träume wissen.“

Ich erzählte Brad von den Frauen, die ich während unseres ersten Besuchs im Motel angetroffen hatte. „Ich habe ADA Winters angerufen. Wir haben einen Gerichtsbeschluss für die Gästeliste des Motels bekommen. Keine direkten Treffer, aber ein paar der Zimmer werden langfristig von Firmen gemietet. Wir prüfen gerade alle, aber wenn eine davon sich als Scheinfirma dieser Menschenhändler herausstellt, will ich nicht riskieren, dass sie Verdacht schöpfen.“

„Und deshalb willst du dich als ein Model von Rogers and Stein ausgeben?“

„Oder als eine weitere Clarissa, Martha oder Jane Doe“, gab ich zurück.

„Du hast auf der Straße mit Netzstrümpfen und High Heels keine Aufmerksamkeit erregt. Und du denkst wirklich, ein wenig Mascara macht dich auffälliger?“

„Vielleicht hänge ich ja eine rote Lampe an meine Tür. Das sollte eine gewisse Wirkung haben.“

„Was ist mit der Schlüsselkarte, die wir bei der Toten gefunden haben?“

„Die ist defekt. Irgendwas mit dem Magnetstreifen stimmt nicht, hat Mac gesagt. Sie konnte jedenfalls keine Daten davon ablesen, also wissen wir nicht, welches Zimmer die Karte entsperrt hat. Und die Mitarbeiter im Motel weigern sich, zu kooperieren. Sie behaupten, Claudia nicht zu kennen.“ Ich trug etwas Lippenbalsam auf. „Ich hasse das alles.“

„Ich komme mit dir“, sagte Brad mit Nachdruck.

„Das kannst du vergessen. Du hast zweimal mit dem Rezeptionisten geredet. Er wird dich erkennen.“

„Das werden wir schon sehen."

„Nein, werden wir nicht."

Brad griff nach einer Tube Make-up, aber ich nahm sie ihm aus der Hand und schob auch alles andere in meine Tasche. „Falls du es vergessen hast, ich habe auch einige Undercover-Jobs hinter mir. Ich kann mich genauso gut tarnen und anpassen wie du, DeMarco." Die Entschlossenheit in seinen Augen war nicht zu übersehen. „Frauen verschwinden. Ich werde nicht zulassen, dass dir das auch passiert."

„Vielleicht sollte aber genau das passieren. Es könnte der einzige Weg sein, wie wir sie finden."

Fennel seufzte und ging zur Tür. Als ich mich umgezogen hatte, wartete er draußen bei der Treppe auf mich. „Grayson stationiert ein zweites Team im Motel, aber Mac arbeitet noch an ihren Cover-Identitäten. Sie werden heute Abend einchecken, deshalb werde ich bis dahin meine Zelte in dem Diner gegenüber vom Motel aufschlagen. Sollte sich etwas tun, bin ich sofort da."

„Du solltest hierbleiben. Wir haben Clarissa noch nicht gefunden und die Zeit läuft uns davon." Wenn es nicht schon zu spät war.

„Du würdest das nicht tun, wenn du dir nichts davon versprechen würdest", sagte Fennel. „Und wie ich dir immer wieder sage, gehe ich dorthin, wo du hingehst, Partner. Außerdem bekomme ich so die Gelegenheit, noch einmal mit David und ein paar anderen vom Gemeindezentrum zu reden. Wie es der Zufall will, treffen sie sich heute Abend für ein Strategiemeeting im Diner." Er grinste. „Zwei Fliegen, eine Klappe."

Ich schmunzelte. „Blödmann."

„Sei nett und ich überlege mir, ob ich uns Snacks spendiere."

Nachdem wir uns im Fuhrpark ein Auto ausgesucht

hatten, fuhr Brad mich zum Motel. Er ließ mich an einer Bushaltestelle in der Nähe aussteigen und ich lief die drei verbleibenden Blocks mit meinem Rucksack um die Schultern. Mein Blick wanderte zum Schild der Monthly Stay Condos. Hierher kamen Träume, um zu sterben.

Die Lobby war trostlos und nicht ansatzweise so hell und professionell ausgestattet wie die der großen Motelketten. Der Rezeptionist legte den Hörer auf und fragte mich nach meinem Namen und einem Ausweis. Während ich darauf wartete, dass der Computer, der eindeutig aus dem letzten Jahrtausend stammte, meine Daten speicherte, schneite eine große Gruppe Blondinen in die Lobby, um sich frische Handtücher zu holen. Ich schätzte keine von ihnen auf älter als zweiundzwanzig und aufgrund ihrer Kleidung, Schuhe und Designeraccessoires vermutete ich, dass sie Models waren.

„Verzeihung", sagte ich, „arbeitet ihr für Rogers and Stein?"

Die Frau, die mir am nächsten stand, sah mich an. „Nein."

Bevor ich noch etwas fragen konnte, räusperte sich der Rezeptionist ungeduldig. „Ms. Torrey", wiederholte er, und mir wurde klar, dass ich gedanklich nicht bei der Sache gewesen war, „hier ist Ihr Schlüssel. Ihr Zimmer ist für zwei Wochen gebucht, aber Sie können es jederzeit verlängern. Wir bieten kontinentales Frühstück von sechs bis zehn jeden Morgen an. Das Fitnessstudio befindet sich auf der zweiten Etage. Eismaschinen stehen auf jeder Etage. Bei Problemen oder Fragen wenden Sie sich bitte an mich."

„Danke." Ich nahm die Schlüsselkarte. „Zimmer 201, richtig?"

„Ganz genau."

Bis ich wieder vor dem Gebäude stand, waren die Frauen verschwunden. Ich warf einen Blick über den Parkplatz in Richtung Diner. Brad saß nahe am Fenster und beobachtete alles. Ich ging die Treppe hoch und steckte die Karte in den Leseschlitz. Als das grüne Lämpchen aufleuchtete, stieß ich die Tür auf und schaltete das Licht an, bevor ich hineinging.

Sobald ich sicher war, dass im Zimmer alles in Ordnung war, sah ich mir die Verbindungstür genauer an. Sie führte zu Zimmer 202, war aber von der anderen Seite verschlossen. Laut den Hotelaufzeichnungen war es derzeit nicht belegt. Vielleicht würde das zweite Überwachungsteam hier einziehen, oder sie nahmen sich ein Zimmer auf der anderen Seite des Gebäudes. Ihre Entscheidung, nicht meine.

Ich machte es mir auf dem Bett gemütlich und rief Brad an. „Hast du die Frauen gesehen?"

„Ja, aber keine davon ist mir bekannt vorgekommen."

„Mir auch nicht, aber sie passen perfekt ins Schema. Ich habe gefragt, aber sie sagten, sie würden nicht für Rogers and Stein arbeiten." Ich stand auf, schob den Vorhang beiseite und sah hinaus. Da mein Zimmer direkt neben der Treppe lag, hatte ich perfekte Sicht auf jeden, der kam oder ging. Das Zimmer im ersten Stock wäre zwar noch besser gewesen, nur war es leider belegt. „Hast du gesehen, wo sie hingegangen sind?"

„Zurück in ihr Zimmer. 205."

„Okay. Lass dich vom Essen im Diner nicht umbringen. Ich hole mir mal Eis und sehe mir die Snackautomaten an. Vielleicht finde ich ja bei den Nachbarn ein paar neue Freundinnen."

„Viel Glück."

„Dir auch."

Dafür, dass es mitten am Tag war, ging im Motel die Post ab. Ich schnappte mir den Eiskübel und ging zur Eismaschine am Ende des Flurs. In Zimmer 205 waren die Vorhänge zugezogen und die einzigen Geräusche, die herausdrangen, waren die des Fernsehers. Ich überlegte, ob ich anklopfen sollte, aber das ging zu schnell. Es würde verdächtig wirken. Ich musste geduldig sein. Das war das Grundprinzip jeder Observation und im Normalfall war ich besser damit beraten, den Dingen ihren natürlichen Lauf zu lassen.

Als mein Eiskübel voll war, ging ich auf die oberste Etage und schritt den Flur ab. An der Tür des Zimmers am hinteren Ende, 526, hing ein Schild. Zutritt nur für Personal. Ich ging zurück zu den Snackautomaten, sah mir an, was sie im Angebot hatten und tat so, als hätte ich ein gesteigertes Interesse an Kartoffelchips aller möglichen Geschmacksrichtungen, bevor ich dasselbe Prozedere auf jeder der Etagen darunter wiederholte. Erfreulicherweise variierten die Snacks in den einzelnen Automaten, was meine Erkundungstour leichter erklärbar machte.

Als Nächstes steckte ich meine Karte in den Schlitz der Tür zum Fitnessraum und warf einen Blick hinein. Zwei Laufbänder, ein paar Fahrräder, ein Stepper, ein Ergometer, ein Yogaball und ein paar Hanteln füllten den winzigen Raum. Es war niemand hier und der muffige Geruch ließ mich vermuten, dass die Mieter ihn auch nicht allzu oft nutzten.

Schließlich kehrte ich in mein Zimmer zurück, setzte mich an den Tisch und verbrachte den restlichen Tag damit, nach verdächtigen Vorgängen draußen Ausschau zu halten. Außerdem rief ich auf dem Revier an, um mich nach den Fortschritten von Mac und der restlichen Taskforce zu erkundigen.

Meine Augen wanderten zum Diner und ich fragte mich, wie es Brad ging.

Er saß immer noch am Fenster, doch er überwachte nicht mehr den Parkplatz. Mir fielen mehrere neue Autos auf dem Parkplatz auf und ich benutzte meine Handykamera, um die Nummernschilder zu lesen. Ich notierte alle auf dem Briefpapier des Motels, für den Fall, dass wir zusätzliche Informationen brauchten.

Meine Gedanken wanderten wieder zu unserem anonymen Anrufer. Er hatte gewusst, wo das Entführungsauto gestanden hatte, und er hatte gewollt, dass wir uns beeilen. Er musste gewusst haben, dass die Frauen verlagert oder getötet werden würden. Oder er hatte gewollt, dass wir in diesen Hinterhalt gerieten. Ich war unschlüssig, ob er Freund oder Feind war. Aber die Menschenhändler hatten gewusst, dass wir ihnen auf der Spur waren, was bedeutete, dass sie ihre Ware so schnell wie möglich hatten loswerden wollen.

„Was tust du hier eigentlich, Liv?“, fragte ich mich laut. In diesem Moment erschien mir Observation wie die größte aller Zeitverschwendungen. Und dann klingelte mein Handy.

„Komm sofort rüber“, sagte Fennel durch den Lautsprecher.

Ich zog die Vorhänge zu, hängte das Bitte-nicht-stören-Schild an die Tür und rannte über den Parkplatz. Als ich beim Diner ankam, wartete Brad bereits im Auto. Ich glitt auf den Beifahrersitz und er fuhr vom Parkplatz. „Was ist passiert?“, fragte ich.

„Keine Ahnung. David und diese anderen Idioten haben über eine Spendensammelaktion gefaselt. Mir wurde langweilig und ich habe aus dem Fenster gesehen. Just in dem Moment wurde eine Gruppe Frauen in einen Kinderfänger gescheucht. Den Fahrer konnte ich nicht genau erkennen, aber er war groß und dünn. Könnte Vorshkovich gewesen sein."

„Einen Kinderfänger?"

„Du weißt schon, diese schmuddeligen weißen Vans ohne Fenster oder Beschriftung. Die Art, die Kinderschänder immer fahren."

„Du schaust zu viele Krimis."

Brad zuckte die Achseln. „Hoffen wir, dass ich unrecht habe."

Nach zwei Blocks hatten wir zu dem Van aufgeholt. Brad fuhr auf die Höhe des Fahrers und ich erkannte die Frau auf dem Beifahrersitz. „Sie war im Motel. Sollen wir die Zentrale verständigen?"

„Noch nicht." Fennel wollte unsere Tarnung nicht verfrüht auffliegen lassen. „Folgen wir ihm erstmal eine Weile."

„Okay."

Fennel ließ sich ein paar Autos zurückfallen. Der Fahrer verhielt sich nicht auffällig hektisch oder nervös. Er befolgte die Verkehrsregeln genauso wie die meisten anderen Verkehrsteilnehmer. Er bog ab, wir folgten ihm. Die Ampel schaltete auf Rot, der Van blieb stehen. Niemand versuchte, aus dem Laderaum zu fliehen, aber mein Geist spielte bereits alle möglichen Horrorszenarien durch. Die Finger meiner linken Hand spielten mit dem Empfänger des Funkgeräts, während meine rechte Hand auf dem Griff meiner Waffe ruhte.

Brad bemerkte, wie angespannt ich war. „Worüber hast du mit Emma gestritten?", fragte er.

„Über meine Arbeit." Die Ampel wurde grün und ich beobachtete, wie draußen die Gebäude vorbeizogen. „Sie macht sich Sorgen um mich. Und das ist deine Schuld. Sie denkt, ich sollte meinen Job an den Nagel hängen und etwas weniger Gefährliches machen."

„Das ist ein Scherz, oder?"

„Nö."

„Wie kommt sie überhaupt auf die Idee, so etwas vorzuschlagen?"

„Sie hat mit meiner Mom geredet. Meine Mutter reitet seit Ewigkeiten auf dem Thema rum. Mein Dad hat es sicher noch schlimmer erwischt. Sie war außer sich, als ich zur Polizei ging. Sie hat ihr Leben damit verbracht, sich Sorgen zu machen, dass mein Dad nicht mehr nach Hause kommt, und jetzt muss sie sich sorgen, dass ich nicht mehr nach Hause komme. Als du Emma Panik gemacht hast, hat sie meine Mom angerufen. Die Intervention wird wohl in ein paar Tagen stattfinden. Sags mir, wenn du eine Einladung bekommst."

Brad wurde langsamer, damit ein paar Autos sich zwischen uns und dem Van einreihen konnten. „Das tut mir leid, Liv. Ich wollte nicht, dass es so läuft. Ich mache mir einfach Sorgen um dich. Um uns. Nicht auszumalen, was Emma tun würde, wenn sie von gestern erfahren würde."

„Ich habe es ihr schon gesagt und sie musste schwören, es für sich zu behalten." Ich verengte die Augen, als der Van blinkte und sich in die Valet-Schlange eines Clubs einreihte.

„Wie hat sie es aufgenommen?"

„Ganz gut, denke ich. Zwischen uns ist alles wieder okay. Es hängt vermutlich davon ab, wie lang dieser Einsatz dauert. Denkst du, es ist die Mühe überhaupt wert? Heute im Motelzimmer musste ich immerzu denken, dass ich eigentlich auf dem Revier sitzen und etwas anderes tun sollte. Ich will in der Nähe sein, damit das alles aufhört und vielleicht keine weiteren Frauen entführt oder ermordet werden. Ich wäre da, um einzugreifen. Nur fühlt es sich so an, als wäre es dafür zu spät."

Ich nahm mein Funkgerät und forderte die

Überprüfung des Nummernschildes an. Mit dem Van war alles in Ordnung. Die Frage war nur, ob das etwas Gutes oder etwas Schlechtes war.

Brad fuhr an der Valet-Schlange vorbei und nahm die erste Parklücke, die er finden konnte. Als ich mich umdrehte, konnte ich beobachten, wie die Frauen ausstiegen und zum Eingang des Clubs gingen. Wir folgten ihnen hinein. Die Hälfte von ihnen scharte sich um die Bar, während die andere sich auf die Suche nach einem Tisch machte. Brad und ich nahmen uns die Gäste vor, doch wir entdeckten niemanden, der interessant oder auffallend verrucht aussah.

„Behalte den Fahrer im Auge“, sagte Brad. „Ich rede mal mit den Ladies und höre mir an, was hier läuft.“

Fünfundvierzig Minuten später trafen wir uns am Eingang. „Das hier ist Zeitverschwendung. Melden wir es. Jemand anderes soll sich hier die Nacht um die Ohren schlagen und dafür sorgen, dass diese Frauen sicher zurück ins Motel kommen. Unsere Priorität ist es, das Motel zu überwachen, und solange die Frauen hier sind, kann ich mir in Ruhe ihr Ende des Flurs ansehen“, sagte ich.

Zweiundzwanzig

Zimmer 205 war abgeschlossen und als ich anklopfte, machte niemand auf. Leider hatte die Polizei keinen triftigen Grund, sich darin umzusehen, und von dem, was Fennel und ich im Club gesehen hatten, waren die Frauen nicht in Gefahr. Sie waren nicht einmal hier.

Ich ging den Flur zurück und zog die Karte durch den Schlitz, aber das kleine Licht blieb rot. Noch einmal prüfte ich die Zimmernummer. Vielleicht wurde ich langsam verrückt.

Beim zweiten Mal klappte es und das Licht blinkte grün. Ich stieß die Tür auf. Im Zimmer war es dunkel. Ich schaltete das Licht an und bekam fast einen Herzinfarkt. Erschrocken schlug ich mir eine Hand auf die Brust und warf die Tür ins Schloss.

„Das hat ja ewig gedauert. Ich dachte, du wolltest dir nur ihre Seite des Flurs ansehen", sagte Brad.

Die Schrecksekunde und meine Paranoia hatten dazu geführt, dass ich meine Waffe umklammert hielt. Schnell steckte ich sie zurück ins Holster.

„Was in aller Welt tust du hier? Ich dachte, du wolltest die restliche Nacht im Diner verbringen?"

„Wie oft muss ich es dir noch sagen? Wo du bist, bin ich auch."

„Alles klar."

Fennel grinste. „Davids Meeting war vorbei und nachdem ich eine ganze Kanne Kaffee getrunken hatte, wollte die Kellnerin mich loswerden."

„Wie heißt sie? Ich sollte sie anrufen, damit sie bei unserer kleinen Party dabei sein kann", zog ich ihn auf.

„Sei nett." Er sah durch den Schlitz zwischen den Vorhängen. „Nach unserem Ausflug in den Club heute Nacht sieht es aus, als hätten sich die Spielregeln geändert. Hättest du Lust, der Köder zu sein, der diese Arschlöcher aus ihrem dunklen Loch lockt?"

„Ich bin kein Köder. Genau genommen, bin ich zu alt, um ein Köder zu sein, wie du selbst gesagt hast."

„Unabhängig davon hat Grayson das Überwachungsteam verstärkt, seit wir eine Einheit für den Club angefordert haben. Hier gehen ganz eindeutig Dinge vor sich. Wir müssen nur herausfinden, welche genau."

„Ja, war mir klar. Also. Was ist der neue Plan?"

„Wir haben jetzt drei Teams in zwei Zimmern. Du kommst und gehst, aber die anderen zwei Teams wechseln sich ab. Wenn du es ins Zimmer der Models schaffst, tu es. Wir sind hier, um auf dich aufzupassen."

„Gut. Welches Zimmer hast du?"

„Dieses."

„Brad", warnte ich ihn.

„Ich bleibe hier. Niemand wird mich zu Gesicht bekommen. Ich nutze das angrenzende Zimmer, wenn ich mal wegmuss. Lade einfach niemanden hierher ein, ohne mich zu warnen. Dann wird alles gutgehen."

„Wie bist du überhaupt in mein Zimmer gekommen? Der Kerl an der Rezeption weiß, dass du ein Cop bist. Hast du ihm doch neulich Nacht gesagt."

„Du meinst gestern Abend?"

„Das war erst gestern? Nach dem Vorfall in dem Haus fühlt es sich an, als wäre es Wochen her."

„Wem sagst du das."

„Hast du dem Rezeptionisten deine Marke gezeigt, um hier reinzukommen?"

„Ich bin doch kein Anfänger. Das würde deine Deckung gefährden. Und das Letzte, was wir wollen, ist, die Mitarbeiter auf uns aufmerksam zu machen. Mac hat die Reservierung online gemacht. Zwei Geschäftsmänner, die kurzfristig ein Zimmer brauchten. Loyola und Sullivan haben eingecheckt und Loyola hat mir die Karte für die 202 zugesteckt."

Ich öffnete die Verbindungstür und warf einen Blick ins angrenzende Zimmer. Die Tür stand offen, aber im Zimmer war es dunkel. „Wo ist er?"

„Unten in der 122. Da hat jemand kurzfristig ausgecheckt."

„Hast du im Diner irgendetwas erfahren?"

Fennel knirschte mit den Zähnen. „David und seine Leute sind vor zwanzig Minuten gegangen. Ich bin ihm bis zum Gemeindezentrum gefolgt. Er sollte gerade ein weiteres AA-Meeting leiten. Da er mich nicht eingeladen hat, wiederzukommen, bin ich nicht reingegangen."

„Gott, wie das alles nervt." Ich trat näher ans Fenster und spähte durch den Schlitz an der Seite. „Wurden die Gäste offiziell befragt? Hat jemand Claudia Arroyo erkannt?"

„Wir sind hier in einem Motel. Leute kommen und gehen. Keine Ahnung, ob sie mit allen sprechen konnten."

Mir kam eine Idee und ich rief auf dem Revier an. Wir wussten nicht viel über Claudia, aber alles, was wir über sie herausfinden konnten, würde uns helfen.

Beim Check-in war meine Tarnung nur ein Name auf einer Kreditkarte gewesen. Jetzt war es an der Zeit, die Geschichte meiner Cover-Persona zu entwickeln, und ich hatte da ein paar Ideen. Meine Gedanken wanderten zu Lyla. Kein Wunder, dass sie Schauspielerin hatte werden wollen. So konnte sie sich jederzeit neu erfinden, wann immer sie wollte.

Das Krächzen des Funkgeräts riss mich aus meinen Gedanken und ich sah vom Bildschirm hoch. Fennel hockte immer noch am Fenster. „Ja, ich sehe sie", antwortete er. „Gab es Probleme?"

„Keine", erwiderte die blecherne Stimme. „Dieselbe Personenzahl, die Sie uns gegeben haben."

„Alles klar. Danke für die Unterstützung." Brad legte das Funkgerät wieder auf den Tisch und versuchte, so unauffällig wie möglich vom äußersten Rand des Fensters hinaus auf den Parkplatz zu spähen. „Die Frauen sind zurück."

„Das ist meine Chance." Ich ließ den Laptop auf dem Bett liegen und schnappte mir den Eiskübel. „Versteck dich in deinem Zimmer." Fennel salutierte, als ich die Schlüsselkarte in meine Tasche schob und hinausging.

Draußen auf dem Flur ging ich an der 205 vorbei und hielt vor dem Eiswürfelautomaten. Während ich dem Rumpeln der Maschine lauschte, lief eine Blondine den Flur entlang. Sie hetzte über die Treppe nach unten und ich warf einen Blick über das Geländer. Vor dem Zimmer, in dem ich bei meinem letzten Besuch die weinende Frau gehört hatte, blieb sie stehen und klopfte, aber niemand machte ihr auf. Langsam schlurfte sie die Treppe zurück nach oben und fluchte leise vor sich hin.

Ich nahm den vollen Eiskübel und stellte mich ihr direkt in den Weg. „Alles okay?", fragte ich.

„Nein", murmelte sie.

„Ich bin Liv. Kann ich dir irgendwie helfen?“

Sie musterte mich und fragte sich vermutlich, ob sie einer völlig Fremden trauen konnte. „Shana.“

„Schön, dich kennenzulernen.“ Ich stand mitten im Weg und versperrte ihr den Weg zu ihrem Zimmer. „Was ist denn los?“

Nach einer gefühlten Ewigkeit sagte sie schließlich: „Sie haben sie mitgenommen.“

Die feinen Härchen in meinem Nacken stellten sich auf und ich hatte alle Mühe, mir nichts anmerken zu lassen. „Wer hat wen mitgenommen?“

„Ach, egal.“ Sie versuchte, an mir vorbeizukommen, aber ich rührte mich nicht vom Fleck. „Lass mich in Ruhe.“

„Ich will nur helfen. Du wirkst total aufgebracht. Was ist denn passiert?“

„Geht dich nichts an.“

Ich kniff die Augen zusammen. „Du hast einen Akzent. Ist er ... deutsch?“

„Tschechisch.“

„Klingt hübsch.“

Sie verdrehte die Augen und schnaubte. „Baggerst du mich an? Das haben schon genügend Kerle im Club gemacht. Ich will keinen von ihnen und dich will ich auch nicht. Ich bin nicht für Small Talk hier.“

„Warum bist du denn hier?“

„Um zu arbeiten.“

„Ich auch. Du bist Model, oder?“

Sie sah mich mit großen Augen an. Es verwirrte sie, dass eine Fremde darauf bestand, sich mit ihr zu unterhalten. „Ja.“

„Dachte ich mir schon. Rogers and Stein?“

Langsam schien ihr etwas zu dämmern. „Du warst in der Lobby und hast nach der Agentur gefragt.“

„Ja.“

„Arbeitest du dort?“

Meine nächsten Worte wählte ich weise. „Ich kann verstehen, warum du das denken könntest.“

Sie musterte mich ganz genau. „Talentscout oder Agentin?“

„Wo ist der Unterschied?“

Jetzt funkelte sie mich an und stieß mit dem Finger gegen den Eiskübel, den ich vor meinem Bauch hielt. „Du hast sie geholt. Du bist der Grund, warum sie fort ist. Es ist deine Schuld.“

„Wen geholt?“, wiederholte ich.

„Meine Freundin. Dmitri sagt, eine andere Agentur hat sie abgeworben und deshalb hat sie uns im Stich gelassen. Jedes Mal läuft es so. Immer und immer wieder. Wir sind alle zusammen hergekommen. Eigentlich sollten wir auch zusammenbleiben und zusammen ausgewählt werden, aber nein.“ Wut loderte in ihren Augen.

„Wie heißt denn deine Freundin?“

„Ingrid.“

„Und wann wurde sie abgeworben?“, fragte ich.

„Letzte Woche.“

„Kann ich mit Dmitri reden?“

„Wozu? Willst du noch jemanden abwerben?“ Ich sah Eifersucht in ihrem Blick. Sie war gar nicht besorgt um die Sicherheit ihrer Freundin. Sie war neidisch, weil sie selbst nicht auserwählt worden war. Shana hatte ja keine Ahnung, welch großes Glück sie bisher gehabt hatte.

Ich musste etwas sagen, damit sie weiterredete. „Viele Agenturen hier in der Gegend suchen ständig Models. Ich weiß nicht, wie viele ihr genau seid, aber wir haben Arbeit für jede von euch. Und du wärst einfach perfekt.“

Zum ersten Mal, seit wir uns kennengelernt hatten, lächelte Shana. „Wirklich?“

„Ja.“

„Du kannst mit Ivan reden. Dmitri ist nicht da. Geschäftsreise. Er sollte aber in ein paar Tagen zurück sein.“

Ich würde ihr nicht sagen, dass er nicht zurückkommen würde. „Wieso kommst du nicht mit in mein Zimmer, damit wir alles besprechen können?“

Aber bevor sie antworten konnte, öffnete sich die Tür hinter mir und ein Mann, den ich als den Fahrer des Vans erkannte, kam heraus. „Shana, rein mit dir.“

Ich drehte mich zu ihm um und lächelte strahlend. „Hallo. Ich bin Liv.“

„Ist mir scheißegal, wer du bist.“

„Ivan, sie arbeitet für Rogers and Stein“, sagte Shana.

Der Name sagte ihm nichts und ich wusste, dass es hier nicht ums Modeln ging. Meine Gedanken überschlugen sich und ich überlegte krampfhaft, wie ich Gefahr im Verzug rechtfertigen könnte, aber es wollte mir nichts einfallen. Von dem Wenigen, was ich von hier draußen sehen konnte, waren keine Drogen und kein Alkohol im Spiel und es wurde auch kein offensichtliches Verbrechen begangen, obwohl meine Instinkte schrien, dass das genaue Gegenteil der Fall war.

„Shana, du musst nicht tun, was er sagt. Wir können reden.“

„Später. Jetzt muss ich gehen.“ Sie tänzelte an mir vorbei und ins Zimmer. Der Fahrer musterte mich verächtlich von oben bis unten und schlug mir dann die Tür vor der Nase zu.

Ich ging zurück in mein Zimmer und erzählte Fennel alles. Eines war klar, wir brauchten rund um die Uhr Überwachung mit mehreren mobilen Einheiten. Und Ivan, der neue Spieler auf unserem Feld, machte weitere Ermittlungen unerlässlich. Lange würden wir unsere neuesten Erkenntnisse nicht vor dem FBI geheim halten können.

Dreiundzwanzig

„Ich vertraue Jaden Miller nicht.“ Fennel heftete sein Foto mit einem Reißnagel an unsere Memowand.

„Dem Rezeptionisten des Motels?“

Brad nickte. „Er wirkt verdächtig. Nie beantwortet er unsere Fragen und außerdem weigert er sich, zu kooperieren. Er will überhaupt nicht mithelfen.“

„Daran sollten Sie mittlerweile gewöhnt sein, Detective“, warf Captain Grayson ein.

„Ich sage Ihnen, Cap, er steckt mit ihnen unter einer Decke. Er weiß, was sich im Motel abspielt. Wir haben den Schlüssel an Claudia Arroyo gefunden, Dmitri wurde namentlich erwähnt und die jungen Frauen, die in mindestens zwei der Zimmer dort untergebracht sind, passen allesamt ins Profil. Was brauchen wir noch, um einen Untersuchungsbefehl für das Motel zu bekommen?“

„Frag Winters“, murmelte ich. Das Büro des Staatsanwalts hatte meinen Antrag abgelehnt, woraufhin ich ihnen einen Vortrag über die verheerenden Auswirkungen dieser Entscheidung gehalten hatte. Im Moment war kein Detective unbeliebter als ich, das stand fest.

„Haben Sie Ivan gefunden?“, fragte Grayson.

„Nein.“ Ich stieß mich von meinem Schreibtisch ab. „Er kommt in keiner der Akten vor, die Agent Peters rübergebracht hat. Das Überwachungsteam konnte ein paar Schnappschüsse von ihm machen, als sie im Club waren, aber soweit ich es beurteilen kann, führen wir Ivan in keiner unserer Datenbanken. Und diese Frauen auch nicht.“

„Glauben Sie, dass Shana in unmittelbarer Gefahr schwebt?“, fragte er nun.

„Das tun Sie meiner Meinung nach alle, aber bis Ivan einen Fehler macht oder eine der Frauen die Wahrheit sagt, sind uns die Hände gebunden.“ Ich starrte auf die Fotos, die mit Klebeband an der Wand hingen. Wir zählten bereits acht Opfer. Zwei Frauen waren tot. Eine kämpfte um ihr Leben. Und von fünf fehlte jede Spur. „Wir müssen der Sache ein Ende setzen. Mir ist egal, ob wir genügend Beweise für die Staatsanwaltschaft haben. Ich will diese Frauen retten.“

„Liv“, sagte Brad sanft, aber ein scharfer Blick von mir ließ ihn verstummen.

„Wir haben Teams auf Abruf. Den Models im Hotel wird nichts zustoßen“, versprach Grayson. „Also sorgen Sie sich nicht um sie. Tun Sie, was Sie tun müssen.“

Nachdem der Captain zurück in sein Büro gegangen war, sah ich auf die Uhr. Ich hatte die ganze Nacht damit verbracht zu warten und zu hoffen, dass Shana oder eine der anderen das Zimmer verließ, aber nichts geschah. Gegen acht Uhr morgens hörte ich Geräusche auf dem Flur. Mehrere Personen gingen in die Lobby, wo ein mickriges Frühstück auf sie wartete. Aber Ivan und die Frauen gingen nie zum Frühstück. Um zehn gab ich auf und fuhr zurück aufs Revier.

„Wieso habe ich Shana nicht nach Dmitris Nachnamen gefragt? Wenn ich daran gedacht hätte, hätten wir jetzt genug für einen Durchsuchungsbeschluss zusammen. Mein Gott“, fauchte ich und knallte die Schublade zu, „wie kann man nur so dämlich sein?“

„Vermutlich hätte sie ihn dir nicht gesagt und selbst wenn, wer sagt, dass er den Frauen seinen richtigen Nachnamen genannt hat? Von Martha wissen wir, dass diese Männer vorsichtig sind. Mr. X.“ Fennel sah mich vielsagend an.

„Ivan könnte Mr. X sein.“

„Das Spiel können wir den ganzen Tag spielen, aber es bringt uns nicht weiter.“

Ich griff nach einem Stapel Fotos auf meinem Schreibtisch. „Ich werde jetzt jeden einzelnen unserer Schritte noch einmal durchgehen. Für den Fall, dass wir etwas übersehen haben.“ Ich zog meine Jacke an und schnappte mir die Schlüssel. „Keine Ahnung, was ich sonst tun könnte.“

„Ich fahre zurück zum Haus“, bot Brad mir an. „Ich weiß, dass die Spurensicherung alles analysiert hat, aber nachdem unsere Teams ein paar versteckte Räume gefunden haben, kann es nicht schaden, sich noch einmal umzusehen.“

„Sei aber vorsichtig.“

Ich unterdrückte ein Schaudern, als ich an den Scharfschützen dachte und daran, wie knapp er uns entgangen war. Einen Moment lang fragte ich mich, ob Ivan oder Oleg hinter dem Zielfernrohr gelauert hatten. Wir hatten kaum einen Blick auf den Mann werfen können, bevor er in sein Auto gesprungen und davongebraust war. Seiner Maske hatte er es zu verdanken, dass wir absolut nichts von seinem Gesicht hatten erkennen können.

Zuerst fuhr ich zu Nicky. Jetzt, wo in den

Nachrichten permanent über Clarissa Berens' Entführung berichtet wurde, war sie noch panischer als bisher. Nachdem ich ihr versichert hatte, dass wir unser Bestes taten, Abigail zu finden, befragte ich sie zu den anderen vermissten Frauen. Ich zeigte ihr Fotos von allen acht unserer Opfer, aber sie erkannte kein einziges.

„Hat Abigail jemals die Monthly Stay Condos erwähnt?"

Nicky erstarrte und sah mich an, als hätte sie einen Geist gesehen. Sie blinzelte. „Was?"

„Die Monthly Stay Condos. Klingelt da was?" Aufgrund ihrer Reaktion wusste ich, dass es das tat.

„Ja." Sie nickte mehrmals. „Dort hat sie gewohnt."

„Auf der Kreditkartenabrechnung schien nichts auf."

„Keine Ahnung. Vielleicht hat sie bar bezahlt."

„Hatte sie denn viel Bargeld?"

Nicky zuckte die Schultern. „Viele Jobs werden bar bezahlt. Babysitting, Hundespaziergänge, Lieferservice auch oft. Abby hatte immer einen Stapel Scheine bei sich. So war es einfacher für sie, den Überblick darüber zu bewahren, wie viel sie hatte. Ihr Einkommen war schließlich nicht besonders stabil."

„Hat Abigail jemals die Namen Dmitri, Oleg oder Ivan erwähnt?"

„Nicht, dass ich wüsste."

Ich blätterte durch die Fotos, die ich mitgebracht hatte, aber daran, weitere Unterlagen aus den FBI-Akten mitzubringen, hatte ich nicht gedacht. „Würde es Ihnen etwas ausmachen, mit mir aufs Revier zu fahren, um ein paar weitere Fragen zu beantworten?"

„Es ist wichtig, oder?"

„Das ist es", versicherte ich ihr.

„Okay." Nicky sah auf die Uhr. „Ich muss nur jemanden auftreiben, der für mich einspringt. Können

Sie ein paar Minuten warten?“

„Sicher.“

Nicky löste das Ladekabel von ihrem Handy und wählte eine Nummer. Während sie es tat, starrte ich aus ihrem Küchenfenster. Sie lebte in einer kleinen Wohnung, noch kleiner als die Zimmer im Motel. Von den Dingen, die sie mir bisher erzählt hatte, wusste ich, dass sie es zutiefst bereute, Abigail nicht bei sich wohnen zu lassen. Sie fühlte sich verantwortlich dafür, ihrer Freundin nicht geholfen zu haben. Vielleicht, wenn Abigail nicht so knapp bei Kasse gewesen wäre, hätte sie Keith Richardson niemals kennengelernt.

Nach einem kurzen Gespräch mit einem Kollegen legte sie auf und drehte sich zu mir um. „Denken Sie, dass Abby noch lebt? In den Nachrichten haben sie gesagt, die ersten vierundzwanzig Stunden seien entscheidend, um das Opfer zu finden.“

„Glauben Sie nicht alles, was Sie im Fernsehen hören.“

Sie lächelte traurig. „Sie haben meine Frage nicht beantwortet, Detective DeMarco.“

„Ich weiß es nicht, aber ich verspreche, dass ich nicht aufhören werde, nach ihr zu suchen.“

Sie sah mich lange und durchdringend an. „Jeder Cop, mit dem ich bisher über Abby geredet habe, sagt dasselbe, aber Sie sind die Erste, der ich es glaube. Ihnen und Ihrem Partner.“ Sie überlegte. „Franklin?“

„Fennel.“

„Ach ja, richtig. Tut mir leid.“ Sie bedeutete mir, voranzugehen, und nahm sich einen Moment, um das Riegelschloss zu versperren. „In dieser Gegend kann man nicht vorsichtig genug sein. Nirgendwo, genau genommen. Und ich glaube, ich habe Abby noch dafür aufgezogen, dass sie übervorsichtig ist.“ Sie folgte mir zum Wagen und schnallte sich an. „Eigentlich hätte es mich treffen sollen."

„Wieso sagen Sie das?"

Sie zuckte mit den Schultern. „Ich war früher total wild. Abgedrehte Wohnheimpartys. Die Nächte durchfeiern. In Clubs gehen. Sex mit wildfremden Männern. Sie wissen schon. All die Dinge, vor denen Eltern ihre Töchter von klein auf warnen. Als ich Abigail kennenlernte, wollte sie nie ausgehen. Ich musste sie regelrecht in die Bars schleppen. Ich habe ihr immer gesagt, sie soll ein bisschen mehr leben."

Während der restlichen Fahrt schwieg ich und ließ Nicky reden. Ich hoffte, dass sie etwas Nützliches von sich geben würde. Sie war mittlerweile mehrere Male befragt worden, seit sie Abigail als vermisst gemeldet hatte, aber die Monthly Stay Condos hatte sie noch nie erwähnt. Es war also möglich, dass sie noch mehr Informationen hatte, mit denen sie bisher nicht herausgerückt war.

Als wir im Revier ankamen, war die Liste von Fragen, die ich stellen wollte, sehr lang geworden. Ich ließ sie auf der Couch im Pausenraum warten, in der Hoffnung, dass sie sich dort wohlfühlte und es sie ermutigen würde, offen und ehrlich zu sein. Dann bat ich einen Officer, ein Auge auf sie zu haben, während ich zu meinem Schreibtisch ging, um ein paar Sachen zu holen.

„DeMarco." Grayson kam aus seinem Büro. „Was tun Sie noch hier?"

„Ich bin gerade erst zurückgekommen."

„Sind Sie denn schon fertig?"

Die Frage ergab keinen Sinn. „Wovon sprechen Sie, Sir?"

„Das Krankenhaus hat angerufen. Dmitri ist aufgewacht. Agent Peters ist auf dem Weg zu ihm. Er hätte Sie anrufen sollen."

„Scheiße." Ich widerstand dem Drang, sofort aus

dem Büro zu rennen. „Ich habe gerade Nicky hergebracht, damit sie mir noch ein paar Fragen beantwortet. Sie sagte, Abigail Booker habe in den Monthly Stay Condos gewohnt.“ Mein Gehirn arbeitete auf Hochtouren. „Hey Mac, hast du eine Minute?“ Ich sah zurück zum Captain. „Ich kümmere mich darum, Sir.“

Mac hörte auf zu tippen und sah mich fragend an. „Was brauchst du?“

Ich gab ihr eine Kurzfassung der Ereignisse. Normalerweise hätte ich Loyola oder Sullivan gebeten, einzuspringen, aber die saßen im Motel. Und der Rest unserer Einheit war damit beschäftigt, nach weiteren Hinweisen zu suchen. Außerdem war Mac mit Abstand die netteste Person hier. Ich erklärte ihr also, was los war, schrieb hastig eine Liste mit Fragen auf, schnappte mir den nächsten uniformierten Kollegen und führte beide in den Pausenraum. Nachdem ich alle einander vorgestellt und mich hastig entschuldigt hatte, raste ich zum Krankenhaus. Niemand wusste, wie lang Dmitri bei Bewusstsein bleiben würde, aber er hatte Antworten. Und ich war fest entschlossen, sie aus ihm herauszubekommen.

Vierundzwanzig

„DeMarco“, nickte Agent Peters zur Begrüßung, „ich war nicht sicher, ob Sie kommen würden.“

„Es hätte geholfen, wenn Sie angerufen hätten.“

Der FBI-Agent ließ sich nichts anmerken. „Er redet nicht. Er tut, als würde er kein Englisch sprechen. Ein Dolmetscher ist auf dem Weg.“

„Und Sie glauben, dass das etwas ändern wird?“, fragte ich.

„Nein.“

Ich sah zu, wie eine Frau in einem weißen Kittel dem Officer an der Tür vor Dmitris Zimmer ihren Ausweis zeigte, bevor sie eintrat, seine Vitalfunktionen prüfte, eine Taste auf einem Bildschirm drückte und wieder herauskam. „Wie geht es ihm?“, erkundigte ich mich.

„Er ist vorerst stabil. Die Schwellung seines Gehirns ist ein wenig abgeklungen, also haben wir ihn aufwachen lassen.“

„Hat sein Gehirn bleibende Schäden davongetragen?“

„Das ist sehr gut möglich. Aber es ist noch zu früh,

um das Ausmaß zu bestimmen“, antwortete sie.

„Danke.“ Ich sah ihr hinterher, als sie den Korridor entlangging. „Dolmetscher oder nicht, das wird wohl keinen Unterschied machen. Sein Hirn könnte Brei sein.“

Peters starrte in das Krankenzimmer. „Er tut nur so.“

„Wo haben Sie denn Ihr Medizinstudium gemacht?“

Der FBI-Agent gluckste. „Sie werden schon sehen.“

Als der Dolmetscher ankam, gingen wir gemeinsam zu Dmitri hinein. Trotz der Verbände und Röhrchen hatte das Arschloch immer noch Kampfgeist in den Augen. Er glaubte wirklich, er hätte uns bei den Eiern.

Die nächste Stunde lang nahm ich Dmitri hart in die Mangel, aber er beantwortete keine einzige meiner Fragen. Auch nicht, als der Dolmetscher sie ihm stellte. Noch nie zuvor hatte ich mir gewünscht, ein Geständnis aus einem Menschen herausprügeln zu dürfen. Aber jetzt musste ich jedes letzte Quäntchen Selbstbeherrschung zusammenkratzen, um ihm nicht an die Gurgel zu gehen. Ich beschimpfte ihn, doch das Einzige, was es mir einbrachte, war ein amüsiertes Funkeln in seinen Augen. Er verstand ganz genau, was ich sagte, und er hatte seinen gottverdammten Spaß mit mir.

„Du dreckiges Arschloch.“ Ich stürzte mich auf ihn, aber Peters zerrte mich zurück, bevor ich echten Schaden anrichten konnte.

„DeMarco, gehen Sie spazieren. Ich will ihn auch drankriegen, aber nicht so. Ich übernehme ab hier. Ich bringe ihn schon noch zum Reden.“ Peters nickte in Richtung Tür.

Ich trat hinaus und schlurfte den Korridor entlang. Auszurasten war nicht okay, und schon gar nicht im Beisein eines FBI-Agenten. Captain Grayson würde mir dafür die Leviten lesen, aber darüber konnte ich mir jetzt gerade nicht den Kopf zerbrechen.

„Liv?“ Es war Emma, die überrascht war, mich zu sehen. „Was tust du denn hier?“

Ich hob den Blick. Mir war gar nicht aufgefallen, dass ich von der Intensivstation in die Notaufnahme gewandert war. „Nur einen Verdächtigen befragen.“ Ich lehnte mich an den Tresen der Schwesternstation. „Kannst du mir sagen, wie es Martha geht?“

„Martha?“ Em fing an, den Namen einzutippen.

„Martha Evans. Wir haben sie vor zwei Tagen reingebracht. Schusswunde in den Bauchraum.“

Emma drückte noch ein paar Tasten. „Ihr Zustand ist immer noch kritisch.“

„Kann ich sie besuchen? Bitte.“

Em sah sich um und nannte mir ihre Zimmernummer. „Von mir hast du das aber nicht.“

Ich tat so, als würde ich den Reißverschluss an meinen Lippen zuziehen, und schlenderte den Weg zurück, den ich gekommen war. Krankenhauspersonal machte sich im Normalfall nichts aus Dienstmarken. Ihre Priorität war es, Patienten zu behandeln, und da einer davon unter Polizeischutz stand und ein zweiter ein Verbrecher war, ließen sie mich ohne viel Aufhebens in Marthas Zimmer.

Ich setzte mich an ihr Bett und betrachtete die Monitore. Ihre Werte sahen nicht so schlecht aus. Ich nahm ihre Hand und drückte sie. „Es tut mir so leid, was passiert ist. Und es tut mir leid, dass wir Sie nicht rechtzeitig gefunden haben.“

Mit geschlossenen Augen beschwor ich sie, ihre Verletzungen zu überleben. Wie Fennel immer sagte, *wir haben uns geschworen, niemanden mehr zu verlieren*. Leider war das in unserem Beruf eine Illusion, egal, wie sehr er sich auch wünschte, dass es anders wäre.

Der Officer, der draußen Wache hielt, öffnete die Tür. „Detective, Sie sollten jetzt los. Die Schwester macht ihre Visite.“

Ich ließ Marthas Hand los. Just in diesem Moment wimmerte sie auf. „Warten Sie.“

Sofort nahm ich ihre Hand wieder in meine und hielt sie fest umklammert. „Ich bin hier. Liv.“

Ihre Augenlider zuckten, aber sie konnte sie nicht offenhalten. Der Officer in der Tür blieb wie angewurzelt stehen. „Liv?“

„Ich bin von der Polizei. Ich war in dem Haus bei Ihnen. Erinnern Sie sich?“

Sie drückte meine Hand fester. „Die anderen?“

„Wo sind sie?“, fragte ich.

Ihre Augen schlossen sich und wurden still.

„Martha, hey, Claudia hatte die Schlüsselkarte eines Motels. Können Sie mir etwas darüber sagen? Waren Sie auch dort? Welches Zimmer?“

„107“, flüsterte sie und ihre Stimme verhallte, als sie das Bewusstsein verlor.

„Martha?“ Ich drückte ihre Hand, aber sie reagierte nicht mehr.

„Sie hat 107 gesagt“, schaltete sich der Officer ein.

„Ich bin so froh, dass Sie es gehört haben.“ Ich sah zu Martha hinab. „Danke, Martha.“

Als ich aus dem Zimmer trat, kam die Schwester den Flur entlang. „Was denken Sie, was Sie da tun? Keine Besucher.“

„Tut mir leid.“

„Wie heißen Sie?“ Sie starrte auf meine Marke. „Ich werde Beschwerde gegen Sie einreichen.“

„Machen Sie nur.“ Ich holte mein Handy aus der Tasche. Bevor ich jedoch im Büro des Staatsanwalts anrufen konnte, um den Durchsuchungsbefehl anzufordern, hörte ich hinter mir lautstark Schritte durch den Korridor hallen. Ich presste mich gegen die

Wand, als eine Handvoll medizinischen Personals an mir vorbeirannte. Als mir klar wurde, wohin sie liefen, fluchte ich und hetzte ihnen hinterher. „Was zur Hölle ist passiert?“, fragte ich, als sie Peters aus dem Zimmer schoben.

„Ich weiß es nicht. Im einen Moment hatte er noch diesen arroganten Ausdruck im Gesicht und im nächsten war es vorbei mit ihm.“ Peters stemmte die Hände in die Hüften und starrte durch die offene Tür, während die Ärzte erfolglos versuchten, Dmitri Barkhoff wiederzubeleben.

Nachdem sie den Zeitpunkt des Todes verkündet hatten, wandte ich mich ab. Ein leiser Zweifel regte sich klammheimlich in meinem Hinterkopf. Hatte Peters Dmitri etwas angetan? Ich sah mich um. „Wo ist der Dolmetscher?“

Peters sah mich verwundert an. „Keine Ahnung.“

Ich wich einen Schritt zurück. „Sie haben die Sache verbockt. Sie werden sie richten.“ Ohne auf eine Antwort zu warten, stürmte ich aus dem Krankenhaus. Martha hatte uns genug gegeben, um eine Hausdurchsuchung im Motel durchzubringen. Wir würden diesen Machenschaften heute ein Ende setzen. Niemand würde mehr sterben.

Fünfundzwanzig

Er wartete, bis der Alarm des Hauptmonitors losging, bevor er sich zurückzog. Er hätte schon viel früher die Initiative ergreifen sollen. Es war ein Fehler gewesen, Keith und die anderen mit der Arbeit zu betrauen. Aber er hatte seine Lektion gelernt. Von jetzt an würde er die Dinge selbst in die Hand nehmen. Eigentlich hatte er sich die Hände nie schmutzig machen wollen, aber nun stellte er fest, dass er es durchaus genoss, die Kontrolle zu haben.

Nachdem der Detective das Krankenhaus verlassen hatte, war die Luft rein. Er duckte sich durch einen Nebeneingang hinaus und griff nach seinem Telefon. „Dmitri ist tot. An Komplikationen gestorben. Die Polizei ist schuld. Sorgen Sie dafür, dass Ihr Boss das erfährt."

Oleg antwortete nicht. Stattdessen starrte er in die Käfige und versuchte zu entscheiden, welche der Frauen er gern nehmen würde. „Nach der Auktion bin ich weg. Ivan trifft alle Vorkehrungen."

„Was ist mit den Mädchen im Motel?"

„Die sind Ihr Problem. Sie haben sie gefunden. Sie

haben sie hergebracht. Sie kümmern sich um sie."

Er dachte an den Stapel Visa und Reisepässe, die er in einem Safe aufbewahrte. Die meisten der Frauen im Stall waren aus Übersee gekommen. Sobald sie ihm begegnet waren, hatte er sie zu seinen Gefangenen gemacht, indem er ihnen ihre Papiere wegnahm. So konnten sie nirgendwohin und sie konnten auch nicht arbeiten. Sie waren von ihm abhängig – und von den falschen Versprechungen, die er ihnen machte. Und die Mädchen aus der Gegend, die freiwillig auf der gepunkteten Linie unterschrieben hatten, blieben bei ihm, weil das, was er ihnen anbot, viel besser war als alles, was sie vor ihm gehabt hatten. Die paar wenigen, die Probleme machten, wie die Studentin und Clarissa Berens, sperrte er in Käfige. Heute Nacht würde er die Problemfälle abladen und wenn sie sich nicht verkauften, würde er sie eben anders loswerden.

„Wer ist bei den Mädchen im Motel?", fragte er.

„Niemand."

„Wie viele haben es zum Auktionshaus geschafft?"

Oleg sah wieder in die Käfige. „Sechs."

Es hätten acht sein sollen. Eine lag im Krankenhaus, stand aber unter Polizeischutz. Niemand, der nicht auf der Liste stand, durfte zu ihr. Er warf einen Blick auf den Haupteingang des Krankenhauses. Es war das Risiko nicht wert. „Die Unterhaltung sollte bald eintreffen. Ich habe einen Begleitservice engagiert, der sich um jeden Wunsch der Käufer kümmern wird. Sehen Sie zu, dass alles sicher ist. Wir wollen doch nicht, dass ungebetene Gäste uns die Party verderben."

„Da." Oleg griff in den Käfig und streichelte mit den Fingern über die Haare des Mädchens. Sie zuckte zurück und sah ihn finster an.

Er legte auf, rief bei der Fluggesellschaft an und

buchte zwei Plätze. Der Russe hatte recht, es war zu riskant. Er und seine Frau brauchten einen ausgedehnten Urlaub, bis sich die Lage beruhigt hatte. Sie würden morgen früh abreisen und alles Geld mitnehmen, das er heute Nacht machte.

* * *

„Behaltet ihn im Auge“, beorderte ich und nickte zum Rezeptionisten, der sich weigerte, den Untersuchungsbeschluss anzuerkennen, aber eine gerichtliche Anordnung übertrumpfte all seine Proteste. Zwei uniformierte Kollegen blieben in der Lobby, während Miller seinen Boss anrief. „Fennel traut ihm nicht.“

Ich sah zu, wie weitere Officers die sechs Frauen aus Zimmer 107 zu einem abgelegenen Teil des Parkplatzes führten. Bis die Durchsuchung abgeschlossen war, gingen sie nirgendwo hin. Bisher hatte keine einzige der Frauen einen Ausweis vorweisen können. Ich sah mich um, konnte aber keine finster dreinblickenden Männer ausmachen. Hätten sie die Frauen nicht an einem sicheren Ort einsperren müssen, wenn sie wirklich für einen Menschenhändlerring arbeiteten?

Neben einem der Cruiser stand die weinende Frau, die ich bei meinem ersten Erkundungsgang durchs Motel angetroffen hatte. Wenigstens war sie nicht weggebracht worden und hatte aufgehört zu weinen, allerdings sah sie nun zu Tode verängstigt aus. Sie war kreidebleich und ihre Augen huschten nervös umher, während sie leicht zitterte. Zwei ihrer Freundinnen flankierten sie, fuhren ihr mit den Händen über die Arme und versuchten, sie zu trösten und zu wärmen.

Ich näherte mich der Gruppe. Zum Glück erkannte mich keine von ihnen in meiner taktischen

Ausrüstung und mit der Sturmmaske auf dem Kopf. „Geht es ihr gut?“, fragte ich den Officer, der die Gruppe bewachte. Er zuckte nur die Achseln und ich schnaubte. „Halten Sie die Augen offen. Etwas hat ihr eine Heidenangst eingejagt.“

Einige der Motelgäste kamen aus ihren Zimmern, um zu sehen, was los war. Unter ihnen entdeckte ich auch Shana und ein paar der anderen vermeintlichen Models. „Hey“, raunte ich einem der Officer zu, die neben mir standen, „gehen Sie rauf und fragen Sie die Frauen nach Ausweisen. Ich weiß aus sicherer Quelle, dass sie nicht die nötigen Aufenthaltsgenehmigungen haben.“

„Ihnen ist aber klar, dass das hier eine Zufluchtsstadt ist, oder?“

„Ich sage ja nicht, dass Sie die Einwanderungsbehörde anrufen sollen oder dass es illegal ist. Ich bitte Sie nur, ein paar Fakten zu prüfen. Wenn ein Verbrechen begangen wird, ist es Ihre Aufgabe, alles zu tun, um es zu verhindern.“ Ich bewegte mich auf dünnem Eis. „Und halten Sie Ausschau nach einem Kerl namens Ivan. Wir müssen ihn aufs Revier bringen. Lassen Sie sich eine Begründung einfallen.“

Der Officer nickte und ging die Treppe hinauf zu seinen Kollegen, die ihr Bestes taten, um die Schaulustigen zurück in ihre Zimmer zu bringen, während wir mit unserer Razzia weitermachten. Fennel hielt am Rand des Parkplatzes und stieg aus. Ich winkte ihn zu mir und er musste zweimal hinsehen.

„Liv?“

„Jepp.“

„Siehst gut aus.“

Sobald wir die Freigabe per Funk erhielten, betraten Brad und ich Zimmer 107. Die zwei

Doppelbetten waren durcheinander und das Ausziehsofa war ausgeklappt. Ein paar Koffer und Rucksäcke standen in den Ecken. Obwohl das Zimmer rein rechnerisch Platz für sechs Personen bot, war es verdammt eng hier drin.

„Ich fange hier drüben an." Sobald ich das Bad betrat, bereute ich meine Entscheidung.

Der Waschtisch war nicht einmal sichtbar, so viele Fläschchen, Döschen und Tuben standen herum. Ich rollte meine Sturmmaske hoch, damit ich besser sehen und atmen konnte, und fing in einer Ecke an. Wir brauchten Beweise dafür, dass Martha oder Claudia in diesem Zimmer gewesen waren. Die Officers draußen nahmen Aussagen auf, stellten den Frauen Fragen und zeigten ihnen Fotos. Wir standen so knapp davor, den Fall zu lösen. Wir brauchten nur ein wenig Hilfe von den Frauen, aber von dem, was ich gesehen hatte, hatten sie vor uns mehr Angst als vor demjenigen, der für die Entführungen und Morde verantwortlich war.

Nachdem ich im Bad fertig war, ging ich zurück in den Schlafbereich und öffnete die erste Tür. „Noch mehr Taschen."

„Dabei sind sie mit leichtem Gepäck gereist", witzelte Brad aus dem anderen Zimmer.

Ich hockte mich hin und öffnete den ersten Reißverschluss. Die Tasche enthielt nur lebensnotwendige Dinge. Ich suchte nach Gepäckanhängern oder einem Ausweis, fand aber nichts dergleichen. Also warf ich die Tasche beiseite und schnappte mir die nächste. Und die nächste. Ich war gerade damit fertig, die dritte Tasche zu durchsuchen, als mir ein kleiner Koffer mit Rollen auffiel. Ich zog ihn heraus. Er war verschlossen. Der Untersuchungsbeschluss beinhaltete den Raum und alles, was darin verwahrt wurde. Das Schloss war mein kleinstes Problem.

Ich knackte es mit dem Bolzenschneider und zog den Reißverschluss auf. Das Ledertäschchen, das mir entgegenfiel, zog ich heraus. Als ich es öffnete, starrte ich auf eine perfekte Kopie einer FBI-Dienstmarke und die dazu passenden Ausweise mit Passfotos.

„Ich habe etwas!“, rief ich.

Eine Sekunde später stand Fennel neben mir und ich hielt die gefälschte Marke hoch. Er nahm sie in die Hand, die in einem Handschuh steckte, und sah sich das Foto auf dem Ausweis an. „Laurel, oder sollte ich sagen, Oleg Vorshkovich?“

„Und hier haben wir Hardy aka Dmitri Barkhoff.“ Ich hielt den zweiten Ausweis hoch. Ein tiefer Griff in den Koffer förderte eine Auswahl an Uniformen, weitere gefälschte Ausweise und anderes Zubehör zutage. „Was hältst du davon?“ Ich hielt einen Ärztekittel und einen Labormantel hoch. „Sieh dir mal an, was auf dem Etikett steht.“

Brad legte die gefälschten Marken zur Seite und sah sich die Kleidungsstücke an. „Eigentum des Breckenridge Gemeindetheaters.“ Er verengte die Augen. „Das ist doch dasselbe Theater, in dem Lyla aufgetreten ist.“

„Das ist doch kein Zufall.“ Ich kramte in der Tasche und fand immer mehr Requisiten und Kostüme.

Dank der konkreten Spur und der offensichtlichen Verbindung konnten die Officers draußen die sechs Frauen verhaften. Sie wurden auf die Rückbänke von drei Cruisern gesetzt und aufs Revier gefahren. Dort wären sie zumindest in Sicherheit.

Fennel und ich setzten unsere Suche nach weiteren Beweisen und hilfreichen Gegenständen im Zimmer fort. „Berlin?“

„Das war die kleine Schneekugel, die wir neben Jane Doe gefunden haben.“

Er hielt einen Stoffbeutel hoch, auf den das Wort *Berlin* gestickt worden war. Er leerte den Beutel aus und brachte eine Geldbörse zum Vorschein. „Kein Ausweis." Aber ein Foto. Er zog es heraus und im nächsten Moment wanderten Traurigkeit und Wut über sein Gesicht.

„Was denn?"

„Vielleicht ein Familienfoto?"

Ich nahm ihm das Foto aus der Hand und betrachtete es. Jane Doe und eine Frau, die wie eine ältere, stämmigere Version von ihr aussah, strahlten gemeinsam in die Kamera. Jane Doe trug ein rosa Trikot und ein passendes Tanztop. Die Frau, von der ich annahm, dass sie ihre Mutter war, hielt einen Strauß Rosen.

„Sie war Tänzerin." Ich drehte das Foto um, aber es stand nichts auf der Rückseite. So zerknittert und vergilbt wie es war, hatte Jane Doe das Foto lange Zeit mit sich herumgetragen. „Vielleicht kann Mac vom Hintergrund auf irgendetwas schließen."

„Ja, vielleicht." Fennel klang nicht überzeugt. „Aber das ist unser Beweis. Jane Doe war hier. Diese Dreckskerle, die sie entführt und vermutlich ermordet haben, waren hier." Er sah aus dem Fenster, aber die Frauen waren bereits weg. „Eine von ihnen weiß, was passiert ist."

„Sie waren nicht die Einzigen, die hier waren. Martha und Claudia müssen auch irgendwann hier gewohnt haben."

Brad durchsuchte den letzten Koffer und zog sich die Handschuhe von den Fingern. Er stopfte sie in seine Hosentasche, stürmte aus dem Zimmer und geradewegs zum Büro des Motels. Ein Officer kam ins Zimmer, um mir seine Hilfe anzubieten, und ich sagte ihm, dass wir fertig waren und die Spurensicherung hier drin gebraucht wurde. Dann zog ich mir die

Sturmmaske wieder übers Gesicht und ging hinaus, in der Hoffnung, dass mein Partner nichts Dummes tat, was ihm eine Suspendierung einbringen würde.

„Detective." Ein Officer hielt mich auf, bevor ich Brad folgen konnte. „Sie hatten recht. Die Frauen oben in der 205 hatten keine Ausweise bei sich. Manche haben einen Akzent. Ich habe nach ihren Reisepässen gefragt, aber auch die konnten sie mir nicht zeigen. Allerdings stehen offene Flaschen mit Alkohol herum und sie können nicht beweisen, dass sie volljährig sind. Wir können sie also mitnehmen, bis wir ihr Alter feststellen können. Es ist nicht viel, aber ..."

„Was ist mit Ivan?"

Er schüttelte den Kopf. „Keine Männer weit und breit."

„Gut. Bringen Sie sie aufs Revier. Sobald wir wissen, wer sie sind, kommen wir mit einem neuen Durchsuchungsbefehl zurück." Aus dem Augenwinkel sah ich, wie Fennel mit der flachen Hand auf den Tresen schlug. „Ich muss jetzt weiter." Im Laufschritt überquerte ich den Parkplatz und stürmte ins Büro.

„Wie kann ich sicher sein, dass Sie nicht dafür verantwortlich sind?", fragte Fennel gerade. „Die Gästenamen in Ihren Akten sind absoluter Schwachsinn und Sie weigern sich, mit uns zu kooperieren. Wir haben bereits zwei tote Frauen gefunden. Und eine dritte liegt im Krankenhaus. Das sind schon einmal drei Verbrechen. Und das ist erst der Anfang, denn die Entführungen zähle ich noch gar nicht mit. Ich gebe Ihnen noch eine Minute, um über Ihre Antwort nachzudenken. Vielleicht fällt Ihnen ja doch noch etwas ein." Brad wartete.

Ich blieb an der Tür stehen und gab mein Bestes, bedrohlich auszusehen, was mir dadurch erleichtert wurde, dass ich von Kopf bis Fuß in taktischer

Ausrüstung steckte. Der Mann hinter dem Tresen sah erst mich an, dann wanderte sein Blick zu einer Glastür auf der anderen Seite des Büros. Er wollte türmen.

„Tun Sie es und ich füge Flucht vom Tatort und Widersetzung bei der Festnahme zu der langen Liste hinzu." Brad warf ihm einen herausfordernden Blick zu.

„Also schön." Der Mann drehte den vorsintflutlichen Röhrenmonitor in unsere Richtung und legte die Computermaus auf den Tresen. „Das sind unsere Aufzeichnungen. Sehen Sie sich alles an. Wie ich schon sagte. Ich weiß nicht, wer das Zimmer gemietet hat. Da steht nur Vollvermietung. So siehts aus. Mehr habe ich nicht."

„Das bezweifle ich." Fennel druckte zur Sicherheit das gesamte Gästeverzeichnis aus. Wir hatten alles – Namen, Firmen, Fahrzeuge, Anzahl der Gäste, Kosten. Ich nahm den Stapel Zettel und überflog die Liste, aber leider waren es dieselben Daten, die wir schon erhalten hatten, als wir mit dem Gerichtsbeschluss aufgetaucht waren. „Was ist mit den Gästen, die hier nicht drinstehen?"

Miller griff unter den Tresen und zog ein dickes gelbes Buch hervor. Er schlug Brad damit ins Gesicht und rannte zur Seitentür. Brad erwischte ihn jedoch und rang ihn zu Boden, bevor er es aus der Lobby geschafft hatte. Ich hob das Telefonbuch auf.

„Ihnen ist klar, dass Cops dafür bekannt sind, unkooperative Verdächtige mit Telefonbüchern zu schlagen. Wollten Sie uns etwa Tipps geben, wie wir unseren Job machen sollen?", witzelte ich.

Der Mann brodelte vor Wut, als Brad ihn in Handschellen legte. „Du kannst mich mal, Schlampe."

Brad und ich tauschten Blicke aus. Bevor wir unseren Verdächtigen abführen konnten, hatten sich schon ein paar Zimmermädchen in der Lobby versammelt, um zu sehen, was los war. Ich befragte sie, während Brad den Mann an einen Officer übergab. Wenn es so weiterging, gingen uns bald die Streifenwagen aus.

Sechsundzwanzig

Die gefundenen Beweismittel und das Verhalten des Rezeptionisten veranlassten uns, das Motel zu schließen. Die Gäste wurden gebeten, vorübergehend andere Unterkünfte zu finden, und zusätzliche Gerichtsbeschlüsse waren in Arbeit. Auf dem Dezernat summte es wie in einem Bienenstock, denn alle packten mit an. Unsere Haftzellen waren voll und alle Verhörräume belegt. Officers hielten vor jedem einzelnen Raum Wache. Die Frauen dachten, wir hätten es auf sie abgesehen. Ihnen war nicht klar, dass wir sie eigentlich beschützten.

„Sie wissen nicht, was los ist“, sagte ich. „Shana denkt, dass die Menschenschieber sie für Jobs casten und dass die anderen verschwunden sind, weil sie bereits ihren großen Durchbruch hatten.“

„Komm mit“, sagte Fennel und schob mich in Richtung Wagen, „wir müssen uns beeilen. Sobald die Typen ins Hotel zurückkommen, wird ihnen klar werden, dass sie aufgeflogen sind. Wir müssen schnell handeln. Was wir brauchen, sind Informationen, aufgrund derer wir sie belangen können, und jetzt gerade ist das Gemeindezentrum der beste Ort, um welche zu finden."

„Gemeindetheater. Gemeindezentrum", brummte ich frustriert. „Das sind Orte, an denen Menschen sicher sein sollten, und keine Selbstbedienungsläden für Menschenschieber." Ich zog meine Schlüssel aus der Tasche und kletterte in meinen Wagen. Brad schlug mit der flachen Hand zweimal gegen die Fahrertür, bevor er in seinen eigenen Cruiser stieg.

Ein paar Minuten später parkte ich auf dem Lieferantenparkplatz hinter dem Gebäude. Zwei Vans hatten die Warnblinker an und ich sah David Hennen, der etwas aus einem davon auslud. Ich stieg aus, gerade als Brad diagonal vor den zwei Vans parkte, um sie daran zu hindern, wegzufahren.

„Mr. Hennen", rief ich und hielt meine Marke hoch. „Ich brauche eine Minute Ihrer Zeit."

Er stellte die schwere Kiste ab und klopfte sich den Staub von den Händen. „Was kann ich für Sie tun, Officer?"

„Detective DeMarco", korrigierte ich ihn.

„Würde es Ihnen was ausmachen, mitanzupacken, Detective?", fragte er und setzte dazu an, die Kiste wieder hochzuheben.

„Das würde es."

Hennen ignorierte mich und marschierte ins Gebäude. Fennel überprüfte das Fahrzeug und ich folgte Hennen wachsam hinein und bestand darauf, dass er stehenblieb, die Kiste abstellte und sich langsam zu mir umdrehte. Nach dem unvermeidlichen Protest seufzte er und gehorchte.

„Was machen Sie da?", fragte ich.

„Ich stelle etwas zu. Ein paar der Kinder in der Nachmittagsbetreuung helfen mit den Bühnenbildern." Er öffnete die Kiste und zum Vorschein kamen Kunstmaterialien.

„Tun Sie das öfters?“

„Wann immer wir Spenden erhalten.“ Hennens Blick wanderte hinter mich, als mein Partner das Gebäude betrat. „Das hier ist Belästigung, die schon an Stalking grenzt. Sie beide verletzen meine Rechte als Bürger dieser Stadt. Ich will mit Ihrem Vorgesetzten sprechen.“

„David Hennen, Sie sind verhaftet“, sagte Fennel und überraschte auch mich damit. „Sie können mit unserem Captain sprechen, wenn Sie in einer unserer Zellen sitzen. Drehen Sie sich um und überkreuzen Sie die Hände hinter dem Rücken.“

„Mit welcher Begründung?“, ließ Hennen nicht locker.

Brad hielt einen Handschuh in der Hand, das Latex hüllte einen Studentenausweis ein. Lyla James' Studentenausweis. „Den habe ich auf der Ladefläche Ihres Vans gefunden.“

Hennen starrte darauf, rührte sich aber nicht. Fennel brauchte nur wenige Schritte, um sich vor ihm aufzubauen, drehte ihn herum und legte ihm Handschellen an. Er führte ihn aus dem Gebäude und verlas ihm seine Rechte auf dem Weg zum Cruiser. Sobald Hennen auf der Rückbank saß, drehte sich Brad zu mir um.

Ich starrte auf die offenen Türen des Vans.

„Der Ausweis lag einfach so da drin. Genau hier.“ Fennel deutete auf die Stelle. „Die Zentrale ist bereits informiert. Wir beschlagnahmen den Van.“ Er warf einen Blick auf den zweiten Van. „In dem hier habe ich nichts Verdächtiges gefunden, aber die Spurensicherung hat vielleicht mehr Glück. Wo ist der Fahrer?“

Ich entdeckte Jesse, den Mann, den ich beim AA-Meeting kennengelernt hatte. Er machte gerade eine Rauchpause an der Seite des Gebäudes. „Da drüben.“

Ich marschierte los. „Bring Hennen rein und sieh zu, dass wir ein paar gottverdammte Antworten bekommen."

Aber wie üblich wollte mein Partner mich nicht ohne Verstärkung losziehen lassen, und blieb neben dem Auto stehen, damit er eingreifen konnte, sollte die Situation es erfordern. Hoffentlich würde Jesse kein Problem darstellen.

„Jesse", rief ich und näherte mich ihm langsam von der Seite. Meine Hand ruhte ganz automatisch auf dem Griff meiner Waffe.

„Hey, dich kenne ich doch." Er lächelte. „Liza? Lidia?"

„Liv." Ich zeigte ihm meine Marke. „Detective Liv DeMarco."

„Kein Wunder, dass du mich ins Kreuzverhör genommen hast." Er lachte hell. „Sei ehrlich. Hast du überhaupt ein Alkoholproblem?"

„Nein, aber ich habe ein anderes sehr großes Problem. Und ich hoffe, dass du mir dabei helfen kannst."

Er dämpfte die Zigarette an der Backsteinwand aus. „Klar. Wie denn?"

„Ist das dein Van?", fragte ich und deutete hinter mich. „Bist du damit hergefahren?"

„Ich bin damit gefahren, aber er gehört mir nicht. Er gehört dem Gemeindezentrum. David hat mich gebeten, auszuhelfen."

„Womit genau?"

Jesse sagte mir dasselbe wie Hennen über ihre Fahrt zum Gemeindetheater. Während er redete, fuhr ein Streifenwagen auf den Parkplatz. Ich winkte Brad zu, dass alles okay war. Jesse beobachtete mich verunsichert.

„Was geht denn hier ab?"

Ich vertraute ihm nicht. Er könnte ein Komplize

sein. „Würde es dir was ausmachen, mir den Van und die Sachen zu zeigen, die du zustellst?“

„Klar, kein Problem.“

Ich wartete darauf, dass er voranging, und behielt ihn im Auge, für den Fall, dass er sich als Bedrohung herausstellte oder das Weite suchen wollte. Eine rasche Untersuchung des zweiten Vans brachte keine Beweise dafür zutage, dass Lyla oder eine der anderen vermissten Frauen sich darin aufgehalten hatten. Jesse öffnete die Kisten und ich benutzte die Spitze eines Kugelschreibers, um darin Gegenstände umherzuschieben, doch ich fand nichts außer Farben und Pinseln.

Zwei Abschleppwagen tauchten auf und die Vans wurden aufgeladen, nachdem Kollegen alle Türen versiegelt hatten. „Wo sind die Kisten, die du schon abgeladen hast?“

„Drinnen. Ich zeige sie dir.“ Jesse ging zur Tür und ich folgte ihm. Ein Officer blieb neben dem Hintereingang des Theaters stehen. „Hier drin.“ Jesse schaltete das Licht an und deutete auf den Lagerraum hinter der Bühne. „Wir haben sie da hinten hingestellt.“

Der Inhalt war derselbe wie in den übrigen Kisten. „Jesse, ich muss dich mit aufs Revier nehmen, damit du ein paar Fragen beantwortest. Solange du kooperierst, bekommst du keinen Ärger.“ Der letzte Teil könnte sich noch als Lüge herausstellen, abhängig davon, was er sagte, aber es könnte nicht schaden, meine Schäfchen ins Trockene zu bringen. Das Letzte, was ich brauchte, war, dass ein potenzieller Zeuge nur in Anwesenheit seines Anwalts aussagte.

Er warf einen Blick auf seine Uhr. „Wann?“

„Jetzt.“

„Jetzt muss ich eigentlich zur Arbeit.“

„Tut mir leid, aber die Sache kann nicht warten. Ich

verspreche, dass wir so schnell wie möglich fertig sind.“

Er überlegte kurz. „Worum geht es eigentlich?“

Bevor ich ihm eine Antwort geben konnte, hörte ich ein Quietschen aus dem Flur. Ich steckte den Kopf aus dem Lagerraum und sah, wie eine grauhaarige Frau eine Kleiderstange mit Kostümen den Flur hinunterschob. Eines der Räder quietschte wieder und ich zuckte zusammen. „Entschuldigen Sie“, rief ich ihr hinterher. Erschrocken fuhr sie hoch. „Ich bin von der Polizei. Wer sind Sie? Und was tun Sie da?“

Sie sah mich an, als ob die Frage ihr Gehirn noch nicht erreicht hätte. „Ich bin Gwen. Ich arbeite hier.“

„Was haben Sie da?“, fragte ich und deutete auf die Kleiderstange.

„Kostümspenden.“ Sie kam näher und sah Jesse hinter mir im Türrahmen lehnen. „Hi Jesse, hast du uns heute ein paar neue Schätze gebracht?“

„Nur Malsachen für die Kindertheatergruppe.“

Als er unsere Stimmen hörte, kam der Officer herein, um nachzusehen, was los war. „Detective?“

„Sind sie draußen fertig?“, fragte ich und er nickte. „Tun Sie mir einen Gefallen und bringen Sie Jesse aufs Revier. Sagen Sie Grayson, dass er wichtige Informationen für uns haben könnte. Fennel kennt die Details. Wir wollen, dass er so schnell wie möglich zur Arbeit fahren kann.“

„Ma’am?“

„Na los“, bekräftigte ich meine Worte. Dann wandte ich mich Jesse zu. „Ich will dich nicht länger als nötig aufhalten. Geh mit dem Officer. Wenn du fertig bist, wird dich jemand zur Arbeit fahren oder wo immer du hin willst.“

Er hob die Hände. „Ja, okay. Was solls.“

Die Frau stand mit offenem Mund da und sah uns zu. Als die zwei Männer weg waren, fand sie ihre

Sprache wieder. „Kann ich Ihre Dienstmarke sehen?“

„Sicher.“ Ich zog sie von meinem Gürtel und hielt sie ihr hin.

Sie musterte sie genau. „Die ist schwerer, als ich dachte. Die Requisiten, die wir hier verwenden, sind viel leichter. Sind ja auch nur aus Blech. Aber die hier liegt richtig gut in der Hand.“

„Was können Sie mir über Lyla James sagen?“, unterbrach ich ihren Monolog.

Verständnis machte sich auf ihrem Gesicht breit. „Oh. Dann haben Sie sie immer noch nicht gefunden? Als niemand mehr kam, um Fragen zu stellen, dachte ich, na ja, ich dachte eben, dass sie wohl schon gefunden wurde.“

„Noch nicht, Ma’am. Ich prüfe nur ein paar Hinweise. Was können Sie mir über diese Spenden sagen, die Sie erhalten haben? Ist Ihnen daran oder an den Zustellern etwas verdächtig vorgekommen?“

„Nein.“

„Was ist mit David Hennen?“

„David ist ein Goldschatz. Er ist großartig darin, von unseren Aufführungen zu erzählen und Spenden zu sammeln. Er schickt uns immer jemanden vom Gemeindezentrum, der die Sachen zustellt, obwohl wir dafür unsere eigenen Leute hätten.“

Die Personalliste des Theaters hatte ich mir schon angesehen. Die Vermisstenstelle hatte sie sich beschafft und alle Angestellten und freiwilligen Helfer überprüft, als sie Lylas Verschwinden untersucht hatten. Trotzdem war Lylas Ausweis irgendwie auf der Ladefläche des Vans gelandet.

„Hat Lyla auch Zustellungen gemacht? Jesse hat gesagt, sie hätte Poster im Gemeindezentrum aufgehängt?“

„Das wäre gut möglich. Sie liebt das Theater. Eine wahre Schauspielerin.“ Die Frau lächelte. „Ich habe den anderen Cops schon die Garderobe und die Bereiche hinter der Bühne gezeigt, aber Sie können sich gern überall umsehen, wenn es hilft."

Das bezweifelte ich und ich wollte nicht unnötig Zeit vergeuden. „Ist schon gut, sofern Lyla nicht einen Spind oder eine Abstellkammer hier hatte?"

„Sowas haben wir hier nicht, aber ich kann Ihnen zeigen, wo Lyla sich immer umgezogen hat."

Leider erklärte nichts, was sie sagte, wie Lylas Ausweis in dem Van gelandet war. Ich war mir sehr sicher, dass Lyla auf der Ladefläche gewesen war, vermutlich, als man sie entführt hatte, aber sofern die Spurensicherung dort kein Blut von ihr fand, blieben die Beweise mehr als fadenscheinig.

Ein glänzendes Kleid hing an einem Haken an der Wand, wo Lyla sich hinter einem Paravent umgezogen hatte. „Hat sie das getragen?"

„Ja, für die Tanznummer am Ende."

„Ziemlich teuer für ein Gemeindetheater, oder nicht?" Ich betrachtete das Designer-Label, aber es war keine billige Fälschung.

„Alles Spenden. Ich glaube, dieses hier kam von Rogers and Stein. Sie hatten eine Charity-Auktion und David konnte sie überreden, jede Menge Büromaterial und alte Sachen zu spenden, die sie nicht verkaufen konnten. Viele unserer Kostüme, die Requisiten auf der Bühne, Beleuchtung, Kameras, sogar die Vorhänge sind von Rogers and Stein. Sie haben gerade ihr Büro renoviert und uns alles gegeben." Sie öffnete die Schranktür, deutete auf Federboas, Dutzende von Masken und verschiedenste andere Dinge. „Ist das zu fassen, dass sie das alles von ihren Fotoshootings herumliegen hatten? Etwas Besseres als ihr Büroumbau hätte uns nicht passieren können."

„Was ist mit diesen hier?" Ich zeigte ihr Fotos von den Kostümen und gefälschten Marken, die ich in dem Motelzimmer gefunden hatte. „Woher sind die?“

„Das kann ich nicht genau sagen. Wir bekommen auch von anderen Firmen Spenden und es ist Geld da, um zu kaufen, was wir sonst noch brauchen. Viel ist es nicht, deshalb sind wir auch so dankbar für die Spenden.“ Sie sah sich die Marken genauer an. „Soweit ich weiß, haben wir die in keiner unserer bisherigen Produktionen benutzt. Normalerweise nehmen wir diese hier.“ Sie zeigte mir eine Reihe von Blechsternen. „Sind vielleicht nicht so authentisch, aber für das Publikum gut sichtbar. Diese hier wären zu klein.“

„Ja.“ Ich warf noch einen Blick auf das glänzende Kleid. „Rogers and Stein“, wiederholte ich. „Sie können mir nicht zufällig sagen, wer genau die Spenden geschickt hat?“

Sie schüttelte den Kopf. „Ich würde sagen, jemand aus der PR-Abteilung.“

„Ja, das dachte ich auch.“

Siebenundzwanzig

„Sie schon wieder?“ Der zickige Rezeptionist vom letzten Mal verdrehte die Augen, als er mich sah. „Was wollen Sie diesmal?“

„Mit demjenigen sprechen, der für die Spenden zuständig ist.“

„Spenden?“ Er tippte auf ein paar Tasten und murmelte: „Die haben Sie selbst doch am nötigsten.“ Mit einem falschen Lächeln fügte er laut hinzu: „Mr. Stein gibt alle Spenden frei, aber er ist diese Woche in unserem Büro in London. Sie werden wiederkommen müssen.“

„Okay, dann spreche ich eben mit demjenigen, der die Renovierungsarbeiten überwacht.“

„Süße, es ist fünf Uhr. Jeder hier, der etwas zu sagen hat, ist längst nach Hause gegangen.“

„Sind Sie deshalb noch hier?“

„Sehr witzig“, gab er zurück.

Ich lehnte mich näher heran. „Hören Sie. Sie sind doch ein kluger Kerl. Insgeheim schmeißen Sie den Laden hier. Sicher wissen Sie über alles Bescheid, was vor sich geht.“

Interessiert hob er eine Augenbraue. „Vielleicht?“

„In letzter Zeit sind mehrere junge Frauen verschwunden. Eine davon wurde direkt vor diesem Gebäude tot gefunden.“

„Ernsthaft?“ Jetzt war er ganz Ohr.

„Ja.“ Ich zog mein Handy aus der Tasche und scrollte durch die Fotos der entführten Frauen. „Erkennen Sie eine davon?“

Er swipte durch die Galerie und schüttelte den Kopf. „Die arbeiten hier nicht.“

„Was ist mit Leihpersonal?“

„Mit solchen Leuten gebe ich mich nicht ab.“

Natürlich nicht, dachte ich mürrisch, *das wäre unter deinem Niveau*. „Models? Oder Bewerberinnen?“

Er grunzte. „Davon haben wir hier unzählige. Die bekommt man doch nachgeworfen. Und ich würde mich an keine von ihnen erinnern.“

Hier kam ich nicht weiter. „Ist Mr. Crenshaw noch da?“

„Nein, der ist seit zwei Tagen krank.“

„Wissen Sie etwas über die Spenden für das Gemeindetheater?“

„Tut mir leid.“ Er deutete auf die Uhr über meinem Kopf. „Die Zeit ist um. Wenn Sie einen Termin machen wollen, um mit jemandem zu sprechen, rufen Sie morgen früh an.“

Frustriert reichte ich ihm meine Karte. „Wenn Ihnen etwas einfällt, rufen Sie mich an. Ich sorge dafür, dass es sich für Sie lohnt.“

„Ich bezweifle, dass Sie das könnten. Und dieses Spiel ist total langweilig, gleich wie Sie.“

Bevor ich das Gebäude verließ, redete ich noch einmal mit der Frau in der Lobby. Sie war so nett gewesen, Brad die Firmenliste zu kopieren, und heute reichte sie mir die Lieferantenliste des Tages.

Immerhin wusste ich jetzt, was angeliefert und abgeholt worden war. Leider würde es ewig dauern, jeden Fahrer jedes Zustelldienstes auszuforschen und zu befragen. Trotzdem. Wie mein Dad immer sagte, Polizeiarbeit erforderte Geduld und Beharrlichkeit. *Bleib dran, Olive. Du kriegst das hin.*

Ich kehrte zum Auto zurück und blätterte durch die Seiten, rief Nummern an und stellte Fragen. Bis ich das nächste Mal aufsah, war es draußen dunkel. Mein Handy piepte und ich sah die Nachrichten durch. Mac hatte mir getextet. Nicky hatte uns keine hilfreichen Informationen liefern können. Fennel hatte nicht angerufen, was bedeutete, dass Hennen kein Wort gesagt hatte. Ich textete meinem Partner und erkundigte mich nach Jesse, aber auch seine Aussage hatte sich als Sackgasse herausgestellt.

Jetzt, wo wir die Frauen aus dem Motel hatten, würden die Menschenschieber sich in Luft auflösen. Und alle Frauen, die sie noch hatten, würden sie so schnell wie möglich eliminieren wollen. Einheiten überwachten das Hotel, aber bisher war niemand an den Tatort zurückgekehrt. Vermutlich hatten sie den Wirbel vor dem Motel heute Morgen mitbekommen. Mr. X und seine Minions hatten sich aus dem Staub gemacht.

Ich musste zurück aufs Revier. Dort würde ich Antworten finden. Shana oder eine der anderen Frauen musste etwas wissen. Sie würden uns sagen können, wo sie herkamen, wer die Männer waren und was sie ihnen versprochen hatten. Ich seufzte und startete den Motor.

Als ich das Bürogebäude hinter mir ließ, fuhr ich durch dieselbe Nachbarschaft, die Brad und ich ursprünglich observiert hatten. Das Polizeiband, das den Bereich abgesperrt hatte, in dem Keith Richardson auf den Asphalt aufgeschlagen war, war längst nicht mehr zu sehen. An der nächsten Straßenecke bog ich ab und fuhr von den Wohnhäusern in Richtung der nahegelegenen Bars und Clubs.

Gerade, als ich an jenem Restaurant vorbeifuhr, in dem Lyla gearbeitet hatte, machte ich eine Gruppe Frauen aus, die in einer angrenzenden Lagerhalle verschwanden. Clarissa? Ich blinzelte. Sicher bildete ich mir das nur ein. Zum jetzigen Zeitpunkt sahen alle jungen Blondinen für mich wie Opfer aus, aber es konnte nicht schaden, sicherzugehen.

Ich stieg vom Gas und fuhr langsam an der Lagerhalle vorbei. Die umliegenden Parkplätze waren allesamt belegt von Luxuskarossen und Limousinen mit Chauffeuren. Einige Lagerhallen in der Stadt waren in Clubs für Pop-up-Clubbings oder andere Veranstaltungen verwandelt worden. Allerdings waren hier nicht im Szeneviertel. Ich gab der Zentrale per Funk durch, dass ich mir die Halle ansehen würde, und parkte in der Nähe.

Drei Männer in Anzügen standen am Eingang, aber die Frauen von vorhin waren nicht mehr zu sehen. An der Eingangstür waren eine Kamera und ein Tastenfeld installiert. Man gab den Code ein, die Tür ging auf. Offensichtlich kam man hier nur mit der passenden Einladung hinein, und meine lag leider zu Hause.

Während der nächsten zwanzig Minuten kam und ging niemand. Das Warten machte mich unruhig. Nichts passierte, nichts lieferte mir einen guten Grund, um mir mit gezückter Waffe Zutritt zu verschaffen. Ich brauchte etwas Konkreteres als einen flüchtigen Blick auf eine junge blonde Frau – im Vorbeifahren. Obwohl mein Instinkt immer noch sagte, dass Clarissa Berens da drin war, hätte ich keine Chance, es zu beweisen, wenn ich falschlag. Und trotzdem wusste ich, dass ich es irgendwie schaffen musste, in diese Halle zu gelangen.

Kurz entschlossen steckte ich Dienstmarke und Waffe in meine Handtasche, hängte mir diese über die Schulter und machte mich auf den Weg zum Hintereingang. Anders als der Vordereingang wurde dieser hier nicht von Türstehern bewacht und es gab auch kein Tastenfeld. So leise wie möglich, schob ich die Tür auf.

Drinnen war es dunkler als draußen, also bemerkte ich auch den Mann nicht, der sich hinter mir anschlich, bis es zu spät war. Er schob mich in einen Korridor.

„Was tust du hier?“ Seine Stimme mit leichtem Akzent ließ mir die Nackenhaare zu Berge stehen. „Du musst dich umziehen.“

„Umziehen?“

Er schob mich in ein Zimmer und sperrte von draußen ab. Es dauerte ein paar Sekunden, bis meine Augen sich an die Dunkelheit gewöhnt hatten. Ich stand in einer Garderobe. Auf einem Schminktisch in der Ecke lagen Make-up und Haarprodukte. Eine Kleiderstange mit Minikleidern stand mitten im Raum. Wo zur Hölle war ich hier gelandet?

Ich drehte mich um und schlug mit den Fäusten gegen die Tür. „Sie machen einen Fehler. Lassen Sie mich raus.“

Aber der Mann auf der anderen Seite reagierte nicht. Ich versuchte, den Türknauf zu drehen, aber er rührte sich nicht. Ich hatte zwei Optionen: die Tür eintreten und denselben Weg zurück hinausnehmen, den ich hereingekommen war, oder nachsehen, was sich hinter Tür Nummer zwei verbarg. Ich entschied mich für Tür Nummer zwei.

Dahinter lag ein Korridor. Ich sah Stroboskoplichter, die Luft war verhangen mit

Zigarettenrauch. Das hier war also ein Club. Ich trat aus der Garderobe und eine Frau in ihrem viel zu knappen Cocktailkleid stieß fast mit mir zusammen. Ich erkannte sie nicht, aber sie wirkte angespannt.

„Beeil dich. Sie wollen, dass wir hier vorn servieren und unterhalten. In dem Aufzug kannst du das nicht machen."

„Wer bist du? Was ist hier los?", fragte ich.

Sie schürzte die Lippen. „Geh und zieh dich um, mach schon."

Noch jemand, der wollte, dass ich mir etwas anderes anzog. „Ich bin Polizistin. Was ist das hier?", fragte ich weiter.

Sie lachte. „Mhm, genau. Ein Cop. Träum weiter, Schätzchen."

Ich zeigte ihr meine Marke, während ich das Treiben um uns herum im Auge behielt. Die Geschäftsmänner, die vorhin hereingekommen waren, saßen an einem Tisch, unterhielten sich und tranken. Ein paar weitere saßen an der Bar. Manche flirteten oder machten mit ein paar der jungen Frauen rum. Wieder andere tanzten. Was mir sofort auffiel, war, dass auf eine Frau vier Männer kamen. In den Clubs, in die ich früher gegangen war, war das nie der Fall gewesen. Aber die Frauen waren nicht zum Feiern hier, sondern um zu arbeiten.

„Beantworte meine Frage."

„Aber klar. Das sieht ja auch soo echt aus", höhnte sie, „als ob sie hier einen Cop reinlassen würden. Das Kostüm hast du in der Garderobe gefunden, nicht wahr? Ich persönlich hätte mich lieber als sexy Krankenschwester verkleidet."

Einen Moment lang fühlte ich mich wie in *Twilight Zone*. Bevor ich protestieren konnte, trat ein Mann hinter einem der schweren Samtvorhänge hervor und kam zu uns. Sie dienten wohl dazu, den Lärm zu schlucken und die hässlichen, mit Graffitis beschmierten Betonwände zu kaschieren. Ein Blick auf ihn und ich war mir sicher, tatsächlich in *Twilight Zone* gelandet zu sein.

„Da bist du ja", schnurrte Axel Kincaid. Er schlang seine Arme von hinten um meine Taille, griff nach meiner Marke, schob sie in meine Tasche und zog den Reißverschluss zu, bevor jemand meine Waffe sehen konnte. „Spiel mit", flüsterte er mir mahnend zu. Ich griff nach meiner Waffe, er nach meiner Hand. „Das reicht. Ich wollte nur sichergehen, dass du Rollenspielchen drauf hast." Er lächelte die Frau an und schmiegte sein Gesicht an meinen Nacken. „Sie ist gut, was?"

„Sehr gut. Und jetzt geh dich umziehen." Sie warf mir einen finsteren Blick zu und verschwand in der Menge.

Axel schob mich zurück in die Garderobe und schloss die Tür. „Wie bist du hier reingekommen? Ich suche seit einer guten Stunde nach einem Weg hier raus. Wo ist dein Partner? Wartet draußen Verstärkung?"

„Draußen wartet überhaupt niemand."

„Fuck." Er rieb sich die Augen. „Warum nicht?"

Ich blinzelte ein paar Mal, um die Verwirrung aus meinem Geist zu vertreiben. „Was ist das hier? Ein neuer Geheimclub, den du ausspionierst?" Da Kincaid selbst einen exklusiven Club nur für Mitglieder führte, lag der Gedanke nah, dass er hier war, um sich die Konkurrenz anzusehen. Gut möglich, dass er aus rein egoistischen Gründen wollte, dass die Polizei den Laden zudrehte.

Er lockerte seine Krawatte und öffnete den obersten Knopf, als ob die Enge ihn noch mehr stresste. „Ich habe keine Ahnung, was das hier ist, aber es ist nicht gut. Wir müssen hier raus."

„Was machst du überhaupt hier?“

„Tu das nicht.“ Wut flackerte in seinen blitzblauen Augen auf. „Du hast mich um Hilfe gebeten, weißt du nicht mehr?“

„Ich habe dich gefragt, wie ich ein Auto finden könnte.“

„Und jemand hat dir den entscheidenden Hinweis gegeben, oder?“ Er kam näher und meine Hand wanderte automatisch zu meiner Waffe.

Obwohl meine Ermittlungen über Axel Kincaid damit geendet hatten, dass er von jedem Verdacht freigesprochen worden war, war er ein Dieb, und noch dazu einer mit einer gewalttätigen Vergangenheit. Ich traute ihm nicht. Er war ein Clubbesitzer, der damit warb, jedem seiner Mitglieder die ultimative ‚Vegas-Erfahrung‘ zu verschaffen, indem er so gut wie jeden Wunsch wahr machte. Ich hatte keine Zweifel, dass er im Spark dealte und vermutlich auch Frauen zur Prostitution zwang, aber ich brauchte Antworten und dachte, er könnte helfen. Damit, dass er nun mitten in meinen Ermittlungen auftauchte, hatte ich allerdings nicht gerechnet.

Er packte mein Handgelenk. „Ich bin nicht der Feind, Liv. Du brauchst keine Angst vor mir zu haben.“

„Dein Tipp hat mich fast das Leben gekostet. Wer hat mich angerufen?“

Er sah mir für einen Augenblick tief in die Augen. „Ist das dein Ernst?“

„Ja.“

„Wer dich angerufen hat, ist nicht wichtig. Er wollte dir nicht schaden. Und nur fürs Protokoll, es war auch nicht meine Absicht. Du hast eine Frage gestellt, ich habe sie beantwortet. So einfach ist das.“

„Was ist das hier für ein Ort? Wie hast du den Laden gefunden?“

„Ich bin mir nicht sicher, was sie hier treiben, aber es ist gefährlich, besonders für Frauen."

Ich löste meine Hand aus seinem Griff und wich einen Schritt zurück. „Wieso bist du hier?"

„Ich höre Dinge. Die Leute munkeln, dass das hier die ultimative Erfahrung sein soll. Zutritt nur für Leute, die einen einzigartigen Kick suchen und ihn auch verkraften können." Er trat ebenfalls einen Schritt zurück. Offenbar spürte er, dass mir seine Nähe unangenehm war. Er konnte sehen, dass ich ihm nicht glaubte. „Check dein Handy."

Ich behielt ihn im Auge und fischte es aus meiner Tasche. „Kein Empfang."

„Sie arbeiten mit Handyblockern. Alle Handys und Funksignale werden unterbrochen. Sind dir die Schwergewichte an der Tür aufgefallen? Alle Ausgänge werden von Ex-Special-Forces mit Automatikwaffen bewacht. Hier kommt keiner so einfach raus. Wir müssen einen anderen Weg finden."

„Wie viele Wachen?", fragte ich und ging zur Tür. Ich musste ein Gefühl dafür entwickeln, was hier wirklich vor sich ging. Vielleicht eine Geiselnahme?

„Ich habe vier gezählt." Er hielt mich auf, bevor ich die Tür öffnen konnte. „Wenn du so da rausgehst, erschießen sie dich, sobald sie dich sehen. Du musst sofort hier raus, Liv."

„Ich muss diese ganzen Frauen hier rausschaffen." Ich öffnete die Tür einen Spaltbreit und spähte hinaus. Unweit der Eingangstür konnte ich die Umrisse von zwei der Wachen erkennen. „Wo sind die anderen zwei?"

„An der Seitentür. Die ist links von dir."

Ich presste meine Wange gegen den Türrahmen, aber aus diesem Winkel konnte ich nicht weit sehen. Niemand verhielt sich auffällig oder nervös. Es sah so aus, als ob alle Spaß hätten. Ich wirbelte herum und musterte Axel. Drei Monate undercover in seinem Club zu arbeiten, bedeutete, dass ich ihn kennengelernt hatte. Ich wusste, wann er gestresst war, und gerade war sein Stresslevel auf einer Skala von eins bis zehn bei ... elf. Was ich nicht wusste, war, ob es daran lag, dass ich ihn beim Feiern gestört hatte, oder weil er tatsächlich Angst um sein Leben hatte.

„Sag mir alles, was du weißt." Ich schloss die Tür und ging ans hintere Ende der Garderobe. Die Tür, durch die ich vorhin geschoben worden war, blieb verschlossen, aber da sie unser einziger Weg hinaus sein könnte, würde ich einen Weg finden, sie zu öffnen. „Wer ist da draußen? Wer sind die Frauen?"

„So, wie ich es verstanden habe, gehören sie zu einem Dienstleistungs-Service. Eine Mischung aus Escort und Catering."

„Hast du sie schon mal engagiert?"

Seine Stimme wurde mit einem Mal eiskalt. „Nein, Detective."

„Und die Gäste? Die Männer, die trinken und tanzen, wer sind sie?"

„Ich kenne ein paar von ihnen."

Ich drehte den Türknauf, aber die Tür ließ sich nicht öffnen. Also kniete ich mich hin und holte den Satz Dietriche aus meiner Tasche. „Haben sie auch Namen?"

„Ja." Er warf einen Blick auf das Schloss. „Das wirst du nicht aufkriegen. Ist hochmodern. Verhindert Lockpicking und mit einem klassischen Dietrich kommst du auch nicht weit. Ich habe dieselben Schlösser an meinen Türen."

Ein Geräusch ertönte von irgendwo weiter hinten in der Halle und wir erstarrten. Ich zückte meine Waffe und zielte auf die Tür, aber wer auch immer da draußen war, überlegte es sich offenbar anders. Ich wandte meine Aufmerksamkeit wieder dem Schloss zu.

Das Erste, was ich machen musste, sobald wir draußen waren, war, Verstärkung anzufordern. Ein Sonderkommando hätte den Laden hier in Minuten umstellt. Ich steckte die Waffe hinten in meinen Hosenbund und ging zu den Kleidern in der Mitte der Garderobe. Die Kleiderstange war aus Metall und wurde von flachen, dünnen Metallwinkeln gehalten.

„Ich brauche Namen. Hat dich jemand hierher eingeladen? Woher hast du gewusst, wie du reinkommst?“ Ich warf die Kleider zur Seite und versuchte herauszufinden, wie ich den Kleiderständer zerlegen konnte.

Axel kam zu mir, um mir zu helfen, und zusammen schafften wir es, die Stange aus den Halterungen zu lösen. „Ich bin keine Ratte, Liv.“

„Mir ist egal, was du bist. Ich will wissen, warum du hier bist und wie du es hereingeschafft hast.“

Er antwortete nicht. Stattdessen ging er mit mir zur versperrten Tür und nahm mir das kleine, flache Metallplättchen aus der Hand, sobald ich den Zapfen aus dem unteren Scharnier gelöst hatte. Er machte dasselbe beim oberen Scharnier, was für ihn aufgrund seiner Größe eine viel leichtere Aufgabe war.

„Axel, rede mit mir.“

„Die Einladung ging gestern an einen sehr engen Kreis von Leuten raus. Darauf standen Zeit und Ort.“ Er zog ein Stück Papier aus seiner Tasche und hielt es mir hin. „Das hier war meine Eintrittskarte.“

Ich warf einen Blick darauf, aber die Einladung lieferte keine Details, nur die kryptische Botschaft und das Versprechen auf eine einmalige Gelegenheit. „Ist Clarissa Berens hier?“

„Weiß ich nicht.“

Ich sah die Schuldgefühle in seinen Augen. „Sag mir, was du weißt.“

„Damit du mich verhaften kannst?“

„Das tue ich vielleicht sowieso.“

Er stieß ein unglückliches Brummen aus.

„Angenommen, du hättest etwas gehört oder gesehen, was könnte es gewesen sein?“, fragte ich.

Endlich schaffte er es, den Stift zu lösen. Jetzt mussten wir nur noch das Türblatt aus dem Rahmen heben. Das Schloss würde versperrt bleiben, aber das wäre egal, wenn das Türblatt nicht mehr an Ort und Stelle saß. „Möglicherweise hat ein ehemaliges Spark-Mitglied erwähnt, dass heute Nacht Frauen versteigert werden sollen. Ich habe ihn überzeugt, mir die Adresse und den Zugangscode zu geben.“ Er nickte auf das Papier. „Lass uns eins klarstellen. Das ist seine Einladung. Nicht meine. Und fürs Protokoll, ich will verdammt nochmal hier raus.“

„Wer ist der Mann? Und wieso hast du die Polizei nicht informiert?“

„Weil es egal ist.“

„Ist es nicht, verdammte Scheiße.“ Wir schafften es, die Tür auszuhebeln, und ich schlüpfte durch den Spalt in den engen Flur. Wieder war es stockdunkel hier, aber noch einmal würde sich der Wichser von vorhin nicht an mich heranschleichen. „Bleib dicht hinter mir.“

„Liv“, protestierte Axel, „wir müssen hier raus. Diese Typen meinen es ernst.“

„Weißt du, wer sie sind? Kennst du Mr. X?“

„Mr. X?“

Für den Bruchteil einer Sekunde fürchtete ich, Axel könnte Mr. X sein. Vielleicht machte er sich all die Mühe, nur um mich aus dem Weg zu räumen, damit ich ihm nicht mehr bei seinen illegalen Machenschaften in die Quere kommen konnte. Ich warf einen Blick hinter mich. Die Metallstange, die er wie einen Baseballschläger in den Händen hielt, schimmerte verräterisch. Jeden Moment könnte er mir den Schädel einschlagen.

„Ja, eine der Frauen hat ihn identifiziert." Ich wartete darauf, dass Axel ausholte, aber er tat es nicht. Stattdessen schafften wir es ohne Zwischenfälle zur Hintertür. Offensichtlich war der Typ, der mich eingesperrt hatte, nicht mehr da. „Wir brauchen nur einen Namen."

„Ich kann dir nicht helfen."

„Du kannst nicht oder du willst nicht?"

Aber er antwortete nicht.

Sobald wir im Freien waren, griff ich nach meinem Handy, aber wir waren immer noch zu nah am Gebäude und den Blockern. Ich hatte keinen Empfang. Als ich ein paar Schritte in Richtung meines Wagens machte, ertönten Schüsse. Normale Menschen liefen weg, wenn sie Schüsse hörten. Polizisten wurden darauf trainiert, darauf zuzulaufen.

„Ruf Hilfe", befahl ich Axel, bevor ich mich umdrehte und zurück hineinlief.

Achtundzwanzig

Die Schüsse waren durch einen Schalldämpfer abgefeuert worden, aber ich hatte sie trotzdem gehört. Zwei, schnell hintereinander. Und dann Stille. Das war es, was mich stutzig machte. Normalerweise folgten auf Schüsse Schreie. Ich zog meine Waffe und huschte zurück in die Halle. Der Flur war leer. In der Garderobe war alles so, wie wir es zurückgelassen hatten. Ich drückte mich mit dem Rücken gegen die Wand und öffnete langsam die zweite Tür.

Auch hier war alles unverändert. Aber ich war mir sicher, die Schüsse gehört zu haben, und sie waren definitiv aus dieser Lagerhalle gekommen. Mein Blick wanderte durch den Raum. Die zwei Wachen standen noch an der Eingangstür. Die beiden, die Axel an der Seitentür gesehen hatte, waren jedoch verschwunden.

Eng an die Wände gedrückt, bewegte ich mich durch das Gebäude. Die verrauchte Luft und das schwache Licht halfen mir, ungesehen zu bleiben. Die Männer hatten keine Ahnung. Die wenigen, die den Frauen Beachtung schenkten, hatten andere Dinge im Kopf als mich. Trotzdem würden sich die zwei

Männer mit den Automatikwaffen nicht unbedingt freuen, mich zu sehen, also versuchte ich, in den Schatten verborgen zu bleiben.

Was tust du, Liv? fragte die Stimme in meinem Kopf. Ich sollte draußen auf Verstärkung warten. Das Sondereinsatzkommando sollte den Laden sichern, nicht ich. Ich trug nicht einmal meine schusssichere Weste. Und doch ließ mich dieses surreale Gefühl nicht los. Niemand war panisch. Niemand verletzt. Niemand außer mir schien die zwei Schüsse gehört zu haben. Selbst die beiden Gorillas an der Tür wirkten völlig entspannt. Vielleicht hatte ich mich geirrt.

Ich versteckte mich hinter dem Samtvorhang neben dem Seitenausgang. Die Tür stand offen und ich stellte fest, dass Axel sich geirrt hatte. Sie führte nicht hinaus, sondern in einen Kontrollraum. Von meiner Position aus konnte ich ein gutes Dutzend Monitore und ein Bedienpult für die Licht- und Soundanlage erkennen. Ein Mann saß in einem Sessel, sein Fokus auf den Bildschirmen.

Ich schlich hinter ihm hinein und schwang meine Waffe mit beiden Händen von einer Seite zur anderen, aber er war allein im Raum. Langsam trat ich auf ihn zu. Einer der Bildschirme erregte meine Aufmerksamkeit und veranlasste mich, ihm den Lauf meiner Waffe an seine Schädelbasis zu drücken.

„Polizei", sagte ich gefasst. „Heben Sie ganz langsam die Hände oder ich puste Ihnen Ihr scheißkrankes Hirn raus."

Er gehorchte aufs Wort und ich ließ mit einem gekonnten Griff eine Handschelle um sein rechtes Handgelenk einrasten, bevor ich seinen Arm auf seinen Rücken und über die Stuhllehne drehte. Ich machte einen Schritt zurück, ohne die Waffe von seinem Hinterkopf zu heben, und zerrte seinen anderen Arm über die Stuhllehne. Dann steckte ich mir die Waffe in den Hosenbund und fesselte seine zweite Hand.

Mit einem Ruck riss ich den Stuhl vom Bedienpult weg und drehte den Mann um, so dass er mich ansah. „Wo sind sie?“ Ich deutete auf den Bildschirm ganz unten. Er zeigte sechs Frauen, die in Käfige gesperrt waren.

Er gluckste, also schlug ich ihm mit dem Griff meiner Waffe ins Gesicht. Seine Wange blutete und er spuckte aus. „Fick dich.“

„Falsche Antwort.“ Ich griff in seine Tasche und holte seine Geldbörse heraus, aber wie jedes andere Arschloch auch, dem wir im Lauf unserer Ermittlungen begegnet waren, trug er keinen Ausweis bei sich. „Sagen Sie mir, wo sie sind.“ Ich deutete mit der Waffe.

„Cops dürfen keine unbewaffneten Zivilisten erschießen.“

„Wollen wir wetten?“

Sein Blick huschte flüchtig zu den Bildschirmen und im nächsten Moment fing er an, schwachsinniges Zeug von sich zu geben und mich mit Fragen zu bombardieren. Er wollte mich ablenken. Wollte, dass ich etwas nicht mitbekam. Ich reckte gerade noch rechtzeitig den Hals, um über seine Schulter hinweg mitanzusehen, wie ein bewaffneter Mann eine Frau an den Beinen hinauszerrte. Der Boden hinter ihr war mit Blut verschmiert.

Sie war erschossen worden. Das waren die zwei Schüsse gewesen, die ich gehört hatte. Die Käfige mussten also in diesem Gebäude sein. Aber wo?

Das Arschloch laberte weiter, jetzt hektischer, als ich Tasten auf dem Bedienpult drückte, zwischen den Kameras umherschaltete und versuchte herauszufinden, wo sich diese eine Kamera befand. Die Rollen seines Stuhls quietschten. Ich drehte mich um und er hörte auf, an seinen Fesseln zu zerren.

„Aufstehen." Ich packte ihn an der Armbeuge und zerrte ihn vom Stuhl, der in der Eile umkippte. „Sie bringen mich zu Ihnen. Wenn jemand auf mich schießt, sind Sie es, der sich die Kugel einfängt."

„Ich bringe Sie überhaupt nirgendwo hin."

„Dann erschieße ich Sie." Ich deutete auf den Bildschirm. „Sie ist entweder tot oder liegt im Sterben. Kein Schwein interessiert, was ein Detective mit irgendeinem verfickten Mörder anstellt. Wir sind hier in einer dunklen Lagerhalle voller Zivilisten und zumindest vier schwer bewaffneten Männern. Ich bin nur eine Frau. Was meinen Sie, wem die Jury glauben wird?"

„Draußen führt ein Gang nach rechts. Direkt zu den Käfigen."

Ich fand eine Rolle Klebeband auf dem Tisch und klebte ihm einen Streifen über den Mund. Ich konnte es mir nicht leisten, dass er um Hilfe schrie. Da ich allein war, brauchte ich das Überraschungsmoment auf meiner Seite, und wer sagte mir, dass das hier nicht eine Falle war? Ich schob ihn aus der Tür und nach rechts. Wie er gesagt hatte, betraten wir nach ein paar Schritten einen Gang, sobald er einen Vorhang zur Seite geschoben hatte.

Eine Hand ließ ich auf seiner Schulter, als ich mich von ihm den Gang entlangführen ließ. Ans Protokoll hielt ich mich damit nicht, aber in diesem Fall lief ohnehin nichts nach Protokoll. In diesem Moment sehnte ich mich danach, Sirenen in der Ferne zu hören, aber draußen blieb alles still. War Verstärkung auf dem Weg?

Abrupt blieb der Kerl stehen, bückte sich und löste sich so aus meinem Griff. Im nächsten Moment versuchte er, mich mit der Schulter gegen die Wand zu stoßen. Meine Antwort war ein kraftvoller Tritt in den Bauch. Die Art, wie er sich bewegte, erinnerte mich an die Videos von Clarissa Berens' Entführung. Er war mir von Anfang an bekannt vorgekommen. Er war Clarissas Entführer.

Wieder stürzte er sich auf mich, in der Hoffnung, an mir vorbei in die Freiheit zu entkommen. Fast hätte er es geschafft, aber in der letzten Sekunde konnte ich ihn hinten am T-Shirt packen und ihm ein Bein stellen. Er verlor das Gleichgewicht, stolperte und krachte in die Wand. Danach bewegte er sich nicht mehr. Ich tastete nach seinem Puls. Bewusstlos. Ich konnte nicht sagen, wie lange es so bleiben würde, aber ich musste auch die bewaffneten Wachen ausschalten. Wenn ich es nicht tat, war jede einzelne der Frauen in Lebensgefahr. Ich hatte also recht gehabt. Clarissa war hier.

Einen tiefen Atemzug später schlüpfte ich durch die offenstehende Tür. Das einzige Geräusch kam vom Surren der Lampen. Die Käfige standen an den Wänden. Anders als in den Verliesen, die wir in dem Haus gefunden hatten, waren die Frauen hier nicht angekettet. Stattdessen wurden sie in winzigen Käfigen gefangen gehalten, die selbst noch für die Hundestaffel zu klein gewesen wären.

Das, was den Boden unter meinen Füßen feucht beschmierte, ließ meinen Magen revoltieren. Die Männer waren nicht weit. Ich konnte sie förmlich spüren. Meine Waffe wanderte von einer Seite des Raums zur anderen, aber die beiden Männer fand ich nicht. Vielleicht hatte Axel falschgelegen. Oder vielleicht war es nur ein bewaffneter Ex-Militär und den anderen hatte ich bereits im Gang ausgeschaltet.

Die Frau im ersten Käfig sah hoch und ich erkannte sie von einem der Fotos auf unserer Memowand. „Psst“, flüsterte ich. „Alles ist gut, Abigail. Ich bin Detective DeMarco und ich werde euch hier rausholen."

„Was? Woher kennen Sie meinen Namen? Woher wussten Sie, dass ich hier bin?" Ihre Frage lenkte die Blicke der anderen vier Frauen auf mich, die mich alle anflehten, sie freizulassen.

Ich sah mir ihre Gesichter an und erkannte auch Clarissa und Yasmine von ihren Fotos. Die anderen beiden waren mir fremd. „Wir haben nach euch gesucht. Nach euch allen." Ich untersuchte die Käfige, schaffte es aber nicht, eines der Schlösser zu öffnen. „Ich werde euch nach Hause bringen." Ein schneller Blick über meine Schulter. „Wo ist er hin?"

„Er hat Lyla mitgenommen", sagte eine der anderen Frauen. „Sie wollte nicht hören. Er wollte, dass sie sich benimmt, aber sie ... sie hat einfach Nein gesagt. Dann hat er zweimal auf sie geschossen."

„Okay." Das Letzte, was ich wollte, war, sie alle in diesem Höllenloch zurückzulassen, ohne Hilfe und ohne jede Fluchtmöglichkeit, aber ich wusste nicht, wie ich sie allein hier rausbekommen sollte. Ich zerrte an der Käfigtür, aber sie rührte sich keinen Millimeter.

„Elektronische Schlösser", sagte Clarissa. „Er hat gemeckert, dass sein Freund lieber mit einer Frau ... rummacht, anstatt aufzupassen und die Türen zu entriegeln."

„Okay." Vielleicht hatte ich im Kontrollraum Glück. „Ich bin gleich wieder da."

„Sie können uns nicht alleinlassen", flehte Yasmine mit zitternder Stimme. „Er könnte zurückkommen. Er hat gesagt, dass er uns auch umbringt, wenn wir uns nicht benehmen. Bitte. Lassen Sie uns nicht allein."

„Verstärkung sollte jeden Moment eintreffen. Ich bin gleich wieder da. Euch wird nichts passieren." Zu hören, wie sie in Tränen der Verzweiflung ausbrauchen, brach mir fast das Herz, aber ich musste

Lyla finden. Ich musste das Monster finden, das sie mitgenommen hatte, bevor es weiteren Schaden anrichten konnte.

Mit einem Schlucken folgte ich der Blutspur weg von den Käfigen. Sie führte in einen angrenzenden Raum, der einmal ein Lagerraum gewesen sein könnte. Es war dunkel bis auf das bisschen Licht, das vom Nebenraum hereinschien, und ich zog meine Taschenlampe aus der Tasche, bevor ich eintrat. Mit der Linken hielt ich sie direkt unter meiner Waffe fixiert. Regale säumten die Wände. An der Rückwand entdeckte ich Lyla.

Ich ließ den Lichtkegel nach links und rechts schweifen, aber den Mann sah ich nicht. Wie konnte er sich in Luft aufgelöst haben? Lyla stieß ein schmerzerfülltes Keuchen aus und ich trat näher an sie heran, während ich mit der Taschenlampe weiter den Weg vor mir ausleuchtete. Wo war er? Nach einem letzten Blick hockte ich mich neben sie. Zwei Schüsse in die Brust, Durchschüsse, wie es aussah. Die Blutlache unter ihrem Körper sagte alles.

„Lyla?“, fragte ich sanft und leise. „Wo ist er?“

Ihre Augenlider zuckten. Sie sagte etwas, aber ich konnte es nicht verstehen. Ich beugte mich näher zu ihr und so sah ich ihn auch nicht kommen. Er sprang von einem der Regale. Bevor ich mich auch nur umdrehen konnte, hatte er mich schon mit dem Bauch auf den Boden gerungen und seinen Arm fest um meine Kehle gezogen. Ich versuchte noch, mein Kinn anzuziehen, wie wir es gelernt hatten, aber dafür ließ er mir nicht den nötigen Raum. Mit einem heftigen Ruck riss er meinen Kopf an den Haaren zurück und fixierte ihn in dieser Position. Jeder einzelne Fehler und jede einzelne verpasste Gelegenheit wanderte in diesen zehn Sekunden durch meinen Geist. Dann wurde mir schwarz vor Augen.

Neunundzwanzig

Ein brennender Schmerz entflammte quer über meine Wange, aber er war nicht stark genug, um mich dazu zu bewegen, die Augen zu öffnen. „Wach auf." Er schlug mich erneut.

Langsam blinzelte ich. Wo war ich? Ich versuchte, mich zu bewegen, doch dann wurde mir klar, dass zwei Männer mich festhielten. Mein Kopf hing vom Fußende eines Betts und alles stand kopf. Ich schaffte es kaum, wachzubleiben, und jeden Moment würde ich mich übergeben. „Wo bin ich?"

Ich wollte den Kopf heben, um das Arschloch zu entdecken, das mich geschlagen hatte, aber starke Hände pressten noch fester gegen mein Schlüsselbein. Als Nächstes versuchte ich, meine Beine zu bewegen, doch die zwei Männer schienen darauf zu sitzen. Ich drehte den Kopf zur Seite. Keine Spur von Lyla. Sofern ich noch in der umfunktionierten Lagerhalle war, hatte ich diesen Raum bisher nicht entdeckt.

Als ich mich weiter verdrehte, fiel mein Blick auf einen der beiden Männer – Oleg Vorshkovich. Der andere Mann, jener, der gesprochen hatte, trug eine

Guy-Fawkes-Maske. „Hatten sie bei den Anonymen Kriminellen keine Skimasken mehr?“, fragte ich. „Obwohl mir diese Aufmachung immer noch besser gefällt als der geisteskranke Clown.“ Meine rechte Hand schien von niemandem niedergedrückt zu werden, also fuhr ich mit dem Ballen über das fadenscheinige Laken. „Oder war das dann doch einen Tacken zu viel?“

Er grunzte. Ein widerwärtiger, vulgärer Klang. „Du hältst dich wohl für besonders clever?“

„Immerhin habe ich euch gefunden, oder nicht?“ Ich schluckte die Galle, die mir in der Kehle brannte. „Wir können uns gern den ganzen Tag schnippische Kommentare an den Kopf werfen, aber ich habe noch etwas vor.“

„Du gehst nirgendwo hin, bis du mir sagst, was die Polizei weiß.“ Er gab Oleg ein Zeichen und kletterte auf mich. Beide seiner Knie bohrten sich in meine Oberschenkel, während er mich an den Schultern auf die Matratze drückte. Oleg verschwand und kehrte kurz darauf mit einem Eimer und einem Handtuch zurück. „Du entscheidest, wie schmerzhaft es gleich wird, Detective DeMarco.“

„Nur dumm, dass ich auf Schmerzen stehe.“

Er verpasste mir eine zweite Ohrfeige, so fest, dass ich Blut schmeckte. „Ich auch.“

Oleg stellte den Eimer unter meinen Kopf und tauschte Platz mit Guy Fawkes. Der Mann unter der Maske trug einen eleganten Dreiteiler. Er zog das Jackett aus und ich konnte einen Blick auf das Designerlabel erhaschen. Nun rollte er die Ärmel hoch und mein Blick fiel auf die teure Uhr an seinem Handgelenk.

„Guy Fawkes. Wie passend“, sagte ich. „Der echte Fawkes und seine Pulververschwörung waren ein Flop und jetzt brennt sein Nachahmer auf dem

Scheiterhaufen. Ich werde dafür sorgen, dass du für das hier in Flammen aufgehst."

Er lehnte sich näher an mein Gesicht heran und beim Blick in seinen Augen bekam ich panische Angst. „Wie viel weiß die Polizei von meiner Operation?"

„Deiner Operation?", fragte ich lachend. „Jeder weiß, dass du das Parlament in die Luft jagen willst. Deshalb hast du doch die ganzen Pulverfässer eingelagert."

„Das reicht." Er nickte Oleg zu, der mir das Handtuch fest aufs Gesicht drückte.

Ich konnte nichts sehen, aber mir war ohnehin klar, was als Nächstes kommen würde. Binnen Sekunden wurde das Handtuch schwer und drückend, als es sich mit dem Wasser vollsog. Ich hielt den Atem an. Dagegen anzukämpfen, würde alles schlimmer machen. Ich würde schneller ertrinken. Aber mit diesem Trick hatte er gerechnet und er boxte mich stark genug in den Bauch, dass mir die Wucht die Luft aus der Lunge presste. Ich keuchte und musste Wasser schlucken, als ich nach Atem rang. Gerade, als ich dachte, ich wäre am Ende, hörte der Wasserstrom plötzlich auf und er zog das Handtuch weg. Ich hustete eine ordentliche Menge Wasser hoch. Meine Haare waren klatschnass, Kehle und Lunge brannten.

„Was wissen sie?", fragte er wieder.

„Alles."

„Bullshit."

Er klatschte mir das Handtuch wieder aufs Gesicht und das Wasser kam. Ich röchelte und rang verzweifelt nach Luft. Er redete immer noch, aber ich verstand die Worte nicht. Meine Lunge brannte von dem Mangel an Luft und die Angst zu ertrinken vereinnahmte all meine Sinne. Sekunden, bevor mein Körper sich über meinen Vorsatz, nicht zu atmen, hinwegsetzen konnte, zog er das Handtuch wieder weg. Wasser tropfte von meinem Gesicht und meinen Haaren. Nach einem Hustenanfall schnappte ich gierig nach Luft.

„Ich frage dich ein letztes Mal. Woher wusstest du, dass du hier suchen musst?“

„Wir haben Dmitri. Der hat uns mehr als genug erzählt.“

„Dmitri ist tot. Dafür habe ich gesorgt.“

Ich blinzelte mir das Wasser aus den Augen. „Du hast ihn getötet?“ Ich erinnerte mich an den weißen Kittel, den wir im Motelzimmer gefunden hatten. „Du hast dich in sein Krankenzimmer geschlichen.“

Trotz der lächelnden Maske wusste ich, dass dieser kranke Wichser auch darunter breit grinste. „Ich musste nur warten, bis du weg bist, bevor ich es tun konnte. Ich wollte schließlich nicht, dass du mich erkennst.“

Das bedeutete, dass ich ihn kannte. Wen kannte ich, den Agent Peters nicht kannte? Außer ... er *war* Agent Peters?

„Was haben dir die Mädchen im Hotel erzählt?“, fragte er weiter.

„Warum? Damit du sie auch umbringen kannst?“

Er griff nach einem weiteren riesigen Wasserkrug. „Weißt du, wer ich bin?“

Ich zwang mich zu einem Lachen. „Du hast Angst. Solltest du auch. Dachtest du wirklich, der Spitzname *Mr. X* und eine armselige Theatermaske würden reichen, um dich zu schützen?“

Diese nächste Folterrunde dauerte noch länger. Irgendwo zwischen dem vielen Wasser und dem Sauerstoffmangel verlor ich das Bewusstsein. Als ich wieder zu mir kam, rieb Oleg seine Handballen über meine Brust und das Wasser, dass ich hochwürgte, fühlte sich viel zu warm an, als wäre es so lange in meiner Lunge gewesen, dass es bereits

Körpertemperatur angenommen hatte.

„Ihr habt das Motel dichtgemacht. Ihr habt Leute verhaftet. Hinter wem ist die Polizei jetzt her?“, fragte er.

„Hinter dir.“

Er griff nach dem Handtuch.

„Nicht“, flehte ich zwischen zwei tiefen Atemzügen. Mein gesamter Körper zitterte heftig und mein Kopf pochte im Rhythmus meines rasenden Herzschlags. Das Wasser im Eimer unter mir hatte eine rote Färbung und ich wollte nicht darüber nachdenken, warum.

„Dann sag mir, was ich wissen will“, brüllte er. „Wie hast du das Haus und die Lagerhalle gefunden? Woher wusstest du, wo du suchen musst?“

„Habe ich doch schon gesagt.“ Ich versuchte, mich aufzusetzen, aber Olegs Hände drückten meine Schultern zurück aufs Bett. Der Holzrahmen bohrte sich in meine Schulterblätter. „Wir haben einen Informanten. Er hat uns gesagt, wo wir das Auto finden und wo die Frauen sind. Clarissa, Lyla und Abigail.“ Meine Gedanken wanderten zu den Käfigen. Was war mit den Frauen darin passiert? Waren sie bereits tot? „Wir haben die Frauen. Wir wissen, dass du sie nach Übersee verkaufen wolltest. Interpol hat eine Akte über dich und auch über deine Handlanger.“ Ich lächelte, obwohl mir die Zähne klapperten. „Du bist am Arsch. Am besten stellst du dich sofort.“ Ich warf einen genaueren Blick auf sein Jackett, die Uhr und die Maske. Die hatte ich doch schon einmal gesehen. Und plötzlich fügte sich dieses letzte, fehlende Puzzlestück in meinen Gedanken zu einem glasklaren Gesamtbild zusammen.

„Hör auf, meine Zeit zu verschwenden.“ Er griff wieder nach dem Handtuch, aber ich redete weiter, in der Hoffnung, meine Worte würden ihn hinhalten.

„Warum hast du es getan? Solltest du nicht für weibliches Empowerment stehen? Ist das nicht eines eurer Leitbilder? Ich bin mir sicher, dass ich es in einer Broschüre oder auf eurer Firmenwebseite gelesen habe. Vielleicht hängt es sogar auf der Tafel hinter deinem Schreibtisch."

Seine Wut schwoll an. „Sei still."

Mit dem Mann hinter der Maske kam ich vorerst nicht weiter, aber vielleicht hatte ich bei dem Osteuropäer mehr Glück. „Oleg Vorshkovich", presste ich hervor. „Seht ihr? Wir wissen alles. Und ich weiß, dass du der Nächste bist, den er umlegen wird. Oder er liefert dich an die Behörden aus, wie er es mit all den anderen auch getan hat. Dmitri. Keith."

Oleg legte den Kopf schief. Sein Griff lockerte sich ein wenig. „Was weiß Interpol?"

Ich nutzte die Gelegenheit, um auf dem Bett etwas weiter nach oben zu rutschen, so dass mein Kopf nicht mehr so steil von der Kante hing. Oleg ließ es zu. Offenbar wollte er, dass ich ihm in die Augen sah, wenn ich seine Frage beantwortete. „Auch über dich gibt es eine Akte, Oleg Vorshkovich. Sie wissen, was du getan hast und für wen du in Russland arbeitest. Sie beobachten deine Bewegungen seit einiger Zeit. Sie wollen deinen Boss. Aber dieses Arschloch würden sie auch nehmen. Ich kann dir einen Deal verschaffen."

Während meine Worte ihn ablenkten, glitten meine Finger über die Nähte seiner Hose. Ich hustete wieder und mein ganzer Körper zuckte unter ihm. Es war ein Trick, den Taschendiebe benutzten, und obwohl ich auf der Straße noch nie jemandem die Geldbörse gestohlen hatte, schaffte ich es, Oleg das Klappmesser aus der Tasche zu ziehen, ohne dass er etwas bemerkte. Ich bedeckte es mit meiner Hand. Nun musste ich nur noch auf die passende Gelegenheit warten.

„Genug davon. Sie würde uns alles erzählen. Sie will uns Angst einjagen. Mach sie kalt.“ Guy Fawkes wandte sich vom Bett ab, rollte die Ärmel herunter und zog sich sein Jackett an. „Und mach hier sauber, wenn du mit ihr fertig bist.“

„Warte.“ Ich versuchte, zu schlucken. Meine Kehle war wund und brannte. „Wie bist du an die FBI-Marken und Zugangscodes gekommen?“

Der maskierte Mann lachte. „Ich dachte, ihr wisst schon alles? Tut ihr wohl doch nicht und so wird es auch bleiben.“ Er wandte sich zu Oleg. „Sie gehört dir. Du kannst mit ihr spielen, wenn du willst, aber sorg dafür, dass nichts davon zu mir zurückführt. Verstanden?“

Oleg nickte. Die Vorstellung, dass er mich auf bestialische Weise töten würde, war krank.

„Letzte Chance, Oleg“, sagte ich. „Alle kennen die Wahrheit. Du wirst gesucht. Deine beste Option ist es, das Weite zu suchen, und zwar so schnell du kannst. Es ist dein einziger Weg hier raus. Du kannst ihm nicht vertrauen. Er bringt seine eigenen Leute um, oder zwingt sie, es selbst zu tun. So war es bei Keith. Wen wird er schicken, um deine Leiche aus der Pathologie zu stehlen?“ Und plötzlich ergab auch das Sinn. „Deshalb hast du doch den Van aus der FBI-Garage gestohlen. Er hat es dir aufgetragen. Er wusste, dass wir herausfinden würden, dass die Leichen weg sind. Er wollte, dass die Spur zu dir führt. Er hat alles so geplant, dass er dich als Sündenbock benutzen kann. Deshalb lässt er dich hier mit mir zurück. Vermutlich wird er sogar der Polizei stecken, wo wir sind, sobald er durch diese Tür hinausgeht.“

„Das stimmt nicht“, erwiderte Guy Fawkes.

Olegs wütender Blick wanderte zu ihm und er sagte

etwas auf Russisch. Aber der Maskierte versprach, sich um alles zu kümmern, und ging zur Tür. Oleg zerrte an meinen Armen und zog mich ganz auf die Matratze. Meine Schulterblätter scheuerten schmerzhaft über den Holzrahmen. Ich zischte, aber das Geräusch endete abrupt, als er mir ein Kissen aufs Gesicht drückte. Er presste es fest auf Mund und Nase und wartete. Immerhin war es eine Spur besser als zu ertrinken.

Mit meiner letzten verbleibenden Energie trat und schlug ich um mich. Meine Gliedmaßen trafen ihn. Durch das Kissen hindurch konnte ich hören, wie eine Tür zugeschlagen wurde. Ich nahm all meine Kraft zusammen, schnippte die Klinge des Klappmessers auf und rammte sie Oleg in den Oberschenkel. Er brüllte auf. Das Kissen löste sich von meinen Atemwegen und ich verdrehte das Messer und stieß es noch tiefer in sein Fleisch. Er bäumte sich über mir auf. Blut spritzte pulsierend aus der klaffenden Wunde. Er zog die Klinge heraus und schrie noch einmal schmerzerfüllt auf, als Blutspritzer mich, die Wände und den Boden bedeckten. Wutentbrannt stürzte er sich auf mich, um mir die Kehle aufzuschlitzen. Mit letzter Kraft rollte ich mich vom Bett und krachte auf den Boden, gerade als die Klinge in seiner Hand herabschnellte und in die Matratze eindrang.

Plötzlich bebten die Wände und ich hörte gerufene Kommandos, die durch den Korridor hallten. Gut möglich, dass ich es mir nur einbildete, denn die Rufe und Befehle klangen nach Brad.

„Wo ist sie? Was haben Sie mit ihr gemacht?“ Wieder bebten die Wände. „Sagen Sie es mir. Sofort.“ Zwei weitere Stimmen gesellten sich zu Brads und in der nächsten Sekunde flog die Tür nach innen auf. Oleg, die Klinge hocherhoben, wurde mit zwei Bean-

Bag-Projektilen getroffen.

Schritte polterten herein. „Verdächtiger getroffen.“ Ich verharrte auf dem Fußboden, während zwei Mitglieder des Sondereinsatzkommandos den Raum sicherten. „Officer am Boden. Ich wiederhole, Officer am Boden.“

Fennel kam als Letzter herein und rannte sofort zu mir. „Liv.“ Er hockte sich hin und nahm mit einem schnellen Blick die Überreste des Waterboardings auf. „Wir brauchen hier drüben Hilfe.“

Ich zitterte, hustete und würgte, geschwächt, am Rande der Ohnmacht und mit Olegs Blut bespritzt. „Alles okay.“ Die Männer vom SEK legten Oleg Handschellen an, sorgten sich jedoch mehr um meinen Zustand. „Er wird in den nächsten fünf Minuten verbluten, wenn ihr ihn nicht ins Krankenhaus bringt. Vielleicht brauchen wir ihn noch. Seht zu, dass er versorgt wird. Ich komme schon klar.“

Sie sahen Brad an, der fragte: „Willst du wirklich das Arschloch retten, das dir das angetan hat?“

„Oleg war es nicht.“ Ich sah die Verwirrung in Brads Augen. „Er trug einen dreiteiligen Anzug und eine Guy-Fawkes-Maske. Habt ihr ihn geschnappt?“

„Wen?“

„Das Arschloch mit der Guy-Fawkes-Maske.“ Brad war immer noch verwirrt. „*V wie Vendetta*.“

Bad schüttelte den Kopf. „Vielleicht hat er sie abgenommen. Einen zweiten Kerl haben wir im Korridor gefunden.“ Brad beschrieb ihn mir, aber ich war mir sicher, dass es das Arschloch war, das ich im Kontrollraum angekettet hatte.

„Falscher Mann. Du musst ihn finden, bevor er es rausschafft.“

„Er wird es nicht rausschaffen. Das Gebäude ist umstellt. Ich lasse dich hier nicht allein, Liv.“

„Fennel, wenn du ihn nicht aufhältst, findet er einen Weg hier raus und fängt dieselbe Nummer irgendwo anders an. Ich könnte nicht mit dem Wissen leben, dass ich der Grund dafür bin. Du musst ihn aufhalten." Ich sah Brad in die Augen. Noch nie hatte ich ihn so verängstigt gesehen. Ich versuchte mich aufzusetzen, aber mein Kreislauf spielte nicht mit. „Ich gehe nirgendwohin. Du musst Dale Crenshaw einbuchten. Tu es für mich."

Dreißig

Crenshaw schlüpfte aus dem behelfsmäßig eingerichteten Schlafzimmer. Er hatte den Raum extra dafür hergerichtet, falls einer seiner Klienten die Mädchen testen wollte, bevor er eines von ihnen kaufte, aber dazu war es nicht gekommen, weil er das Zimmer selbst gebraucht hatte, um den Detective zu befragen. *Sie muss gelogen haben*, versuchte er sich selbst zu überzeugen. Sie hatte seinen Namen nie ausgesprochen. Die Dinge, die sie gesagt hatte, waren reine Spekulation. Sie hatte ihm Angst einjagen wollen, aber so einfach würde er sich nicht beeindrucken lassen. Er hatte einen Plan. Und er würde sich daran halten. Doch dann hörte er die Worte durch den Korridor hallen. „Polizei. Stehenbleiben."

„Scheiße." Er rannte den Korridor hinunter, der am hinteren Ende der Lagerhalle verlief. Die vielen Flure und Büros waren wie ein Labyrinth. Er musste es zum Seitenausgang schaffen, bevor sie ihn stellten.

Er zerrte sich die Maske vom Gesicht, unschlüssig, was er damit anstellen sollte. Sie zurückzulassen, war zu riskant. Die Polizei könnte sie ihm anhand von DNS-Proben anhängen und sein Leben wäre ruiniert.

Aber wenn sie ihn *mit* der Maske erwischten, wäre das Spiel sofort aus.

Die Kommandos wurden lauter. Er hörte Schüsse. Oleg musste eliminiert worden sein. Mit einer Sache hatte der Detective recht gehabt: Er hatte immer geplant, die gesamte Operation dem Russen umzuhängen. Die Teams, die er angeheuert hatte, die Söldner an der Tür, sie alle waren Osteuropäer und jeder wusste, dass sie in der Vergangenheit mit dem Russen zusammengearbeitet hatten.

Er lief in eines der Büros und kletterte auf einen Stuhl, um zum Lüftungsschacht zu gelangen. Nachdem er das Gitter beiseite gezerrt hatte, stopfte er die Maske hinein und schob das Gitter wieder davor. Hier würden die Cops sie nie finden. Vielleicht kam er später zurück, um sie zu holen, aber jetzt musste er schleunigst von hier verschwinden.

Er rannte den Flur entlang bis zur Seitentür und steckte den Schlüssel ins Loch. Vorsichtig öffnete er die Tür einen Spaltbreit. Streifenwagen standen nur Meter von ihm entfernt. Er schloss die Tür. Hier konnte er nicht hinaus. „Verflucht."

Crenshaw dachte an die Kostüme in der Garderobe. Er hatte sie herbringen lassen, um seine perverseren Kunden zufriedenzustellen, aber jetzt erinnerte er sich nicht, ob auch Polizeiuniformen dabei gewesen waren. Er hatte ein paar von einem Shooting für den Uniformenkatalog, aber ob sie hier waren, konnte er nicht genau sagen. Er nutzte die Lagerhalle, um jede Menge Requisiten einzulagern, da er nie wusste, was er brauchen würde oder in welchen Outfits seine Käufer die Mädchen sehen wollten. Vielleicht konnte er es rausschaffen, wenn er sich als Cop verkleidete.

Bevor er jedoch noch einen weiteren Schritt machen konnte, hörte er die Stimme in seinem Nacken. „Stehenbleiben."

Crenshaw hob die Hände in die Luft und drehte sich langsam um. „Gott sei Dank." Er lächelte den Cop an. „Sie haben mich hierhergelockt. Ich suche schon eine ganze Weile nach einem Ausgang. Die Männer an den Türen sind schwer bewaffnet. Sie wollten uns einfach nicht gehen lassen."

Detective Fennel senkte seine Waffe nicht. „Auf die Knie. Hände hinter dem Kopf verschränken."

Crenshaw gehorchte. „Sie machen einen riesigen Fehler. Ich bin keiner von ihnen."

„Wers glaubt, wird selig." Fennel machte einen Schritt auf ihn zu. „Wie heißen Sie?"

Crenshaw spürte, dass er in der Falle saß.

„Antworten Sie mir."

„Ich bin unschuldig. Ich gehöre nicht zu diesen Männern", bekräftigte Crenshaw. „Ich habe versucht, Hilfe zu rufen, aber mein Telefon hatte keinen Empfang."

„Wir haben den Blocker gefunden. Und Denis Hiver. Und Ihr Kumpel, Oleg Vorshkovich, ist auf dem Weg ins Krankenhaus. Und jetzt beantworten Sie verdammt nochmal meine Frage."

Alles Blut floss aus Crenshaws Gesicht. Er wusste, dass das Spiel aus war. „Mein Name ist Stan. Stan Haversham. Mein Ausweis ist in meiner Brusttasche."

Fennel glaubte ihm nicht, aber es war seine Pflicht, sich zu vergewissern. „Greifen Sie langsam in Ihre Tasche und werfen Sie Ihren Ausweis zu mir rüber."

Crenshaw tat genau das, und als Brad sich bückte, um die Scheckkarte aufzuheben, zog Crenshaw eine Waffe.

* * *

„Waffe", schrie ich und schüttelte den SEK-Kollegen ab, der mir den Korridor entlang half. Ich war noch wackelig auf den Beinen und musste mich an der Wand abstützen.

Meinem Partner erzählte ich mit meiner lauten Warnung nichts Neues. Er hatte die Augen nicht eine Sekunde von Crenshaw gelassen, und als der Verdächtige eine Waffe zückte, schoss Brad und zielte auf Crenshaws Schulter. Der Mann stürzte rückwärts. Die Waffe klapperte über den Boden und Brad sprang auf Crenshaw. In Windeseile hatte er ihn auf den Bauch gedreht und ihm die Hände im Rücken mit Handschellen gefesselt.

„Du machst meine Partnerin fertig, ich mache dich fertig." Brad versetzte Crenshaw einen saftigen Tritt in die Rippen und ein Mitglied des Sondereinsatzkommandos musste ihn mit aller Kraft von ihm herunterzerren.

Ein Kollege eilte dazu und zu zweit hielten sie Brad fest, bis er sich beruhigt hatte. Als sie meinen Partner schließlich losließen, trat er ein paar Schritte zurück. Er hob die Waffe auf, die Crenshaw hatte fallen lassen, und sah sie sich genauer an. Nachdem er sie sich hinten in den Hosenbund gesteckt hatte, hob er den Ausweis auf. *Dale Crenshaw.*

„Ich habe deine Waffe gefunden, Liv." Brad legte sich meinen Arm über die Schulter, bevor meine Beine nachgaben. „Du musst echt lernen, sie bei dir zu behalten. Die Stadt hat sie dir aus einem Grund anvertraut."

„Bla, bla." Ich schlang meine Arme um seine Schultern und er hob mich hoch. „Geht es dir gut?"

„Jetzt schon."

„Was ist mit den Frauen in den Käfigen? Und Lyla James? Wir müssen ihnen helfen."

„Das halbe Dezernat ist hier. Sie kümmern sich um sie. Und wir beide kümmern uns jetzt um dich." Er trug mich aus der Lagerhalle und half mir in einen der wartenden Krankenwagen.

Einunddreißig

Als ich am nächsten Tag ins Büro kam, brach tosender Applaus aus. Brad, der hinter mir die Treppe hochgekommen war, machte ein paar theatralische Verbeugungen, während ich nur die Augen verdrehte und zu meinem Schreibtisch ging. Wir hatten einen großen Tag vor uns. Für das hier war keine Zeit.

„Gute Arbeit, DeMarco“, sagte Officer Roberts.

Ich sah auf. Das könnte der erste nette Satz sein, den er jemals zu mir gesagt hatte. Und vermutlich war es auch der letzte. Ich nickte und sah mir die Zettel mit Nachrichten durch, die sich auf meinem Tisch gestapelt hatten.

Fennel setzte sich erst gar nicht hin. „Der Durchsuchungsbefehl ist ausgestellt.“ Er beäugte mich skeptisch und betrachtete die dunklen Blutergüsse, die unter meinem Kragen hervorblitzten. „Du hast da ganz schön was durchgemacht gestern. Bist du sicher, dass du nicht hier warten willst?“

„Komm schon, Brad. Das ist doch der Teil, der Spaß macht. Außerdem will ich den Fall selbst abschließen.“

Er griff nach einer Schere. „Wenn das so ist, halt mal still. Ich kann schließlich nicht den ganzen Tag mit einer Patientin, die aus der Psychiatrie geflohenen ist, herumlaufen."

„Sie haben mich nicht auf die Psychiatrie gebracht", protestierte ich, als er mir das Patientenarmband vom Handgelenk schnitt.

„Ganz klar ärztliche Fehleinschätzung." Er warf das Plastikband in den Papierkorb.

Ich überflog die letzten Zettel und ging dann in Graysons Büro, um etwas zu holen, das für mich abgegeben worden war. Officers hatten meine Handschellen Denis Hiver abgenommen, Clarissas Entführer. Die fünf Frauen aus den Käfigen waren im Krankenhaus und wurden untersucht, aber rein körperlich würden sie sich vollständig erholen. Was mit Lyla geschehen war, wusste ich nicht, und ich hatte Angst zu fragen.

Auf dem Weg nach draußen warf ich einen Blick auf die Memowand. Tanya hatten wir nie gefunden, eine der ersten Frauen, die unseres Wissens entführt worden war. Dafür hatten wir zwei andere gefunden, von denen wir gar nicht gewusst hatten, dass sie vermisst wurden. Ich durfte gar nicht daran denken, wie viele weitere Opfer wohl irgendwo da draußen waren, wie viele von ihnen bereits tot waren und wie viele verkauft oder Schlimmeres. Mit zusammengebissenen Zähnen folgte ich Fennel zum Auto. Es war an der Zeit, dass wir endlich Antworten bekamen.

„Hey, rede mit mir", sagte Brad. „Woher wusstest du, dass es Crenshaw war? Wenn du es mir nicht gesagt hättest, wäre er vielleicht davongekommen. Konntest du sein Gesicht sehen?"

„Nein, aber ich habe seinen Anzug und die Armbanduhr wiedererkannt. Zuerst war ich nicht sicher, aber einer der größten Vorteile, wenn man bei Rogers and Stein arbeitet, ist, dass man die Produkte behalten darf, die die Firmen nach den Shootings zurücklassen. Aber eigentlich hat ihn die Maske verraten. Das Gemeindetheater hat einen Raum voller Requisitenspenden von Rogers and Stein. In der Garderobe des Theaters hing bestimmt ein Dutzend solcher Masken. Und Crenshaw hatte Zugang zu allem und jedem, das kommt auch noch hinzu. Die gefälschten FBI-Marken bekam er in die Finger, als sie Fotos für den Uniformenkatalog gemacht haben."

Fennel hielt vor Crenshaws Haus. Dale Crenshaw saß in Untersuchungshaft. Seine Fingerabdrücke waren auf den Krügen mit dem Wasser, das er mir ins Gesicht und in den Mund geschüttet hatte, aber wir waren hier, um Beweise für seine anderen Verbrechen zu finden. „Also gut. Mal sehen, was wir finden."

Ein zweites Team war mit einem weiteren Durchsuchungsbeschluss zur Modelagentur gefahren, aber ich bezweifelte stark, dass Crenshaw vertrauliche und verfängliche Unterlagen im Büro aufbewahrt hatte, vor allem, da er die letzten beiden Tage vor seiner Festnahme krank gewesen war. Er hatte gewusst, dass wir ihm auf der Spur waren. Er hatte zwei Tickets erster Klasse in ein Land ohne Auslieferungsabkommen gebucht. Sobald er seine restliche Ware los gewesen wäre, hätte er sich aus dem Staub gemacht. Hätte ich ihn gestern Nacht nicht gefunden, würde er gerade auf einer tropischen Insel Mai Tais schlürfen, anstatt seine Zellengenossen besser kennenzulernen.

„Mrs. Crenshaw", sagte Fennel, als die Frau des Verdächtigen die Tür öffnete, „wir haben einen Durchsuchungsbefehl für Ihr gesamtes Anwesen."

Sie zog die Augenbrauen zusammen. „Wo ist mein Mann? Wo ist Dale?"

„Ma'am?“ Ich nickte den Officers zu und sie gingen an ihr vorbei ins Haus. „Lassen Sie uns hineingehen und alles besprechen.“

Mrs. Crenshaw weigerte sich, auch nur ein Wort von dem zu glauben, was wir ihr erzählten. In ihren Augen war ihr Ehemann ein korrekter und gütiger Mensch. Sie beharrte darauf, dass er unschuldig war. Aber eine gründliche Durchsuchung seines Büros, mehrerer Handys und der Daten auf seinem Computer zeichneten ein anderes Bild. Wir fanden ausländische Bankkonten. In seiner Schreibtischlade lagen Dokumente, die bestätigten, dass er Scheinfirmen gegründet hatte und besaß, die die Motelzimmer, das Haus und die Lagerhalle mieteten. Die Unterlagen gingen fast zehn Jahre zurück.

„Was denkst du, wie viele Frauen er ins Ausland verkauft hat?“, fragte Fennel.

Ich sah mir die Bewegungen auf Crenshaws Konten an. „Mehr als wir ahnen. Immerhin haben wir genug Material, damit er mehrfach lebenslänglich bekommt. Nur schade, dass das keine der Frauen zurückbringen wird.“

„Vielleicht können wir ihn überzeugen zu kooperieren. Wir könnten ihm im Gegenzug eine Zelle mit Fenster anbieten oder vielleicht eine solide Klimmzugstange, an der er sich erhängen kann.“

„Ja, vielleicht.“ Aber ich bezweifelte, dass er reden würde.

Auf der Fahrt zurück aufs Revier klingelte mein Handy. „DeMarco, ich sollte Sie anrufen, wenn niemand den Wagen abholt.“ Es war Officer Chen. Er hatte die Monthly Stay Condos überwacht, seit wir das Motel zugedreht hatten. „Es ist der einzige, der noch übrig ist. Ich habe das Kennzeichen überprüft. Er ist auf einen Nathan Lence registriert. Laut dem Hotel ist er ein Gast. Aber wir haben sein Zimmer überprüft. Es ist leer.“

„Haben Sie einen Ausweis mit Foto von ihm?“, fragte ich. Er sprach von dem Auto, das Brad und ich auch schon überprüft hatten.

„Ich schicke es Ihnen gleich.“

Ich wartete auf die Textnachricht und sobald ich sie öffnete, fluchte ich. Sofort rief ich bei der Staatsanwaltschaft an, um mir einen weiteren Durchsuchungsbefehl ausstellen zu lassen. „Kleine Planänderung“, sagte ich zu Brad.

„Was ist los?“

„Ich weiß jetzt, wer Keith Richardson ist.“ Obwohl das Foto auf Nathan Lences Ausweis kaum Ähnlichkeit mit dem Mann hatte, dem ich aufs Dach gefolgt war, erkannte ich ihn an seinen Augen. Diese Augen würde ich niemals vergessen. Nathan Lence hatte einen dichten, struppigen Bart, einen glatt rasierten Kopf und dicke Brillengläser. Kein Wunder, dass die Gesichtserkennungssoftware Probleme gehabt hatte, ihn auf den Fotos, die wir von Keith Richardson hatten, zu identifizieren. Sie sahen sich überhaupt nicht ähnlich.

Als wir bei Lences Adresse vorfuhren, wartete dort schon eine Streife. Ich stieg aus und redete mit den Officers. Die Wohnung war an Nathan Lence und eine Scarlet Archer vermietet, die Mutter von Lences einzigem Sohn. Der Geburtsurkunde nach war Nathan junior drei Jahre alt.

Der Durchsuchungsbefehl war noch nicht da, aber ich klopfte trotzdem an die Tür. Eine attraktive Frau in meinem Alter machte auf. Sie wirkte erschöpft. Ihre Kleidung war voller Flecken und ihre Haare waren ungekämmt.

„Ma’am, ich bin Detective DeMarco. Das ist mein Partner, Detective Fennel.“

„Wo ist Keith?“, fragte sie.

„Keith?“ Ich hatte nicht erwartet, dass sie seinen falschen Namen verwenden würde.

„Mein Freund, Nathan.“ Sie schüttelte den Kopf. „Alle nennen ihn Keith. Er ist verschwunden. Also, nein. Das stimmt so nicht. Er hat uns verlassen. Er hat mich letzte Woche abends angerufen und mir gesagt, dass er nicht wiederkommt. Er sagte, es wäre das Beste so. Dass er es für unseren Sohn tut.“

„Ihren Sohn?“, hakte Brad ein und spähte in die Wohnung.

Ihr wurde bewusst, dass sie uns hereinbitten sollte, und sie trat einen Schritt zur Seite. „Er ist krank. Schwer krank. Keith sagte, er würde sich darum kümmern. Dass er einen neuen Job finden würde. Einen, der richtig viel Geld bringt. Und endlich konnten wir die letzten Rechnungen bezahlen. Nate befindet sich derzeit in Remission.“ Sie tupfte sich die Augen trocken. „Wir wissen nicht, wie lange es so bleiben wird. Ich verstehe nicht, warum er uns ausgerechnet jetzt verlassen hat. Der schwierigste Teil ist geschafft. Nate braucht seinen Dad.“ Sie sah den Ausdruck auf meinem Gesicht und ihr eigenes verwandelte sich in einen stillen Schrei. Brad fing sie auf, bevor sie zusammenbrach. Er half ihr auf die Couch und hielt ihr sein Handy vor die Augen. „Ma’am, erkennen Sie diesen Mann?“

Sie nickte und ihre Lippen bebten. „Das ist Keith. Wo ist er?“

„Es tut mir leid, Ihnen das mitteilen zu müssen“, sprach er weiter, während sie laut schluchzte.

Ich wandte mich ab. Jetzt verstand ich, warum Keith sich umgebracht hatte. Crenshaw hatte seinen Sohn und seine Familie bedroht. Crenshaw musste die Krankenhausrechnungen des kleinen Jungen bezahlt haben, und im Gegenzug hatte Keith ihm Frauen besorgt, die seine Organisation entführen konnte. Mit einem Mal fühlte ich mich elend, aber ich riss mich zusammen und war froh, dass Fennel mit der Befragung weitermachte. Wir brauchten gar keinen Durchsuchungsbeschluss. Scarlet gab uns alles, was wir brauchten, und noch viel mehr. Bis wir gingen, wünschte ich mir, ich könnte meine eigenen Waterboarding-Techniken an Crenshaw ausprobieren.

„Er ist nicht unschuldig", sagte Fennel. „Keith hat diese Frauen ganz bewusst entführt. Und nicht nur entführt, Ingrid hat er sogar umgebracht. Sicher, er brauchte das Geld, aber das hätte er auch auf andere Arten beschaffen können. Ohne Leben und Familien zu zerstören. Er hat der Welt mehr Böses getan als sie ihm." Fennel zwang mich, ihn anzusehen. „Es ist nicht deine Schuld, dass der kleine Junge keinen Dad und die Frau keinen Partner mehr hat. Keith hat sich selbst in diese Position gebracht. Er hätte jederzeit zu uns kommen können, aber das hat er nicht getan. Er selbst ist der Grund, warum er tot ist."

„Ich weiß. Trotzdem ist es beschissen."

„Hast du nicht gesagt, das hier ist der Teil, der Spaß macht?"

„Tja, ich habe mich wohl geirrt."

Den Rest des Tages verbrachten wir damit, Beweise zu verarbeiten, Zeugen zu befragen und die Männer, die wir festgenommen hatten, zu verhören, um den Fall vollständig aufzuklären. Agent Peters kam, um uns zu helfen. Dale Crenshaw drohten zusätzlich zu seinen internationalen Verbrechen auch Anklagen auf stattlicher und auf Bundesebene. Seine Position bei Rogers and Stein hatte es ihm ermöglicht, viele berühmte Menschen kennenzulernen. Die Bodyguards einiger von ihnen waren ehemalige Bundesagenten. Wir vermuteten, dass er so herausgefunden hatte, wie sich seine Männer Zutritt zum Fuhrpark des FBIs und zur Pathologie verschaffen konnten. Das FBI untersuchte bereits mögliche Sicherheitsverstöße und würde jeden, der eine Bedrohung für die interne Sicherheit darstellte, befragen.

Immerhin würde Crenshaw nie wieder jemandem wehtun. Hoffentlich konnte Interpol unsere Beweise nutzen, um die internationalen Arme des Menschenhändlerrings auszuheben. Der Russe saß bereits in Haft. Crenshaws Aufzeichnungen nach hatte er Geschäfte mit Südamerika gemacht und Frauen hauptsächlich aus Osteuropa eingekauft. Es ging um so viel mehr als die vier vermissten Frauen. Dieser Fall war monumental.

Das FBI hatte Ivan Sergei am Flughafen aufgegriffen. Nach der Razzia hatte er versucht zu fliehen, doch sein Pass hatte einen Alarm im Sicherheitssystem ausgelöst und er war verhaftet worden. Oleg Vorshkovich hatte überlebt und damit hatten wir zwei Komplizen, die mehr als bereitwillig und im Gegenzug für Asyl und Schutz gegen Crenshaw und ihren russischen Boss aussagen würden.

Ursprünglich hatte Crenshaw seine Position bei Rogers and Stein genutzt, um Frauen zu finden. Er hatte jene angesprochen, die von der Modelagentur nicht ausgewählt wurden, und ihnen Aufträge einer anderen Art angeboten. So war Shana im Motel gelandet. Anfangs wusste er nicht, ob es einen Markt für Frauen mit ihren Vorzügen gab, also behielt er sie für sechs Monate. Wenn einer seiner Käufer eine von ihnen auswählte, erzählte er ihr, dass er einen Job für sie hatte – dass es ihr großer Durchbruch werden würde. Sie wurde außer Landes geflogen und in die Sklaverei verkauft. Und wenn nicht, dann ließ er sie gehen. Die Frauen, die das große Glück hatten, nicht ausgewählt zu werden, wurden unversehrt freigelassen und ahnten nicht, in welch großer Gefahr sie geschwebt hatten. Aber manchmal wollten Crenshaws Käufer Frauen mit anderen Attributen und irgendwann hatte Crenshaw sich Hilfe von Keith geholt.

Da er Keith von seiner Arbeit fürs Gemeindezentrum kannte, für das dieser regelmäßig die Requisitenspenden von Rogers and Stein holte, musste er von Keiths finanzieller Notlage gewusst haben. Also hatte er ihn sich zunutze gemacht. Leider war Keith kein kriminelles Superhirn gewesen. Die Polizei hatte irgendwann bemerkt, dass die Frauen, die er entführt hatte, verschwunden waren, und als Ingrid, unsere Jane Doe aus der Gasse, ein Gespräch der Männer im Motelzimmer mit angehört hatte, war ihr klar geworden, dass dies nicht ihre Chance auf eine Karriere als Model war, und war geflohen.

Sie hatte versucht, Hilfe zu holen, war aber nicht weit gekommen, bevor Ivan herausfand, dass sie weg war, und sie zurückgeholt hatte. Ivan rief Crenshaw an und dieser beauftragte Keith damit, sich um sie zu kümmern. Und so fing das Kartenhaus an, in sich zusammenzubrechen. Verzweifelt bereitete Crenshaw alles vor, um seinen Käufern die Schuld umzuhängen, aber wir waren gerade noch rechtzeitig dahintergekommen.

„Haben Sie eine Ahnung, wohin Tanya und die vielen anderen Frauen über die Jahre verschwunden sind?“, fragte ich Agent Peters, als wir den Verhörraum verließen.

„Interpol-Agenten führen in dieser Minute Razzien auf mehreren Anwesen durch. Wir können nur hoffen, dass Crenshaws Käufer ordentlich Buch geführt haben. Ich halte die Daumen, dass wir sie finden.“

„Ich auch.“

Peters klopfte mir auf die Schulter und ich versuchte, nicht vor Schmerzen zusammenzuzucken. „Im Krankenhaus hatte ich für einen kurzen Moment die Befürchtung, dass Sie mich verdächtigen."

„Nun, Crenshaw hat Dmitris Tod selbst orchestriert. Und Oleg und Dmitri ließ er den FBI-Van stehlen. Ich bin nur der Beweisspur gefolgt."

„Beim nächsten Mal geben Sie Ihren Freunden mit Dienstmarken einen Vertrauensvorschuss. Meistens sind wir tatsächlich die Guten."

„Dmitri und Oleg hatten auch Dienstmarken. Sicher verstehen Sie meine Verwirrung."

Peters lächelte. „Das tue ich und es ist alles längst vergeben und vergessen. Und danke, dass Sie uns auf das Problem aufmerksam gemacht haben."

Ich lehnte mich in meinem Stuhl zurück und schloss die Augen. Wir mussten nur noch ein paar wenige Feinheiten abklären, aber im Grunde war der Fall abgeschlossen. Vielleicht würde ich mir ein paar Tage freinehmen, um mich zu sammeln und zu erholen. Fennel beendete sein Verhör mit David Hennen und kehrte an seinen Schreibtisch zurück.

„Sieht so aus, als wäre Hennen sauber. Er sagt, er habe Keith den Van fahren lassen, und wir haben dessen Fingerabdrücke auf der Ladefläche gefunden. Keith muss den Van des Gemeindezentrums benutzt haben, um Lyla zu entführen."

„Wie geht es ihr?", fragte ich.

„Sie hatte Glück. Die Kugeln haben keine lebenswichtigen Organe erwischt. Sie wird sich erholen."

„Das ist schön zu hören." Ich verengte meinen Blick. „Aber etwas verstehe ich nicht."

„Und was?"

„Woher wusstest du, wo ich war?"

„Kincaid hat angerufen und es uns gesagt. Ich habe

auch das Gefühl, dass er der Grund ist, warum die Lagerhalle leer war, als wir ankamen. Diese Geschäftsmänner, von denen du immerzu geredet hast, nun, kein einziger von ihnen war im Hauptraum. Auch kein Escort-Girl oder die Mädchen des Catering-Service."

„Denkst du, er hat sie erst rausgebracht?"

„Waren sie nicht auch seine Klienten oder Angestellten?", fragte Fennel.

Ich zuckte die Achseln. „Willst du ihn reinholen?"

„Er hat dich gerettet. Und als wir während der Ermittlungen in seinem Club seine Finanzen auf Herz und Nieren geprüft haben, ist nichts aufgetaucht, was ihn mit einem Menschenhändlerring oder Dale Crenshaw in Verbindung gebracht hätte. Was mich angeht, ist das hier sein Freibrief. Sein einziger. Aber ich überlasse die Entscheidung dir."

Ich starrte auf den Stapel Akten. „Ich will nicht noch mehr Formulare ausfüllen müssen, also drücken wir vorerst ein Auge zu. Jemand hat schon mit ihm gesprochen, oder?"

Brad nickte.

„Okay. Dann mache ich hier fertig und fahre nach Hause. Ich könnte wirklich eine Pause gebrauchen."

„Du hast sie dir verdient."

„Wir haben sie uns verdient", korrigierte ich ihn, aber das schien seine düstere Stimmung nicht zu verbessern.

Zweiunddreißig

Bevor ich an diesem Abend nach Hause fuhr, hielt ich beim Spark. Rick winkte mich durch, als ich auf die Tür zumarschierte. „Guten Abend, Liv. Der Boss erwartet dich."

„Er erwartet mich?" Ich war nicht einmal sicher gewesen, ob ich herkommen sollte.

„Mr. Kincaid wartet in seinem Büro. Die Getränke gehen aufs Haus." Er öffnete die Tür.

„Danke, Rick."

Ich trat ein und erwartete die üblichen gedämmten Lichter, laute Musik und in Käfigen tanzende Frauen. Stattdessen stand ein Klavier mitten auf der Tanzfläche und eine Sängerin war für den Abend als Unterhaltung engagiert worden. Es war eine ruhige Nacht für eine Klientel, die immer nach dem nächsten Kick suchte.

Ich nahm den vertrauten Weg an der Bar vorbei und den privaten Flur hinunter. An Axel Kincaids Tür angekommen, klopfte ich. „Rick sagt, du erwartest mich."

Axel hob den Blick. „Etwas sagte mir, dass du

vorbeikommen würdest. Bist du hier, weil du deinen Job als Kellnerin zurückwillst, oder um mich zu verhaften?" Er hob die Handgelenke. „Du kannst mich gern in Handschellen legen, aber zuerst solltest du mich gründlich abtasten. Wer weiß, was ich vor dir verberge?"

Ich setzte mich auf den Stuhl vor seinem Schreibtisch und warf einen Blick auf die Akten und losen Blätter, die quer über die Tischplatte aus Mahagoni verteilt lagen. „Was ist das?"

„Wenn du es genau wissen willst, überdenke ich meinen Kundenstamm. In den letzten vierundzwanzig Stunden habe ich meine Mitgliederzahl drastisch reduziert. Vielleicht ist dir aufgefallen, wie leer es draußen ist."

„Ich brauche Namen."

Er grinste. „Hast du einen Durchsuchungsbefehl?"

„Ich könnte mir einen besorgen."

„Allerdings wäre es Zeitverschwendung. Ein schrecklicher Unfall mit dem Schredder. Siehst du?" Er hob seinen kleinen Finger. „Das hat man davon." Er stand auf und griff nach der Flasche mit Brandy, die er auf dem Servierwagen in der Ecke aufbewahrte. „Bist du im Dienst?"

„Nein."

„Dann bist du also privat hier." Er schenkte zwei Gläser ein und brachte sie rüber. Nachdem er sich auf die Tischkante gesetzt hatte, starrte er auf mich herab, während ich an dem Kristallglas nippte. „Du kommst nicht dahinter, warum ich dir geholfen habe, nach allem, was du mir angetan hast." Er nahm selbst einen Schluck „Du hast mein Vertrauen missbraucht, meinen Club infiltriert, mich belogen und alles, was du herausgefunden hast, gegen mich verwendet. Ehrlich, Liv. Ich weiß selbst nicht, warum ich dir geholfen habe. Verdient hast du meine Hilfe nicht."

„Ich habe nur meinen Job gemacht, Mr. Kincaid."

Er schluckte wieder und verbarg seine Verbitterung. „Ich habe dir schon gesagt, wir beide sind nicht so verschieden. Ich führe diesen Club, damit die Leute nicht anderswo durchdrehen und ihre verrückten Fantasien ausleben. Ich gebe ihnen ein Ventil, aber das bedeutet nicht, dass ich widerwärtige und verdorbene Praktiken befürworte. Menschenhandel, Sexsklavinnen, all das gibt es im Spark nicht. Sollte es nirgendwo geben. Ich habe nur getan, was jeder gute Bürger tun würde."

„Und wieso hast du dann die Lagerhalle geräumt, bevor Verstärkung gekommen ist? Wieso gibst du mir nicht die Namen der Männer, die dort waren, um Sexsklavinnen zu kaufen? Sie werden sich einfach eine andere Quelle suchen. Du kannst sie nicht aufhalten, Axel, aber ich schon."

Kincaids blaue Augen blitzten in meine Richtung. „Ich habe mich um sie gekümmert."

„Was soll das heißen?"

„Vermutlich ist es am besten, wenn du dir keine Gedanken über die Details machst." Er stellte sein Glas ab und packte mich am Kinn. Sanft strich er mit dem Daumen über meine aufgeplatzte Lippe. „Du hättest nicht zurück hineingehen dürfen. Sie hätten dich töten können. Den Gerüchten nach, die ich gehört habe, waren sie nah dran."

„Ich hatte keine Wahl. Gehört zum Job."

„Dann solltest du dir einen neuen suchen."

„Du klingst genau wie meine Mutter." Ich entwich seinem Griff und leerte mein Glas. „Sofern dein Name nicht doch noch auftaucht, bin ich bereit, die Sache abzuhaken. Dann sind wir quitt." Ich stellte das Glas auf dem Schreibtisch ab und stand auf.

„Wir sind noch lange nicht quitt, Liv." Er fuhr mit seinen Fingern über mein Handgelenk. „Ich habe dir ein zweites Mal geholfen. Du schuldest mir was. Und beim nächsten Mal ist Zahltag."

„Mir war nicht klar, dass du das Geld brauchst. Komm aufs Revier und füll die Formulare aus. Dann bezahlen wir dich wie alle anderen geheimen Informanten auch."

„Ich rede nicht von Geld."

„Wenn du denkst, dass ich dir Informationen zuschieben werde, verhafte ich dich gleich hier und jetzt."

„Davon rede ich auch nicht." Sein Daumennagel glitt über meine Hand und ich wich einen Schritt zurück. „Dein Partner ist gerade vorgefahren. Sag ihm, er soll auf ein Getränk reinkommen. Ich bestehe darauf."

„Fennel ist hier?"

Axel zeigte auf den Bildschirm an der Wand hinter mir und ich fragte mich, ob Brad einen GPS-Tracker in mein Handy hatte einbauen lassen. Nach allem, was gestern passiert war, würde ich es ihm zutrauen.

„Danke für das Angebot, aber wir müssen ablehnen. Man könnte es als Bestechung auslegen."

„Du hast es dir in den Kopf gesetzt, einen Grund zu finden, mich zu verhaften, oder?", fragte Axel. „Du kannst es nicht erwarten, mich wieder in Handschellen zu legen." Ich ignorierte ihn und ging zur Tür. „Liv, warte kurz." Nun stellte auch er sein Glas ab und folgte mir zur Tür. „Unabhängig davon, was du von mir denkst, bin ich keiner von den Bösen. Ich bin wirklich froh, dass dir nichts zugestoßen ist. Sieh zu, dass es so bleibt." Er küsste mich auf die Wange. „Pass da draußen auf dich auf."

Auf dem Weg hinaus versuchte ich, die Verwirrung aus meinem Kopf zu vertreiben. Draußen ging ich direkt zu meinem Partner. „Was machst du denn hier?"

„Offenbar hatten wir denselben Gedanken.“ Brad kratzte sich am Kopf und warf einen Blick auf die Fassade des Clubs. „Hat er dir irgendwas erzählt?“

„Ich dachte, du wolltest ein Auge zudrücken.“

Brad bedachte mich mit einem herausfordernden Blick. „Dasselbe hast du auch gesagt“, gluckste er. „Zwei Dumme, ein Gedanke.“

„Sieht so aus.“ Ich biss mir auf die Lippe und sah zurück zum Spark. „Er wird niemanden verpfeifen.“

„Für die Drogenbehörde hat er es getan.“

„Ja, und ich wette, sie hatten ein paar gute Druckmittel. Im Gegensatz zu uns.“ Ich rieb mir die schmerzenden Schultern und verzog das Gesicht. „Da ist etwas, über das ich mit dir reden muss. Komm mit zu Emma. Dann brate ich uns diese Steaks vom Weiderind und mache Süßkartoffelfritten dazu.“

„Du bist verletzt. Ich brate die Steaks.“

Nach dem Essen überbrachte ich Brad die Neuigkeit. „Weißt du noch, als ich damals um Versetzung angesucht habe?“

„Das ist Monate her.“

„Ja. Also ... Grayson hat gesagt, sobald dieser Fall abgeschlossen ist, sorgt er dafür, dass mein Ansuchen im Eilverfahren bearbeitet wird.“

Brad starrte auf seine Serviette. „Du wolltest weg aus der Abteilung für verdeckte Ermittlungen. Es war dir immer ein Dorn im Auge, dass dein Vorgesetzter der ehemalige Partner deines Dads ist.“ Er hob den Blick und sah mich an. „Wo gehst du hin?“

„Das weiß ich nicht.“ Aus irgendeinem Grund stiegen mir Tränen in die Augen. Junge, ich brauchte wirklich dringend Schlaf. „Ich will dich nicht verlassen. Du bist der beste Partner, den eine Frau sich nur wünschen kann.“

„Ich bin auch der einzige Mensch auf diesem Planeten, der bereit ist, sich mit deiner Verrücktheit herumzuschlagen.“ Er deutete auf seinen Scheitel. „Heute Morgen habe ich ein graues Haar gefunden. Ich habe es ausgezupft, aber ich bin mir sehr sicher, dass ich es nur deinetwegen bekommen habe.“

„Brad, ich meine es ernst. Ich kann dich nicht einfach so allein lassen.“

„Lass mich dir was sagen. Du musst tun, was für dich das Beste ist. Und diese ganzen Undercover-Jobs zu machen, ist eindeutig nicht gut für dich. Verdammt, für mich doch auch nicht. Ich kann dich keine Millisekunde allein lassen, ohne dass du etwas total Durchgeknalltes tust. Ich will dich nicht verlieren, Liv, aber wenn ich dich retten kann, indem wir keine Partner mehr sind, dann sind wir keine Partner mehr.“

„Komm schon, Brad. Das meinst du doch nicht so.“

Er stieß sich vom Tisch ab. „Nein, tue ich wohl nicht. Aber so, wie dieser Fall gelaufen ist, muss ich auch ein paar Dinge ändern. Also. Tu, was für dich am besten ist. Undercover zu arbeiten, wird dich noch umbringen, Liv, und dich auf diese Weise zu verlieren, würde ich nicht überleben. Wenn du also ein besseres Angebot bekommst, dann nimm es an.“ Er griff nach seiner Jacke und ging zur Tür.

„Brad.“ Ich folgte ihm und fühlte mich, als hätte mir gerade jemand einen Schlag in die Magengrube verpasst. „Es tut mir leid.“

Er drehte sich um und lächelte. „Muss es nicht. Ich werde immer für dich da sein. Denk immer daran.“ Er drückte mir einen Kuss auf die Stirn, bevor er die Tür öffnete. „Ruh dich gut aus. Wir sehen uns am Montag.“

Dreiunddreißig

Am Montag war alles wie immer. Fennel tat so, als hätten wir das Gespräch nie geführt. Der gesammelte Akt wurde dem Büro des Staatsanwalts übergeben. Der Staatsanwalt war zuversichtlich, dass der Fall so gut wie wasserdicht war, und die Richterin stimmte zu. Crenshaw wurde eine Kaution verweigert. Und das FBI und Interpol ermittelten weiter. Sie hatten bereits mehrere Hausdurchsuchungen im Ausland durchgeführt und weitere sieben Frauen gerettet, die Crenshaw verkauft hatte. Sogar zu Tanyas Aufenthaltsort gab es bereits eine vielversprechende Spur.

Das Krankenhaus hatte angerufen, um uns mitzuteilen, dass Martha sich erholte und gegen Ende der Woche entlassen werden würde. Lyla war bereits wieder zu Hause. Grayson rief mich in sein Büro, um mir die gute Nachricht zu überbringen.

„Sie haben die beiden und zahllose weitere gerettet. Gute Arbeit." Der Captain zog den Lamellenvorhang zu. „Wie ich Ihnen schon letzte Woche gesagt habe, wurde Ihr Antrag auf Versetzung bewilligt. Die

Mordkommission hofft, Sie abwerben zu können. Sie denken, dass Sie das Zeug zum Ermittler für ihre Fälle haben. Es ist eine gute Stelle. Nicht ganz wie bei uns hier, aber vergleichbar. Die werden Sie ganz schön auf Trab halten." Er schob mir die Bewerbungsformulare zu. „Die Stelle gehört Ihnen, wenn Sie sie wollen."

„Captain, ich liebe es, hier zu arbeiten. Für Sie. Sie haben mir so viel beigebracht."

Er winkte ab. „Genug davon, Liv. Ich habe Vince versprochen, auf Sie aufzupassen, aber das ist nicht immer so leicht. Wir alle haben unsere Jobs zu erledigen und mein Versprechen zu halten und dem Eid treu zu bleiben, den ich geleistet habe, ist nicht immer vereinbar. Sie wissen nicht, wie viele Male ich überlegt habe, Ihnen einen Schreibtischjob aufzutragen, weil Vince denken könnte, der aktuelle Undercover-Job sei zu gefährlich für sein kleines Mädchen."

Ich lachte. „Dann war das hier für Sie also auch nicht leicht?"

„Leicht war nie der Grund, warum ich Polizist werden wollte. Und bei Ihnen ist es dasselbe."

„Das stimmt, Sir." Ich schielte zwischen den Lamellen hindurch, aber Brad war nicht an seinem Schreibtisch. „Fennel ist ein guter Polizist."

„Einer der besten. Sie beide sind ein Traumteam. Ich hasse es, Sie zu verlieren."

„Ich will nicht etwas kaputt machen, das heil ist."

„Man findet selten einen Partner wie ihn. Lassen Sie ihn nicht gehen." Grayson reichte mir den Packen Formulare und ich ging zurück zu meinem Schreibtisch.

Nachdem ich ein paar Tage mit dem Gedanken gespielt hatte, füllte ich die Bewerbung aus und redete mit dem Lieutenant der Mordkommission. Ab dem Tag, an dem ich meine nächste Schicht antrat, berichtete ich an ihn. Grayson wusste, dass ich ging, aber sonst sagte ich zu niemandem etwas. Ich wollte mir nicht eine Nacht in einer Bar um die Ohren schlagen, vergangene Fälle wieder aufrollen und peinliche Geschichten erzählen müssen.

„Ziehst du es wirklich durch?“ Fennel sah zu, wie ich die Sachen auf meinem Schreibtisch einpackte. Das Großraumbüro war zu dieser späten Uhrzeit fast menschenleer, weshalb ich so lange damit gewartet hatte. „Ist es das, was du willst?“

„Als ich damals der Abteilung für verdeckte Ermittlungen zugewiesen wurde, wollte ich mich bewähren. Beweisen, dass ich mehr bin als Captain Vince DeMarcos Tochter. Aber nach diesem Fall, nach allem, was ich gesehen und erlebt habe, muss ich niemandem mehr etwas beweisen.“

„Und wieso gehst du dann?“, fragte Fennel.

„Deinetwegen, wegen Emma und wegen meiner Mom.“

Fennel knabberte an seiner Lippe. „Es ist wegen dem, was dieses verdammte Dreckschwein dir angetan hat.“

„Nein, aber du hast recht. Undercover zu ermitteln, ist hart. Für diesen letzten Fall musste ich nicht einmal verdeckt ermitteln, aber er hat mir klargemacht, wie viel von meinem Leben ich verpasse, wann immer ich wieder untertauchen muss. So intensiv will ich das nicht mehr machen. Ich will meine eigene Wohnung. Ich will ich selbst sein. Wenn ich untertauche, dann will ich, dass die Menschen, die ich liebe, es mitbekommen und nicht einfach denken, dass ich mal wieder monatelang auf einem Einsatz bin. Aber ich werde dich so unglaublich vermissen.“ Ich rieb mir die Augen.

„Hey. Nichts wird sich ändern. Ich werde immer noch hier sein. Du wirst schon sehen.“ Er nickte zur

Tür. „Und jetzt fahr nach Hause. Schlaf ein bisschen. Du hast morgen einen großen Tag vor dir. Es ist dein erster Tag an der neuen Schule und du willst doch einen guten ersten Eindruck hinterlassen, nicht wahr?“

„Du bist so ein Blödmann.“

„Nacht, Liv.“

„Machs gut, Brad.“

Am nächsten Morgen meldete ich mich bei der Mordkommission. Telefone klingelten. Detectives und Officers wuselten umher. Alles fühlte sich an wie in meiner alten Abteilung.

Ich klopfte an die Tür des Lieutenants. „Detective DeMarco. Ich melde mich zum Dienst, Sir.“

Er deutete auf den Schreibtisch in der Ecke. „Dort werden Sie sitzen. Der Kerl am Tisch neben ihnen ist Ihr neuer Partner. Leben Sie sich ein. Wenn Sie Fragen haben, stellen Sie sie einem der anderen Detectives. Ein Stapel offener Fälle sollte schon auf Ihrem Tisch liegen. Sie können direkt anfangen.“

„Ja, Sir.“ Offenbar lautete die Devise in dieser Abteilung *friss oder stirb*.

Der Mann, der an dem Schreibtisch neben meinem saß, trug eine Baseballmütze. Er hatte den Kopf gesenkt und suchte etwas in der untersten Schublade. Unsicher sah ich mich um. Wenigstens war ich nicht der einzige weibliche Detective in der Abteilung. Immerhin etwas. Ich stellte meine Tasche ab, holte mein Namensschild und ein paar Schreibsachen heraus und setzte mich.

„Hi, ich bin Liv DeMarco“, sagte ich. „Ich schätze, du bist mein neuer Partner.“

Der Mann knallte die Schublade zu. „Hast ja ewig gebraucht, um hierherzufinden.“

„Wie bitte?“

„Du bist spät dran. Hat dir noch nie jemand gesagt,

wie wichtig der erste Eindruck ist?“ Er schob mir sein Namensschild so hin, dass ich lesen konnte, was darauf stand. Ich starrte auf die Buchstaben. *Detective B. Fennel.* Auf exakt dieses Namensschild hatte ich die letzten zwei Jahre jeden einzelnen Tag gestarrt. Er nahm seine Kappe ab und mir klappte der Mund auf.

„Was tust du denn hier?“

Brad grinste. „Du hörst echt nie zu. Ich gehe dorthin, wo du hingehst.“

„Du kannst nicht hier sein.“

„Warum nicht?“

„Weil sie Partner nie zusammen versetzen. Teams können nicht zusammenbleiben. Das weißt du.“

„Dann hast du unsere alte Abteilung also verlassen, um von mir wegzukommen?“

„Nein.“ Ich senkte die Stimme und sah mich um. „Nein“, wiederholte ich.

„Okay, dann ist ja alles klar.“ Er schob eine Aktenmappe in meine Richtung. „Ich finde, wir sollten mit diesem Fall anfangen. Er ist ungeklärt, und so können wir uns gut einarbeiten.“

„Du magst Leichen nicht.“ Egal, wie sehr ich mich bemühte, ich konnte nicht fassen, was gerade geschah. Vielleicht träumte ich.

„Wenn sie schon tot sind, wenn ich zu ihnen komme, fühle ich mich nicht schuldig, sie nicht gerettet zu haben. Meine Therapeutin glaubt, dass das helfen könnte. Es triggert mich nicht so stark.“

„Okay.“

Als ich ihn weiter anstarrte, schnippte Brad mit den Fingern vor meinem Gesicht. Er sah sich um und beugte sich zu mir. „Liv, du bist eine DeMarco. Auch wenn du nicht vorhast, dir diese Tatsache zunutze zu machen, ich und der Captain haben damit kein Problem. Die Abteilung hat für uns eine Ausnahme gemacht. Der letzte Fall hat mir auch ein paar riesige Pluspunkte eingebracht und ich werde mich nicht beschweren. Also hör auf, so eine große Sache daraus zu machen, und lass uns anfangen. Du blamierst mich."

„Mein Dad hatte die Finger im Spiel."

„Vince hat angerufen und mich gefragt, ob ich Interesse hätte, die Abteilung zu wechseln. Dann hat er ein paar Fäden gezogen. Scheinbar hat Grayson ihm erzählt, dass wir ein tolles Team sind und du mich vermissen wirst. Offensichtlich hat der Commissioner zugestimmt." Er grinste übers ganze Gesicht. „Lass mich meine Entscheidung nicht bereuen."

„Werde ich nicht." Ich grinste zurück. „Versprochen."

Verpasst nicht *Tödliche Machenschaften*, den nächsten Teil der Liv-DeMarco-Serie:

Detective DeMarco dachte, sich in eine neue Abteilung versetzen zu lassen, würde ihre Probleme lösen – dabei fangen sie gerade erst an …

Als nach einer Serie von Einbrüchen Leichen auftauchen, werden Liv und ihr Partner gerufen, um zu ermitteln. Der mordende Dieb stiehlt nur Schmuck, Elektrogeräte und Bargeld. Aber die Methode seiner Morde variiert stark. Livs Instinkt sagt ihr, dass er hinter mehr als nur glänzenden Juwelen her ist. Die Morde sind weder opportunistisch noch unvermeidbar – sie sind das wahre Motiv hinter diesen Verbrechen und die Diebstähle sind nur ein netter Nebeneffekt.

Jetzt müssen Liv und ihr Partner einen Weg finden, das nächste Opfer des Mörders zu finden. Im Verlauf des Falls kreuzen sich ihre Wege mit jemandem aus Livs Vergangenheit, mit jemandem, von dem sie nie geglaubt hätte, dass sie ihn eines Tages beschützen würde. Aber sie hat einen Eid geleistet, das Gesetz zu achten. Und egal, wer er ist oder was er getan hat, er braucht ihre Hilfe. Auch wenn er das nicht zugeben will …

ÜBER DIE AUTORIN

G.K. Parks ist die Autorin mehrerer Serien um die Charaktere Julien Mercer, Liv DeMarco und weitere Detectives. Alle Bücher sind auf Englisch erhältlich. Mehrere wurden bereits auf Deutsch übersetzt und weitere Übersetzungen sind in Arbeit.

G.K. Parks hat einen Bachelor-Abschluss in Politikwissenschaft- und Geschichte. Nachdem sie an der juristischen Fakultät studiert hatte, schlug G.K. einen neuen Pfad ein und machte einen Master of Arts im Bereich Strafrecht. Nun nutzt sie das Wissen aus ihren verschiedenen Ausbildungen, um eine fiktive Welt aufzubauen, die auf jahrelangen Recherchen basiert.

Weitere Informationen über G.K. Parks und ihre Serien findest du auf ihrer Website:
www.gkparks.com

www.ingramcontent.com/pod-product-compliance
Lightning Source LLC
Chambersburg PA
CBHW020226260626
47156CB00002B/561

* 9 7 8 1 9 4 2 7 1 0 4 4 8 *